U0813006
天使文化
定价
34.80元/册
1~11册全国
热销中
沧元图
11
我吃西红柿 著
幻/想/大/神 我吃西红柿 全/新/力/作
我孟川一生锄强扶弱，无愧于心。
心之所向，披荆斩棘，无可阻挡。
时空变幻 获得机缘 魔眼会主窥探未来 | 分馆初聚 一展身手 山吴道君传承秘法

我吃西红柿 著

飞剑问道 13

时代出版传媒股份有限公司
安徽文艺出版社

图书在版编目（CIP）数据

飞剑问道. 13 / 我吃西红柿著. — 合肥：安徽文艺出版社，2021.11
ISBN 978-7-5396-7312-7

Ⅰ. ①飞… Ⅱ. ①我… Ⅲ. ①长篇小说－中国－当代 Ⅳ. ①I247.5

中国版本图书馆CIP数据核字(2021)第205622号

FEIJIAN WENDAO 13

飞剑问道13

我吃西红柿 著

出 版 人：姚　巍
责任编辑：宋潇婧　　秦知逸
装帧设计：周艳芳

出版发行：时代出版传媒股份有限公司 www.press-mart.com
安徽文艺出版社 www.awpub.com
地　　址：合肥市翡翠路1118号 邮政编码：230071
营 销 部：(0551)63533889
印　　制：湖南天闻新华印务有限公司 电话：(0731)88387856

开本：710mm×1000mm 1/16　印张：18　字数：255千字
版次：2021年11月第1版
印次：2021年11月第1次印刷
定价：32.00元

目录

CONTENTS

目录

CONTENTS

第343章

万花宫

片刻后，岛屿的另一处。

溪水旁有一个身材魁梧的人盘膝而坐，这人的背部长着一根根棘刺，连成了一条线，头上长着六根黑色弯角。他周围的时空一直在缓慢塌陷，又缓慢恢复，反反复复。

他就这样一直沉默地坐着。

曾经，在他的家乡，他是无数人畏惧的强者，他的名字，连那些神灵听了都要瑟瑟发抖。他在家乡已经无敌了，可是，他感觉自己离达到天道万物运转的境界还差一点，为了突破，他来到了时空潮汐，想要寻找更强的对手。

他的确强大，到了时空潮汐，成为了这里的狩猎者，猎杀那些异界生灵，寻求异界生灵的修行体系。

可是，他终究还是栽了，栽在了岛主手上，从此被岛主控制。

曾经至高无上的强者，沦落到这个地步。

“摩沉兄。”这时，一个银发男子来到溪水旁，面带笑容。

盘膝坐着的魁梧之人抬头，一股无形的霸道气息扑面而来，银发男子不由得呼吸一滞，暗暗嘀咕：纯粹肉身修炼到半步初始境，还真是够可怕的。

初始境，一切之初，世界之源。

初始境在不同的地方有不同的称呼，在三界，便被称作天道境。

“你找我有事？”摩沉淡然道。

“第五尊者死了。”银发男子笑道，“所以，岛主命你出手，带手下去杀了那几个凶手。”

“她有九幽船，怎么会死？”摩沉询问。

“是这样的，第五尊者遇到了四个异界强者……”银发男子将过程说了一遍，“情况就是这样。”

摩沉嗤笑一声，道：“九幽船被夺，她还不立即逃命？难道，她真的以为她的力量特殊，敌人伤不了她？只有肉身强大，才是真正的强大。她仅仅仗着特殊的力量，一旦被敌人克制，那就死定了。”

“是，是。”银发男子连忙道，“摩沉兄不假外物，肉身无敌，杀他们几个自然轻轻松松。”

“可我还不是栽在了岛主手里。”摩沉淡然道。

“整个时空潮汐，能赶上岛主的又有几个？”银发男子笑道。

摩沉沉默了。

岛主……就是个怪物，一个深不可测的怪物！摩沉将肉身修炼到了半步初始境，可他在岛主面前，还是完全被碾压了。

“岛主让第三尊者现在便出发。”银发男子笑道，“那四个异界强者的行踪，通过时空虫，我会随时告知摩沉兄。对了，那几个异界强者中，擅长夺宝的，以及擅长弓箭的，还请活捉。毕竟，他们对岛主还有些用处。另外两个实力平庸的，就直接杀掉吧。”

“好。”摩沉起身，当即传音下令，“你们五个，随我出发。”

很快，摩沉便率领五个手下，乘坐一艘银色飞舟，迅速离开了岛屿。

银色飞舟是岛主专门炼制的，用来在时空潮汐中飞行。岛主麾下的诸位尊者中，仅仅排在前三位的尊者被赐予了银色飞舟。

银色飞舟的速度奇快，比秦云他们四个赶路的速度要快上数十倍，的确恐怖。转眼，银色飞舟就已经赶了两年多路了。

在时空潮汐中赶路，耗费两三年的时间真的很常见。

摩沉站在银色飞舟的舟头，眼神冷冰冰地看着无尽的时空潮汐，他的五个手下也都恭敬地候在一旁。

“哗——”

银色飞舟上，一只时空虫显现，化作了那银发男子的虚影，他笑道：“摩沉兄，告诉你一个消息。”

“说。”摩沉冷漠地道。

“从那四个异界强者行进的路线来看，他们应该是要前往万花宫。”银发男子笑着说道，“你应该知道，岛主一直想要捉拿万花宫宫主，只是因为，那万花宫宫主的保命能力太强，万花宫又靠近一道混沌时空缝隙，万花宫宫主随时能逃进混沌时空缝隙，所以，至今岛主都没能将其捉拿。”

“你的意思是？”摩沉眯着眼问道。

“捉拿了万花宫宫主，可是相当于得到了十个大功。”银发男子笑道，“这次对付那四个异界强者，一共也就三个大功。依我看，摩沉兄可以先赶到万花宫，躲在一旁，让那四个异界强者和万花宫宫主厮杀，再看准机会出手，将他们一网打尽。”

摩沉眼中光芒一闪：“十个大功……”

“若是能活捉万花宫宫主，放弃对付那四个异界强者都是值得的。”银发男子说道。

“嗯。”摩沉点头，“我知道该怎么做了。”

大功对他也很重要，这大功是岛主定下的规矩，可以借此换取好处，一百个大功就能换取自由！

秦云他们在分了宝物后都心情极好，继续赶路，前往第一个目标所在地。

至于那位九幽船的主人，她本不在他们的计划内，只是她突然冒出来拦路，秦云他们自然就顺手除掉了她。

“我们离开三界也有十二年了，马上就要抵达第一个目的地了。”木神句芒笑着道，“关于这个目标的情报很少，只知道是一个魅惑力惊人的异界强者，便是大道圆满强者，都会受到他的魅惑。”

“魅惑力惊人，一般都是修炼了擅长魅惑的手段。”后羿说道，“这些人的手段大多诡异，可他们正面搏杀的能力一般相对会弱一些。”

“他若是手段诡异，那就得靠孔宣兄了。”秦云笑道，“甭管他用什么宝贝，先将他的宝贝收了再说，到时候，他的实力就去了大半。”

“有些宝物我还是无法收走的。”孔宣则笑道。

“也别大意，说不定他比我预料的还强。”后羿说道。

他们四个谈笑着，信心十足。

秦云的护身本事配合孔宣的领域，面对天道境强者都能抵挡一二。自身立于不败之地，自然可以耐心寻找对手破绽，解决对手。

“快到了。”孔宣忽然说道。

秦云他们遥遥看去。

虽然距离颇为遥远，还得飞上一个时辰，可是，以他们的眼力，已经能够看到一座悬浮在时空潮汐中的宫殿了。宫殿被淡淡的粉红色光芒笼罩着。

万花宫内。

一个魅惑力惊人的红衣瘦弱男子倚靠在柱子上，看着眼前宫院内的花海。

“又失败了。”红衣瘦弱男子轻声低语，“我本就擅长阵法，在时空潮汐中苦苦参悟，单论阵法，便达到了半步初始境，在整个时空潮汐中都算罕见，怕是难寻比我更厉害的。可是，我依旧无法破解那座山谷的阵法，无法进入。我明明看得见山谷，可就是进不去。”

“破解阵法，要么精通阵法，要么以力破法。可要是以力破法，怕是得越阶发挥出初始境威力，才有望闯入那座山谷吧。可那等强者若是一同进入山谷，山谷内的宝物就不是我的了。”红衣瘦弱男子摇头，“指引山谷的信物在我手里，只有我能找到那座山谷，我可以慢慢等。我一定会想到法子，进入山谷的。”

红衣瘦弱男子闭上眼，又开始思索那座山谷布下的种种手段。

“嗯？”红衣瘦弱男子狭长的眸子陡然睁开。

“有敌人来了，足足有四个敌人。”红衣瘦弱男子冷笑一声，“很好，我的万花宫又可以多一些肥料了。”

“他们来了。”银色飞舟上，摩沉站在舟头，他的五个手下站在身后，银发男子则在一旁指着远处，“他们马上就要抵达万花宫了。”

“万花宫宫主擅长阵法，他的万花宫早就布置了重重阵法。”摩沉淡然道，“我闯进去都得吃亏，万花宫宫主若是一心躲在里面不出来，见机不妙还可以沿着混沌时空缝隙逃离。别说是我，就算是岛主亲自出手，都奈何不得万花宫宫主。”

“那四个异界强者只要不傻，就不会一头冲进阵法送死。”银发男子笑道，“他们不进去，万花宫宫主就得主动出来。万花宫宫主虽然畏惧岛主，但不会畏惧这四位，他十有八九会追出来的。只要他走出万花宫，和那四个异界强者斗起来，到时候，我们就有机会将他们一举灭了！”

他们也是抱着一线希望。

毕竟，在他们看来，四个异界强者中，孔宣的夺宝手段的确很厉害，连岛主都颇为看重。

凭此手段，孔宣和他的同伴应该能给万花宫宫主带来一些麻烦。

“如果他们四个狂妄自大，真的就杀进去了呢？”摩沉轻声问道。

“那就没法子了。”银发男子摇头，“他们要是敢杀进万花宫，那他们四个就死定了，我们这趟也就白跑了。”

摩沉看着远处那座万花宫，沉默了。

他们早就想要对付万花宫宫主，曾经数次出手，所以，他们很清楚那座宫殿内是何等可怕。

“希望他们别那么蠢。”银发男子笑着道。

这时，秦云他们四个正在逼近万花宫。

“这座宫殿……”秦云在阵法一道上也算有些造诣，烟雨阵，便是他在阵法上的最高成就。他看着眼前这座庞大的宫殿，隐隐觉得不对劲。

他尝试让烟雨领域渗透万花宫，却被宫殿表面的淡淡光晕给阻挡了。

秦云无法渗透探察，只能从表面观看判断。

“孔宣兄，你发现不对劲了吗？”秦云询问道。

在场四位，论阵法一道造诣，秦云算不错的，孔宣就是真的厉害了。孔宣执掌五行大道，多年来又参悟了其他大道，积累无比深厚，作为三界天道境下领域第一人，他在阵法上的造诣也是极高的，恐怕，也就人皇伏羲氏能完全压他一头，便是紫微大帝，和他也只能算是相差无几。

“有什么陷阱吗？”木神句芒问道。

孔宣笑道：“这宫殿隔绝外界探察，我的领域也无法渗透。不过，单从表面来看，我可以肯定，这宫殿内布置了阵法，而且是很可怕的阵法，这宫殿主人的阵法造诣应该在我之上。我们若是莽撞地闯进去，只会陷进去，运气差的话，我们就困在里面出不来了。如果我们运气好，后羿以力破法破开大阵，我们还有可能反杀对方。”

“以力破法，是得看运气。”后羿点头，“若是阵法重重，我破阵耗费时间太久，那我们就栽在这里了。”

“对，因为这宫殿的旁边就是混沌时空缝隙。”孔宣说道，“这宫殿悬浮在一道混沌时空缝隙旁，总不会是巧合。若是我猜得不错，那混沌时空缝隙就可通往宫殿主人的家乡。我们若是陷入阵法内，即便靠秦剑仙的剑阵暂时护住周全，敌人也会控制宫殿，沿着混沌时空缝隙逃往家乡。一旦到了对方的家乡世界，说不定，就有几位天道境强者冒出来对付我们了。”

秦云他们点头。

就像敌人若是敢前往三界，就会遭到灵宝道祖他们出手一样，若是这宫殿裹挟着他们，去了宫殿主人的家乡世界，那么，秦云他们几个，就真的死定了。

“那怎么办？”木神句芒问道。

“这宫殿是他的老巢，是他在时空潮汐的居处，他一定会不惜一切，在这里布置了诸多大阵。”孔宣摇头，“我们直接进去太莽撞了。”

“嗯，宁可放弃，也不可直接进去。”后羿也说道。

秦云点头：“我们可以继续寻找其他目标。”

万花宫光是阵法就让他们犯怵了，更何况，万花宫旁边还有一道让他们忌惮的混沌时空缝隙。

“我们已经飞到这宫殿近处，以宫殿主人的阵法造诣，他定已经发现我们。”孔宣说道，“我们现在故作放弃，立即离开，他有可能会追出来。只要他从宫殿内出来，我们就有把握解决他。”

“若是他不追出来呢？”木神句芒笑着问道。

“那我们就是真的走了。”秦云也笑道，“走吧。”

秦云他们立即停止前进，转而离去。

万花宫内。

“开始逃了？”红衣瘦弱男子遥遥看着宫殿外，眉头一皱，“我的阵法隐藏于万花之间，若是阵法造诣不够深的人，根本看不透。这四个异界修行者竟然能发现阵法的威胁，直接离去。看来，他们中也有颇为擅长阵法的。”

“难得碰到四个猎物，我不能这么放弃。”红衣瘦弱男子眼中寒光一闪，茫茫时空潮汐中要碰到异界修行者也是需要很长时间的，更何况是一次性出现四个了。

“我的阵法也能探察周围，周围较近范围内，只有他们四个。便是那位岛主在远处埋伏，一旦他现身，我也来得及逃回来。”红衣瘦弱男子很自信。

作为擅长阵法的半步天道境强者，他的手段自然颇多，而且，他的保命本事也是出名的。

“嗖——”

红衣瘦弱男子一迈步，出了万花宫。

“他出来了。”

原本正在离去的秦云他们四个顿时停下，转身看向红衣瘦弱男子。

红衣瘦弱男子站在时空潮汐中，手持一截树枝，很像桃树枝，树枝上有一朵朵粉红色的小花。

“他出来了！”远远藏着的银色飞舟上的摩沉他们眼睛一亮。他们数次想要对付万花宫宫主，也很清楚万花宫宫主能探察的范围，所以，他们躲藏的位置自然在探察范围之外。

“希望那四个人能牵制住万花宫宫主一会儿。”摩沉有些期待了，“只要他们能牵制住万花宫宫主，让万花宫宫主无法逃回宫殿，我们就可以出手。”

“希望如此，那四人实力虽然不算强，但手段还是颇为独特的。”银发男子也很期待。

不谈别的，单单阵法达到半步初始境，就足以让岛主颇为心动了。

在岛主眼里，半步初始境的阵法造诣，比秦云他们四个的用处都大。

“四位，怎么急匆匆要走？”万花宫宫主手持花树枝，笑容中带着无形的魅惑力，“能够在时空潮汐碰面，是何等难得的事，我等都来自不同世界，完全可以坐下来，交流彼此修行法门和修行经验。四位觉得呢？”

这时，无形的波动扫了过来。

领域无法阻挡，烟雨阵无法阻挡，这股无形的波动乃极特殊的力量，扫过秦云他们四个。

秦云、木神句芒、孔宣都觉得元神一阵震荡，一时间，他们只觉眼前的红衣瘦弱男子无比熟悉，只是他们三位道心非凡，才没有被直接控制住。

“一见面就施展魅惑手段，还说交流法门？”后羿冷冷地道，“如此行径，我们可不敢和你交流。”

后羿的声音带着无形的力量扫过秦云他们，让他们瞬间清醒过来。

“刚才真是可怕。”木神句芒传音道，“就像是喝到最美味的酒，我都有些醉醺醺了。”

“我明知受他影响了，可元神还是止不住地震荡。”孔宣也传音道。

“我等道心还是不够。”秦云也应道。

他们三位的实力都很非凡。

一位是三界第一剑仙，另外两位都是积累极深的老一辈强者，离半步天道境都不远。谁想连他们都受到了魅惑手段的影响。

明知受到了魅惑，然而他们就是无法控制，这自然让他们忌惮。幸好有后羿在。

秦云暗道：看来，心力法门的确有独特之处，若是能渡过最终散仙之劫，我可以试着修炼心力法门。

“嗯？”持着花树枝的万花宫宫主有些惊讶地看了一眼后羿，他能感觉到后羿散发的无形波动扫过周围，阻挡了他的魅惑之术。

“哈哈，我只是难得碰到异界修行者，而且还是一次性碰到四位，有些激动，急着想请四位一同交流修行法门罢了。”万花宫宫主笑道，“还请四位谅解我急切的心情。四位，去我住处，我们坐下再慢慢交流，可好？”

第344章

博瀚岛的强者

“我们可不敢去。”后羿开口道。

万花宫宫主轻轻摇头：“那就没法子了。”说着，他轻轻一挥手中的那截树枝。树枝上本只有些许粉红小花，随着他挥动树枝，却立即有万千花朵飞出，一时间，周围的时空都开始扭曲了。

“收！”孔宣在对方挥动树枝的刹那，轻声喝道。

只见五色神光在时空潮汐中一闪而逝，席卷了万花宫宫主，万花宫宫主手持花树枝，脸上露出惊愕之色，接着，他便凭空消失不见了。

“什么？”在远处准备当渔翁的摩沉等诸位强者脸色一变。

“怎么可能？”

“万花宫宫主竟然毫无还手之力，就这么被擒拿了。”

“他们才一个照面，万花宫宫主就被擒拿了？”

他们都有些不敢相信，万花宫宫主的实力毋庸置疑，毕竟，连岛主亲自出手都没能将其拿下。

孔宣的五色神光名震三界，连身为天道境的佛祖如来一个大意，都有可能被擒拿，当然，佛祖立即就能出来。

“轰——”

孔宣周围五色神光震荡，陡然炸裂，万花宫宫主从中冲出，面容狰狞，只是他双手空空，他的那截花树枝被孔宣收起后，就再也找不回来了。

看对方逃出，孔宣一点也不惊讶，传音道：“我这五色神光擒拿死物还算轻松，可擒拿活物，特别是大道圆满强者，我只能压制其实力，难以完全将其囚禁。”

秦云、后羿、木神句芒听了都一阵无语。

才一个照面，孔宣就擒拿了大道圆满的强者，孔宣恐怕已是公认的半步天道境了，威慑力甚至还会在后羿、秦云之上。

只是，这等逆天的手段，想要提升也很艰难。

“真是好本事。”万花宫宫主冲出来后，怒气冲冲地瞪了一眼孔宣，便立即往外逃。

原本他很谨慎，离开万花宫不远，便准备出手。

可他现在被五色神光擒拿后，即便逃脱，也是在秦云四个身旁不远处了，距离万花宫远了许多。

“想逃？”木神句芒体表立即长出一条条藤蔓，划过长空，向万花宫宫主逃跑的方向飞去。

“哗——”

五色神光领域！

万花宫宫主在五色神光领域的镇压下，实力都弱了两三成，面对木神句芒那笼罩一片时空的数十条藤蔓，他也不敢大意，连忙一翻手，双手各出现了一条长鞭。

“我紧紧握住这两条世界之须，他定是夺不走的。”万花宫宫主刚闪过这个念头，五色神光领域中，光芒一闪，他手中的世界之须便消失无踪了。

看着空空的双手，又看着杀来的数十条藤蔓，万花宫宫主都快疯了：“让我空手对敌？”

他有自知之明。作为阵法强者，虽然近战方面也花费了些心思，但是近战实力还是不及半步初始境的。他空手面对眼前四个异界强者，必死无疑！

万花宫宫主心念一动，面前出现了十六块石板，石板上带有奇异的纹路，一出现便自成一界，开始庇护住周围。

“收。”孔宣一个念头，十六块石板也消失了。

“怎么会……”万花宫宫主露出疯狂之色，又一挥手，空中浮现九朵黑色花朵。

“收。”九朵黑色花朵又消失了。

在世界之须、石板和黑色花朵接连被收走后，木神句芒那一条条藤蔓已经杀到万花宫宫主的面前，万花宫宫主来不及再取其他宝物了。而实际上，他取出的宝物，威力只会越来越弱。那最后取出来的九朵黑色花朵，对他的帮助已经不大了。

“怎么会这样？”万花宫宫主只能挥动双手，掀起两道红光，让红光在身体周围旋绕，庇护自己。

可一条条藤蔓接连缠绕过来，每一条藤蔓力量都极强。

“嘭嘭嘭……”

万花宫宫主体表环绕的红光很快就碎裂了。

“我怎么会落到这步田地？”万花宫宫主自己都不敢相信，护体招数被破开，一条条藤蔓束缚过来。

“啊啊啊！”万花宫宫主不断嘶吼着，面容越来越狰狞，全身皮肤都开始变得通红。

“轰——”

万花宫宫主身体直接炸裂。一道道红光朝四面八方飞遁，每一道红光的速度都极快，威力也极大，即便是在五色神光领域中，速度依旧快得让秦云他们有些吃惊。

“镇。”秦云一个念头，烟雨阵陡然扩大，扩大到了足足万里范围，将朝四面八方逃窜的红光都困在了烟雨阵范围内。

“嘭嘭嘭……”

飞向四面八方的一道道红光接连撞击在烟雨阵上，烟雨阵犹如幽暗大海般深沉，微微荡漾，挡住了红光。

“怎么会这样？”数十道红光分散在各处，每一道红光都化作了万花宫宫主的身影。

数十个万花宫宫主的脸上满是绝望之色。

他最擅长的是阵法啊！一个擅长阵法的，却无法使用任何布阵的器物，只能空手对敌，还被围殴。

“孔宣兄这五色神光真是厉害，堪称无物不收。”秦云传音笑道。

“那倒也没有，秦云你的飞剑乃本命飞剑，和元神一体，收你飞剑就等于收你元神，我根本夺不走。”孔宣传音道，“在后羿的心力灌输下，他手中的弓箭我也夺不走。”

“可大多数大道圆满强者的兵器，你都能收走。”后羿传音道。

“他们早就知道我的手段，所以，没几个会拿兵器和我交手的。”孔宣传音道。

的确，那些大道圆满的强者碰到孔宣，都会将兵器收起来，他们宁愿空手迎敌。

幸好孔宣除了领域手段外，近战实力只能算是大道圆满中的正常水准。所以，他的威慑力没太离谱。

可即便如此，孔宣也是被公认的，最接近半步天道境的几位强者之一了。

连秦云这次来时空潮汐，也专门去请了他一同前来。

一对一，孔宣的威慑力或许不算太可怕。可用来配合后羿、秦云，那他的帮助就太大了，简直比祖龙、阿弥陀来帮忙还要有用。

“哧哧哧……”一条条藤蔓分别去擒拿那数十个万花宫宫主的红光分身，自然轻松得多。

“他逃不掉了。”木神句芒笑着，此刻，那些红光分身已有大半被藤蔓给囚禁，只剩下三个红光分身还在艰难逃窜，可困在烟雨阵内，万花宫宫主又能逃去哪儿呢？

银色飞舟上。

摩沉以及五个手下，还有银发男子都看得目瞪口呆。

他们猜到万花宫宫主会追出来，可他们没料到，战况会是一边倒。

“那个擅长夺宝的，他的价值还在万花宫宫主之上。”摩沉喃喃地道，“他不但能夺宝，还能擒拿强者，连万花宫宫主都被他擒拿了。我若是捉了他，岛主至少得给我十个大功，不能比万花宫宫主便宜。”

“赶紧动手吧，活捉了他们，再和岛主谈也不迟。”银发男子连忙说道，“不过得小心，你们动手时都不能用宝物。那位擅长夺宝的也太厉害了，简直什么宝物都能夺走。”

“放心，我根本无须用兵器。”摩沉下令，“动手。”

“嗖！”

银色飞舟立即悄无声息地向秦云他们那儿奔去。

渔翁终于要动手了。

“完了。”万花宫宫主最后一个红光分身也被藤蔓囚禁。

跟着，一条条藤蔓爆发出强大的威能。

“嘭嘭嘭……”

一个个被捆着的红光分身都直接被束缚得炸裂，只剩下一个残存的红光分身。有法力渗透进红光分身，迅速封印了这最后一具红光分身的力量。

“只剩下这么一具分身，都要封印我力量。他们可真是谨慎，根本不给我一点逃脱的希望啊。”万花宫宫主这一刻反而很平静，既然选择在时空潮汐中狩猎异界强者，那么他就早已做好了会栽在敌人手里的准备。

“嗯？”万花宫宫主忽然转头看向远处，远处有一艘银色飞舟迅速飞来。

“是博瀚岛的人。”万花宫宫主一个激灵，连忙急切地喊道，“那飞舟上的强者是来自博瀚岛的，你们敌不过的！”

“博瀚岛？”秦云他们也注意到远处飞速逼近的银色飞舟，不过，他们并没听说过博瀚岛。

“只要你们答应放了我，我可以告诉你们博瀚岛的情报。银色飞舟上的强者我也认识，关于他的情报我也知晓。”万花宫宫主急切地说着，“我也可以带你们逃进万花宫内，躲避博瀚岛的追杀。我的要求只有一个——放了我！”

“放了你？”木神句芒瞥了万花宫宫主一眼。

“博瀚岛？我没听说过。”后羿言语中充满自信。

他们当然有信心，碰到强敌杀来，丝毫不惧，反而有些期待。

“秦云，小心点。”后羿嘱咐道，他嘴上自信，实际上还是谨慎的。秦云是他们抵挡敌人最重要的一环。

“放心。”秦云小心戒备着，烟雨阵笼罩周围，烟雨领域向四周弥漫。

孔宣的五色神光领域也笼罩了周围的大片范围。

那艘银色飞舟飞到接近五色神光领域时停了下来。飞舟收起，剩下的六道身影飞来。

“他们潜藏在一边，也知晓孔宣的手段了。”木神句芒郑重地道，“而且，他们有六个人，我们不可大意。”

“多多益善，敌人数量多，到时候我们杀了他们，宝物也多。”孔宣笑道，“这次过后，我们也差不多能回去了。”

秦云点头。

之前对付那位九幽船主人时，他们就得到了一具强者的尸体。

如今这位万花宫宫主被活捉了，献祭半步天道境强者，三界赐予的功劳也会高得多。单单这些，恐怕就足以积攒足够多的功劳，成就功劳至宝了，更别说眼前又来了六位。

万花宫宫主看到这一幕，暗暗摇头：真是无知者无畏。连博瀚岛都没听说过就敢动手，等会儿吃了大亏，他们就知道求我了。

“布阵！”摩沉喝令。

摩沉身后的五个手下虽然沉默不语，但他们的体表迸发出光芒，皮肤表面都浮现了阵法符文。以自身为阵，五个强者联合施展，顿时有淡淡白光笼罩周围方圆百万里的范围，轻易就驱逐了五色神光领域、烟雨领域等一切力量。

万花宫宫主暗道：“那位岛主实力深不可测，阵法造诣比我略高，这阵法领域一出，便是半步初始境强者对上，怕是实力都只剩下三四成了。”

这阵法就是为了营造出一个庞大的领域，镇压敌人，令敌人实力大减，想要逃命也很艰难。

“嗯？”烟雨阵虽然保护住周围，但那白光领域依旧渗透进来，笼罩在秦云他们四个身上。

秦云、孔宣、后羿和木神句芒都感觉身上沉重无比。

“是领域。”秦云脸色难看，“比孔宣兄的五色神光领域还厉害，无物不渗透，无处不镇压，我的烟雨阵能抵挡其他手段，但挡不住这领域。”

领域最擅长渗透，但能渗透秦云烟雨阵的领域还是极少的。

“领域仅仅能压制我们而已。”后羿盯着远处那五位布阵的异界强者，“他们以肉身为阵？看来，只要杀死其中一位，这阵法领域就破了。”

“轰——”

这时，远处的摩沉冲了过来。

在领域笼罩下，他觉得，就是和初始境的强者斗一斗，他都有底气。

“你们几个，束手就擒吧！”摩沉身体一晃，瞬间身高万丈，全身的气息让周围时空震荡。

他肉身强大的气息完全爆发，让秦云他们都暗暗吃惊：“这异界强者的肉身完全不亚于祖龙，又是一位半步天道境的肉身成圣一脉强者！”

肉身成圣一脉的强者是出了名的强横难缠。没想到，他们竟然在时空潮汐中碰到了。

“好久没动手了。”摩沉狞笑着，一伸手，他的手掌便带着磨灭万物的力量，甚至手掌周围的时空都开始湮灭。

“轰——”

摩沉的手掌印在烟雨阵上，烟雨阵幽暗深沉，微微震荡，但完全挡住了。

“嗯？挡住了，这阵法有些意思。”摩沉丝毫不在意，他有信心打破眼前这个阵法。

以力破法，是他常用的手段。

“嗖——”

一道箭光从烟雨阵射出，摩沉转头看去，他一眼就看到那道箭光射在了其中一个布阵的使者身上。使者体表光芒流转，完全挡住了这一箭。

“箭挺快，但是没用，他们的肉身早就被炼制得犹如兵器，又有阵法护体，破不了的。”摩沉根本没在意，转头又继续对付烟雨阵。

“泯灭！”摩沉低吼着。

“轰轰轰……”

手掌接连轰出，一眨眼就轰出了九十九掌，短时间内，在他的全力轰击下，威势也达到了极其恐怖的地步，令周围时空大片区域都扭曲得暗了下来。

秦云暗惊：论这掌法威力之强，都赶得上那位异界强者控制三十多个手下合力出手了。不过，不管是他，还是异界强者，他们全力出手的力量还是有些分散。后羿射出的箭，威力才更加凝聚。

摩沉是九十九掌汇合，力量自然不够集中。

“哗——”烟雨阵幽暗深沉，继续荡漾着，依旧将一切攻击力量卸去了。

“这都没破？”摩沉脸色变了，看向了烟雨阵内的秦云，“看来，他们都看走眼了，还真是小瞧了你这阵法。”

这时候，后羿已经射到第五箭了。

他的目标不是摩沉，而是布阵的那五个使者。

“他的箭，威力越来越强了。”其中一个使者忍不住说道，第五箭的威力足够大了。

“你们挡得住吗？”摩沉传音道。

“他的箭若是继续变强，就难说了。”那个使者传音道。

摩沉瞳孔猛地一缩，他很清楚，如果他全力以赴，面对五个使者布阵，对方也得耗费一盏茶的工夫才有望杀死一个使者。前提是五个使者不逃。

“给我破！”摩沉的身体又大了一号，看起来更加狰狞，仿佛有一条条黑龙缠绕在身体上，他的手掌都变得更加锋利。

他燃烧体内的血液，让肉身爆发出最大的能量，达到了极限！

他再度连续施展了九十九掌，全力轰击眼前的烟雨阵。

每一掌乍一看都很普通，仔细看却都玄妙无比，每一掌彼此结合，九十九掌形成一个合阵，合力轰击在烟雨阵上。

“轰隆隆——”

摩沉全力爆发，使得烟雨阵震颤不已。

“还没破？”摩沉脸色难看了，他已经倾尽全力了，可还是破不开烟雨阵，那恐怕就真的破不开了，“情报真是错得离谱，还说另外两个都很平庸，看来，我这次要栽在这阵法高手身上了。”

若是能杀进去，配合领域镇压，魔沉简直可以横扫四方。可若是连阵法都破不开，他连秦云他们四个的毛发都碰不到，怎么可能活捉他们呢？

“嗖！”

后羿射出第七箭，射在了其中一个使者的身上。

那个使者再也没能挡住，当即生机湮灭。一个使者身死，阵法消散，另外四个使者脸色一变，毫不犹豫地朝四面八方逃命。他们五个来这儿就是布阵，如今已经损失了一个，他们留在这里也没有任何意义。

“想逃？你们逃得掉吗？”后羿这一次一拉弓，扣着四根箭矢。

“嗖——”

后羿同时射出四箭。四道箭矢流光划过长空，射向不同的方向，瞬间就射在了那四个使者身上，在没有阵法保护的情况下，四个使者的身体被贯穿，生机泯灭。

五个使者，全部殒命了。

“哗——”

五色神光领域笼罩住了摩沉。

“现在，只剩下你一个了。”后羿又一次拉弓，看向摩沉。

摩沉感觉自身被领域压制，却也不惧，只是瞥了一眼那五个漂浮在时空潮汐中的使者一眼：“你们五个被岛主完全控制，连自我都失去了，成了岛主的傀儡，如今也算是解脱了。”

第345章

山谷之秘

“嗖——”

一道箭矢流光射在了摩沉身上，摩沉那巍峨的身躯连皮肤都没破。

“我该走了。”摩沉也明白，既然破不开烟雨阵，他留在这里也没有任何用处，甚至一个大意，被困住也有可能。

“轰——”

他当即化作流光，朝远处飞逃。

“想逃？”木神句芒冷哼一声，一条条藤蔓划过长空，从四面八方纠缠过去。秦云施展烟雨阵的同时，用意念引出亿万剑光，汇聚成了一条游龙，直奔摩沉。

“开！”摩沉在近战方面的能力的确极为了得，即便在五色神光领域的压制下，实力受到了影响，但他依旧能轻松应对。他简单挥动双手，就拍开一条条藤蔓，又挡住了那游龙剑光。

摩沉虽然阻挡了诸多攻击，但他飞行的速度也慢了许多。

秦云他们四个轻松地在后面跟着。

后羿连续射来一箭又一箭，他都不愿燃烧元神法力，只是正常连射九箭便足矣。

“嗯？”摩沉原本还颇有底气，可他很快发现，那些箭的威力暴增，而且箭太快，他躲无可躲。

第七箭就轰得摩沉庞大的躯体倒飞，摩沉那坚韧的身躯上出现了一道伤口，但是伤口迅速就愈合了，这点伤势，不值一提。

第八箭射中时，摩沉脸色一变，他虽然真身高达万丈，但胸口依旧被箭射穿，伤口虽然不大，但有可怕的灭绝力量渗透进来，试图灭杀他的神魂。

“怎么会这么强？”摩沉有些吃惊，“这一箭，真的伤到我了。”

“第九箭！”秦云、孔宣、木神句芒都仔细地看着。

“这可是后羿兄的第九箭。”孔宣惊叹地传音，“若是我们用肉身去硬扛，恐怕早就化作虚无了。”

“第九箭，比第八箭要强得多。”秦云可是亲自感受过的。

“轰——”

第九箭射出时，发出了耀眼的光。前面八箭不断蓄势，终于在第九箭爆发了，威力发生质变，一举跨入天道境层次。

“不好！”面对威势强悍的第九箭，摩沉露出惊怒之色，他竭力用双掌抵挡，此刻，他无视了秦云的游龙剑光，无视了那些藤蔓。

箭光一闪而过，摩沉的双掌挡了个空，第九箭的速度实在是太快了！

摩沉的眉心处直接被箭射中。

这一箭蕴含的毁灭性的力量更是渗透了摩沉全身，试图湮灭他的神魂。

这是蕴含后羿心力的一箭，也是他正常情况下最强的一箭！

“啊！”摩沉发出一声痛呼，面容狰狞了许多，眉心的伤口虽然在迅速愈合，但他的眼神黯淡了。

“如果他的下一箭还要更强，怕是一箭就能射杀我。”摩沉真的怕了，他纵横时空潮汐漫长岁月，仗着强大的肉身横行无敌，也仅仅栽在了博瀚岛岛主的手上。可今天，他又一次感觉到了死亡的威胁。

可五色神光领域、一条条乱舞的藤蔓和游龙剑光都在纠缠他，这让他飞行的速度大大变慢。

“我顾不得那么多了。”摩沉一挥手，空中出现了一艘银色飞舟。

明知敌人擅长夺宝，可他还是要试一试！因为，不借助这银色飞舟，他根本逃不掉。

“嗖！”他刚要催发银色飞舟——

“收。”孔宣心念一动，五色神光一闪，那艘银色飞舟便消失无踪。

“还真的被收走了？”摩沉本来抱着一丝侥幸心理，觉得亲自驾驭，又是岛主炼制的飞舟，或许，或许就能抵挡那夺宝的手段呢？若是能抵挡，他就有望驾驭银色飞舟逃掉了。

“我逃不掉了。”摩沉心都凉了。

“嗖——”

又是一道箭光射来，这道箭光的威力又恢复到第一箭的程度，连摩沉的皮都没攻破，让摩沉微微一愣，他心中了然：看来刚才那一箭就是他最强的一箭了，他一定需要付出不小的代价才能施展那一箭，我还有希望逃走！

摩沉继续拼命朝远处飞行，抵挡秦云、孔宣、木神句芒的纠缠，硬扛着后羿的箭，他在竭力地逃跑！

九箭连射，对后羿是最没负担的，他如果愿意，可以立即燃烧元神法力，爆发出恐怖的攻击，短短几箭就能射死摩沉。

在整个三界，没人敢任由后羿出箭。

九箭一轮回，摩沉悲哀地扛着、逃着。

他的伤势也越来越重，后羿每一次射出的第九箭，都令他神魂受伤极重。

“他射出这些箭，就没付出一点代价吗？”摩沉感到绝望。

当摩沉挨到了第五次的第九箭时，他停止了逃跑。

“我从一座小城崛起，一路作战，逆我者死，在家乡世界，我是无敌的。我很寂寞，想要找寻对手，想要突破到更强的初始境。”摩沉看着远处射来的第九箭，心中浮现出了他这一生的画面，“我在时空潮汐中和诸多异界强者交锋，狩猎各方，可先是栽在博瀚岛岛主手里，失去自由，如今更要丢掉性命。或许，那次被岛主控制的时候，我就已经死了。”

“过去，都是我给其他生命带来绝望，带来死亡，如今，却是我中了敌人的箭，轮到我面对死亡了。杀戮者，也终将被杀。”摩沉面对这一箭，只是闭上了眼。

接着，这一箭贯穿了摩沉的眉心，蕴含恐怖心力的一箭，摧毁着摩沉的神魂，本已经无比虚弱的神魂，即便有强悍肉身为依靠，也还是挡不住了。

摩沉，博瀚岛的第三尊者，当即毙命！

“竟然，竟然连第三尊者都被他们杀了。”力量都被封印的万花宫宫主看到这一幕，有些瞠目结舌，“第三尊者，可是博瀚岛岛主麾下诸多尊者中肉身最强的，他的肉身达到了半步初始境。连他都被杀了，不就代表那箭矢的威力达到了初始境吗？”

时空潮汐中早就有公论。肉身一脉的半步初始境强者，堪称不死之身，初始境以下的招数根本杀不死他们。必须达到初始境，才能将其斩杀。

摩沉被杀，就代表那箭矢的威力是达到了初始境的。

万花宫宫主看着秦云他们四位，心想，他们四个可真强。擅长弓箭的，竟能有初始境威力的招数。施展阵法的，第三尊者拼了命都没能攻破。还有擅长夺宝的……

之前擒拿下他，秦云和后羿都没发力呢，仅仅孔宣和木神句芒发力，就拿下了他。

万花宫宫主唏嘘不已，暗道：“栽在他们手里，我的确不冤。”

“让后羿连续射出这么多箭才死，他这肉身可真是了不得。”孔宣笑着，将摩沉死后显现在一旁的宝物收起。

秦云则是笑眯眯地挥手收起了摩沉那庞大的肉身，一个半步天道境强者的肉身，他可不会用来献祭。

要献祭，也是用之前从九幽船主人那里得到的肉身，还有五个阵法使者的肉身，随便拿出两三个，就能凑够功劳了。

而摩沉的肉身，就算用来献祭，多得一些功劳，对秦云的帮助也不大。若是用作他用，帮助就大多了。

秦云暗暗欢喜：将来的三界，师尊他们都将被迫离开。到时候，这摩沉肉身的价值就无量了。

“秦云兄，魔沉是修炼肉身的，他最珍贵的就是他的肉身了。你可真是赚大了。”孔宣说道。

“他这等实力，应该是有先天至宝的。”秦云笑道。

“我们用先天至宝，来和你交换。”后羿说道，“你可愿意？”

秦云笑着道：“我们事先说好了，可不能改。”

先天至宝是很珍贵，在三界也就数十件，有些大道圆满强者都没一件。可是对于秦云、后羿这一层次的强者而言，多一两件先天至宝对提升实力并无多大帮助。反而是这肉身，三界也仅有这么一个，价值可高得多。

不谈别的，单单修炼出如此肉身，所需付出的代价就远超一件先天至宝了。三界也仅有一个祖龙做到了，甚至因此还出现了龙族这庞大族群。

“走走走，去那座宫殿。”孔宣笑道，“将宝物都收了。”

“分分宝物，我们也可以回去了。”木神句芒也开心地道。

“是时候该回去了。”秦云、后羿也赞同。

万花宫内。

秦云、后羿、孔宣、木神句芒他们四位正畅饮美酒，分着宝物。严格来说，是秦云看他们三位分宝物。

“按照事先说好的，异界强者的肉身归秦云兄，剩下的宝物，一半归后羿，另一半由我和句芒平分。”孔宣笑道，“有什么宝物大家都清楚了，想要什么，只管说。”

“那艘银色飞舟，我要了。”后羿说道。

“那我就要九幽船。”木神句芒则说道。

“万花宫宫主的这截树枝，归我了。”孔宣笑呵呵说着。

他们心情都极好。

这次收获非常大，单单先天至宝层次的宝物就有六件！分别是九幽船、凶魔刀、银色飞舟、花树枝、世界之须和元魔柱。这元魔柱也是摩沉的兵器，只是因为忌惮孔宣的夺宝手段，加上元魔柱并不擅长护身，就算是最后逃命时，摩沉也一直没拿出来。

秦云他们还是查看摩沉遗留的宝物时，才发现了这根巨大的元魔柱。除此之外，还有其他种种宝物。

毕竟，秦云他们对付了足足三个半步天道境的异界强者，都是长期盘踞的狩猎者，这些强者的宝物数量自然惊人。

上次对付异界强者命运，仅仅杀了那命运控制的三个使者罢了。若是杀了命运真身，那收获怕也会很惊人。

万花宫宫主完全被封印了实力，只能默默坐在一旁，看着秦云他们四位分宝物。他默默道：我积累了这么多年的宝贝，杀死其他异界强者收获的宝物，都没了。还有那件前往山谷的信物，信物也被他们夺去了。不过他们根本认不出这信物，不知道这信物的特殊之处。

万花宫宫主心中十分苦闷。

宝物被夺，甚至生死都由眼前四位掌控，他自然苦闷。

“秦云兄，看得眼馋了？”孔宣揶揄道。

秦云饮着酒，道：“不用管我，你们慢慢分。”

木神句芒笑着道：“你想要什么，也可以开口，都好说。”

“对，秦云兄，你可以拿那些强者肉身来换嘛。”孔宣嘿嘿笑道。

“那位半步天道境强者的肉身，只要你拿出来，我的这些宝物都可以和你换。”后羿也说道。

秦云只是笑着饮酒，没理会他们。

“好了，宝物都分完了。”孔宣说道，“这一趟收获够大了，不如我们现在就回去吧。”

“嗯。”后羿点头，“之前突然冒出来截杀我们的那几位，我总感觉他们是特意针对我们的。常在河边走，哪有不湿鞋，我们虽然实力不弱，但说不定就会碰到能克制我们的强者。我们先回去吧。秦云兄也得回去渡劫了。”

“那六位来自博瀚岛。”一旁实力被封印的万花宫宫主终于开口了，“不管他们刚才是不是针对你们，你们都杀了博瀚岛的人，博瀚岛一定不会善罢甘休的。”

“不会罢休？”秦云他们四位看向他。

“那位肉身极强的，是博瀚岛的第三尊者。”万花宫宫主嗤笑道，“博瀚岛岛主麾下一共有足足九位尊者，实力都和第三尊者相当，他们的手段则各有擅长。”

“什么，九位？”秦云他们有些吃惊。

“这就怕了？”万花宫宫主嗤笑道，“博瀚岛最强大的是岛主啊！博瀚岛岛主堪称这茫茫时空潮汐中，最强的存在之一，他纵横时空潮汐已有无尽的岁月，已经无敌了。那些尊者都是败在他手下，被他捉了，受他控制。还有一些异界强者被他炼制成了傀儡兵器，就像那布阵的五位使者，连自我都失去了，成了兵器。”

“博瀚岛，九大尊者，十七战将，五十二使者，都是由岛主控制的。”万花宫宫主说道，“而岛主的实力，依我看，他怕是能和真正的天道境的强者一较高下了。”

秦云他们听了都很震惊。

“怎么可能？！”木神句芒不敢相信，就算是后羿，也仅仅是杀敌手段达到天道境威力罢了。能达到天道境的手段可是很多的。

“怎么不可能？”万花宫宫主嗤笑，“你没见过，就说不可能？”

“天道境以下的人才能进入时空潮汐。那位岛主再强，他也没到天道境。”孔宣郑重道。

“你要知道，他的那些强大手下，都是他的手下败将。他要是没有足够的实力，怎么能捉了他们？你们四个联手，也只能斩杀第三尊者，无法将其活捉。”万花宫宫主说道，“可岛主能活捉他，而且还捉了很多个！还有很多异界强者，因为对他没用，都被他直接杀了。”

秦云他们四位面面相觑。

万花宫宫主说的没错。那位摩沉的肉身太强，他们无法将其束缚，无法囚禁，只能靠后羿射杀。

单是能够活捉摩沉，控制他，这个手段就让秦云他们警惕了，更别说岛主还控制了九位类似的尊者。

“你们杀了第三尊者，一定会引起博瀚岛岛主的注意，博瀚岛岛主很快就会亲自前来对付你们。”万花宫宫主说道，“你们杀了博瀚岛的手下，是不可能逃脱博瀚岛的追杀的。他们有特殊的追踪之法。”

“不过，只要你们答应放了我，”万花宫宫主微笑着道，“我就会帮你们。我擅长阵法，让我控制万花宫，我就能和博瀚岛岛主纠缠一二，再有你们四位联手阻挡，在万花宫内，我们占据地利，相信保命是没问题的。”

万花宫宫主乃半步天道境的阵法高手，在他经营多年的老巢内，能发挥出极大的优势。

“你们可以在我的神魂中留下后手。”万花宫宫主说道，“我不敢背叛你们的。”

“你愿意帮我们？”秦云他们四个彼此相视。

“对，我愿意全力帮你们，只要你们答应，事情结束之后放我离去。”万花宫宫主说道，“我只要你们的一个承诺。当然，你们得给我几件普通阵法宝物护身。”

他们到了这个境界，是不会轻易承诺别人的，因为一旦答应了，便得做到。不管是三界，还是其他世界，弱小者可以随意撒谎，实力越强，便会越重视承诺。只有极罕见修行体系的强者，可以随意撒谎而不用付出代价。

万花宫宫主相信，只要眼前四位都答应他，他们就不会违背承诺。四位强者同时违背承诺的可能性太低。

“这银色飞舟的速度快得惊人。我们家乡的混沌时空缝隙，离这里也挺近的。”孔宣笑道，“我们可以立即乘坐银色飞舟，以最快的速度返回。我相信，那什么博瀚岛岛主就算要赶过来，也是需要时间的。恐怕，他还没追到我们，我们就已经回去了。”

“等我们回了家乡，他要是有胆子，那就继续追啊！”孔宣嗤笑道，“至于你？我们会带着你一起走，若是博瀚岛岛主真的追上来了，到时候我们再给你活命的机会。”

万花宫宫主脸色变得十分难看。

那银色飞舟的速度的确极快，恐怕他们真的能安然无恙地逃回去，他万花宫宫主将无用武之地。等去了他们的家乡，那自己可就真是案板上的肉，任由他们宰割了。

“我们赶紧走吧，这博瀚岛岛主似乎很不好惹。”木神句芒说道。

“等等。”万花宫宫主咬牙道，“我知道幻魔山谷的位置。”

“幻魔山谷？”秦云、后羿、孔宣和木神句芒都有些疑惑。

“那是什么地方？”孔宣询问道。

万花宫宫主没卖关子，直接道：“在时空潮汐中闯荡久了，消息灵通的，一般都听说过传说中的幻魔山谷。幻魔山谷是隐藏在时空潮汐中的一座神秘的山谷，它汲取了时空潮汐的力量，生长出了三种神果。每种神果都足以让任何强者为之疯狂。”

“这三种神果分别叫魂心果、混沌源果和启灵果。”万花宫宫主说着，“听起来普通，但它们的作用神奇无比。魂心果可在瞬间令神魂恢复，即便燃烧神魂到即将沉睡，服用一枚魂心果，神魂都能恢复到巅峰状态。燃烧神魂和敌人厮杀时，一枚魂心果可以令人第二次燃烧神魂去搏命。”

“混沌源果就更神奇了，只要服用了混沌源果，就能在不损伤自身的前提下，孕养出第二分身出来。”万花宫宫主说道，“你们也该知道，寻常分身之术，都会损伤本尊。而这混沌源果能使人多出一个和自身实力一模一样的分身，又不会损伤本尊。这相当于第二条性命！”

“启灵果，修行人服用后可直接顿悟，定会有大收获。那些困在瓶颈的，服用一枚启灵果，便有望突破到更高境界。这三种神果，在时空潮汐内也让诸多强者渴望不已。”万花宫宫主说道，“而我，可以带你们去幻魔山谷！”

第346章

岛主和山谷

三种神果？

秦云听到第一种神果魂心果的作用时，就已经心跳加速了。

秦云内心激动不已：渡劫的机缘，我渡劫的机缘就在这里！

他想要实力爆发到巅峰，唯有一个法子——燃烧元神法力。之前他和后羿切磋时，就是靠燃烧元神法力去施展烟雨阵，抵挡后羿的第九箭。

可是，抵挡如此可怕的攻击时，燃烧元神消耗的法力自然也会极多。

第十二次散仙天劫比后羿的攻击要强得多，秦云要燃烧元神，法力也会消耗得更快，怕是撑不了几下。

秦云暗道："我若是有了魂心果，用一枚魂心果就能多一次燃烧元神去拼命。若是有个三五枚魂心果，元神每次消耗至枯竭都能恢复到巅峰状态，能恢复个三五次，便能拼命三五次。到时候，我渡劫的希望可就大多了！"

再听到另外两种神果——混沌源果和启灵果的作用时，秦云就只有一个想法：这些神果都是对他渡劫有大帮助的。

混沌源果无须多说，是真的能让他多第二条命。虽然他渡劫时，分身也逃避不了，可终究是第二条命，用来燃烧元神法力催发烟雨阵也是有用的。

启灵果，更是能令秦云他们这等强者直接顿悟的奇物，太神奇了。三界的奇物，如万法灵液，也仅仅是辅助修行罢了。

若是服用了启灵果，境界上得到提升，烟雨阵威力提升，那他渡劫的希望自然更大。秦云很清楚，像后羿、祖龙、阿弥陀他们都在境界上离天道境很近。而他秦云，在大道圆满中只能算是中等水准，是本命先天至宝让他拥有了半步天道境的实力。

秦云的境界基础较低，代表他提升的空间大。

他服用启灵果，提升境界也比后羿、祖龙他们要更容易。

秦云心痒难耐，三种神果，每一种对他都很有用。

“这三种神果……”后羿、孔宣和木神句芒都各有想法。

在后羿看来，这三种神果的诱惑力也极大，启灵果令他有望突破达到天道境。另外两种神果，一种能让他对敌人的威胁更大，一种能令他拥有强大的分身，这些神果都是他在三界听都没听过的珍宝。

秦云他们四个都盯着万花宫宫主。

万花宫宫主微笑着道：“生长着三种神果的那座山谷，在时空潮汐内是一个传说，几乎每位强者都为之疯狂。我相信，四位也都很想得到神果。”

秦云他们相视一番，交流下了眼神，就确定了彼此的想法。

这三种神果，他们的确想要！

至于来自博瀚岛的威胁，本来他们四个联手就信心十足，又刚得到诸多宝物，还有一个半步天道境阵法大高手万花宫宫主帮忙，他们怕什么？

“你能带我们去？”孔宣询问。

“能。”万花宫宫主点头，“我得到了幻魔山谷的信物，持着那信物，便可抵达幻魔山谷。我去过一次，只是山谷内阵法太过玄妙，我没能破解。我可以带你们去，以你们同伴的箭术实力，就是以力破法，也能破除阵法阻碍。”

“信物？”秦云他们几个都看着万花宫宫主。

“你们夺走了我所有宝物，其中有一件不起眼的物品便是幻魔山谷信物。”万花宫宫主说道。

后羿他们了然。

这万花宫宫主不说，他们自然都认不出。

很快，他们就翻出了那件信物，那是一块水蓝色符牌。

“我可以尽心尽力带你们过去。”万花宫宫主说道，“但是你们得保证，事成之后放我离去，而且还得将万花宫和万花树给我，我若是空手在时空潮汐中闯荡，遇到敌人就死定了。”

“万花树是那截树枝？”孔宣询问。

“那是我常年使用的宝物。”万花宫宫主说道。

孔宣他们四个相视一眼，暗中传音，简单讨论了一下。

“万花树不可能给你，你只是要活命，躲在万花宫内要什么兵器？”孔宣说道，“我们可以答应你，事成之后将万花宫还给你，放你安然离去。”

“我需要宝物，万花树和世界之须，你们必须给我一样。”万花宫宫主说道，“否则，我宁愿不带你们过去。”

“哼，你真以为我们没你不行？”孔宣嗤笑道，“博瀚岛岛主威胁难测，我们本就打算先回家乡。至于幻魔山谷，有了这信物，我们会慢慢摸索，将来再去也不迟。而且，我们将你带回家乡世界，到时候自有天道境前辈慢慢对付你，搜查你的元神记忆。”

“搜魂？”万花宫宫主脸色难看，一咬牙，“好，到时候你们将万花宫给我，放我安然离去。”

一切宝物，在活命的机会面前都可以放弃。

秦云他们相视一眼，都笑了笑。

他们说得吓人，实际上，对大道圆满的强者搜魂太难了，三界的道祖、佛祖恐怕也没把握。

“对了，你刚才是说，博瀚岛有特殊的追踪之法吗？”秦云开口问道。

“是。”万花宫宫主说道，“凡是被博瀚岛盯上的，根本逃不脱他们的追踪。就算是我，得到幻魔山谷的信物，每次去探察幻魔山谷都是先通过混沌时空缝隙回家乡，而后从家乡的另一处混沌时空缝隙再度进入，那里离博瀚岛的影响区域就远多了，所以博瀚岛没能察觉。”

“从你家乡另一处时空缝隙前往？”孔宣追问道，“那从此处出发，抵达幻魔山谷是不是很远？”

“是很远，但若是有银色飞舟，只需百余年就能抵达。”万花宫宫主说道。

孔宣、后羿、木神句芒都松了一口气。

他们三个倒是不急，可秦云的时间很紧张，而秦云在他们四个中又非常重要，面对种种异常危险，都要靠秦云抵挡，没有秦云在，他们都不会来时空潮汐冒险。

“来回两百多年，时间还是足够的。”秦云笑道。

“那我们去吧。”后羿说道。

秦云点头：“这三种神果对我渡劫都有大帮助，不过前往这山谷，宝物的分配，可不能像之前那样了。”

之前的分配方案，是秦云得异界强者尸体，其他宝物都是不碰的。可这次他必须得分一份。

孔宣笑道：“哈哈，放心，那山谷内是长着神果的，可没什么异界强者肉身。让秦云兄你担风险白跑一趟，不分宝物，我们还没那般无耻。”

“此去，一要应对山谷内的危险，二可能遭到博瀚岛的追杀。”后羿说道，“这些都要让秦云兄帮忙应付。我们得到的宝物，分成三份。我一份，秦云一份，剩下的孔宣、句芒你们俩再平分。如何？”

孔宣、句芒彼此相视，很快就点头答应了。

这和之前的分配比例其实差不多，而且他们两个很清楚，面对普通敌人，有没有他们的区别都不大。秦云和后羿联手都能解决。

面对强大的敌人，孔宣的领域压制恐怕都没什么用，比如面对博瀚岛岛主，对方的阵法领域要更强。孔宣唯一的用途就是震慑对方，令对方不敢使用宝物。或许，博瀚岛岛主有信心使用宝物，不被他收走呢？

至于句芒，他主要是束缚敌人、纠缠敌人，关键时刻冲上去拦截敌人，甚至牺牲自己，也要为秦云他们三个拼得一线生机。

他们两位的作用虽然重要，但比秦云他们，都要低上一筹。

秦云和后羿才是关键。一个是保命，一个是杀敌。

“既然我们谈妥了，那便如此决定了。”后羿说道，“至于那博瀚岛岛主，他不来则罢，要是来了，我们便好好跟他斗上一场。”

“事不宜迟，我们现在就出发。”孔宣则道。

“出发。”

很快，万花宫宫主将整个宫殿收起，跟随秦云他们四位乘坐银色飞舟。

“朝那个方向前进。”在万花宫宫主的指引下，银色飞舟立即迅速前进，这飞行速度可比秦云他们四个慢慢飞行快了数十倍。即便如此，要抵达那座山谷依旧得百余年的时间，可见距离有多遥远了。

博瀚岛威名远播，在它周边极广阔范围内，那些盘踞在时空潮汐中的狩猎者，要么是有保命的法子，如万花宫宫主；要么，就已经臣服了博瀚岛。

博瀚岛有如此威势，只因为一位强者，就是那位博瀚岛岛主。

“你是个疯子，你为了一个外族女子，就要毁灭自己的族群？”

“圣主，这么做，真的值得吗？值得吗？”

“师尊，我不想死，不想死……”

一道道声音依稀响起。

博瀚岛上，一个白发人依靠在一棵大树下，似乎睡着了，忽然，他睁开双眼，醒了过来。

“又梦到那些事了。”白发人轻声低语，“岚笙死了，整个世界就得安安静静的，我将他们全部杀了，他们才不会吵到岚笙。让整个世界成为岚笙的墓地，这样多好。”

他的家乡，那样庞大的世界，所有生灵全部灭绝。

这就是他，博瀚岛岛主做的。

“岚笙啊，你可知道，在你死后不久，我就悟出初始境的奥秘了。我压制力量，停留在初始境以下进入时空潮汐，就是为了在时空潮汐中寻找不同世界的修行法门，不同的秘术，还有种种所谓的复活之术。可是，这些方法我都试过了，还是没办法复活你。亿万年的长生，就是亿万年的折磨。”博瀚岛岛主轻声低语，“什么时候，这样的折磨才能到尽头？你才能活过来？”

忽然，他有所感应。

“第三尊者死了？”博瀚岛岛主很平静，在时空潮汐中能让他震惊的事已经很少了。第三尊者仅仅是他的一个爪牙，是他抓捕其他异界强者的一个工具而已。

“岛主。”银发男子从远处出来，走到大树旁，恭敬行礼，“第三尊者以及他的五位使者全部身死。”

“怎么死的？”博瀚岛岛主询问。

“五位使者布阵镇压一方，第三尊者摩沉倾尽全力，却根本破不开那座剑阵。”银发男子说道，“那四个异界强者擅长弓箭的，先是用七箭射杀了使者，接着又耗费四十五箭射杀了第三尊者摩沉。”

博瀚岛岛主微微点头，眼中泛起神采：“施展剑阵的那位异界强者，不可小瞧。而擅长弓箭的，既然他能杀死第三尊者，定是有箭矢达到初始境威力。可杀死使者就耗费七箭，杀第三尊者也耗费四十五箭，显然他绝大多数的箭矢威力都不算强，只有偶尔几箭能爆发出初始境威力。”

“有意思。擅长夺宝的，能将强者的宝物都夺去；擅长剑阵的，能扛住第三尊者拼命时的威力；还有擅长杀敌的，能爆发出初始境威力。这四个异界强者如果是来自同一个世界的，那这个世界的修行体系就十分有意思了。”博瀚岛岛主眼中有着期待。

银发男子恭敬地问道：“岛主，我们该如何对付他们？”

“我会亲自动手。”博瀚岛岛主微笑着道。

银发男子露出喜色：“岛主出手，自然手到擒来。”

博瀚岛岛主点点头。

那四位强者的性命，他都要了，背后世界的修行体系，他也要。

“岛主，他们得到了第三尊者的飞舟，飞遁速度极快。”银发男子忍不住道，“当然，我的时空虫也一直跟着他们。”

“那我现在便出发。”博瀚岛岛主说道。

很快，一艘银色飞舟离开了博瀚岛。

不过博瀚岛岛主驾驭的这艘银色飞舟，炼制时耗费了更多心血，飞遁速度也比秦云他们那艘要快上三成。

仅仅十九年后，博瀚岛岛主的这艘银色飞舟就追上了秦云他们。

“岛主，他们就在前面。”博瀚岛岛主的身旁，有一条时空虫化作了银发男子，恭敬地说道。

“驾驭飞舟十九年，已经飞行很远了。”博瀚岛岛主说道，“如果他们是回自己的家乡，应该早就返回了。他们这些刚进入时空潮汐的，不太可能在时空潮汐内飞这么远。”

的确，秦云他们如果不是靠银色飞舟，单单这段距离，他们就得飞行上千年之久。

博瀚岛岛主早就打算好了，如果那四位强者先返回家乡，他就会在四位强者离去的混沌时空缝隙旁留下几条时空虫，长期盯着，等到四位强者下次再进来，他就会第一时间发现。

可事实是，这四位强者连续赶路十九年，还在继续赶路。

“他们一路上避开了数位狩猎者，”博瀚岛岛主笑道，“不跟狩猎者交手，只是全力赶路。如果他们不是回家乡，又是去哪儿？”

“岛主，他们抓了万花宫宫主。”银发男子恭敬地道，“根据我的时空虫暗中观察，似乎是万花宫宫主在指引方向。”

“哦？”博瀚岛岛主饶有兴趣，“再看看，看他们到底去哪儿。”

秦云他们根本没察觉到后面有一艘银色飞舟在悄然跟着，毕竟距离较远，已经超出了领域能够探察的范围。

“博瀚岛岛主实力高深莫测，睚眦必报，更强的队伍随时会赶到。”万花宫宫主提醒道。

“既然我们决定了，就只管走下去。”后羿说道。

“兵来将挡，水来土掩！甭管他多么高深莫测，他的法力也一定停留在天道境之下，论实力，和道祖、佛祖他们还是有差距的。”孔宣则说道，“只要有差距，我们四个联手就敢和他斗一斗。”

万花宫宫主没有说话，暗忖：等你们见识了博瀚岛岛主的厉害，就会急着要我帮忙了。

秦云则是在飞舟上盘膝坐着静修。

赶路可是要百余年的，时间很长，一路上他都在参悟修炼。

在击杀第三尊者的第一百零七年，秦云他们终于抵达了目的地。

“停。”万花宫宫主忽然说道。

银色飞舟迅速停下，后羿手持着水蓝色符牌。

“幻魔山谷入口的位置，大概就是这片区域。你持着信物仔细感应，越是靠近入口，信物的波动越强烈。”万花宫宫主说道。

“嗯。”后羿仔细感应着，同时也控制着银色飞舟，令银色飞舟缓慢飞行，一点点靠近，很快——

“就是这儿，这里的波动最强烈。”后羿说道。

秦云他们几个都能看到，水蓝色符牌上开始浮现神秘的符文。

“激发符牌，我们就可以进去了。”万花宫宫主说道。

“走。”后羿持着符牌，用法力催发。

“嗡——”

符牌散发的波动在后羿的控制下，直接笼罩了这艘飞舟。

这时，前方出现了漩涡，飞舟嗖的一声就钻进了漩涡，跟着，漩涡消散，这一方区域也恢复了过往平常的模样，只是那艘银色飞舟消失不见了。

几乎一刹那，另外一艘银色飞舟就赶到了这里。

飞舟上，博瀚岛岛主惊讶地看着周围："消失了？他们竟然在我眼皮底下消失了？"

"岛主，我的时空虫进不去，不过，他们进去的地方，似乎是……"银发男子低声道。

"传说中这一片区域藏着幻魔山谷。"博瀚岛岛主说道，"他们如此突兀消失，我都感应不到，他们去的地方十有八九就是幻魔山谷。看来，这次还真来对了！没想到，追踪四个异界强者，还找到了幻魔山谷。若是能得到那三大神果，那我此行可真是大有收获了。"

"幻魔山谷的入口就是这个时空节点？"博瀚岛岛主盯着眼前，"即便没有信物，我也得试试，能不能强行进去。"

博瀚岛岛主尝试着能否进来，而秦云他们已经来到了幻魔山谷。

第347章

两个选择

“这就是幻魔山谷？”秦云他们惊叹地打量着。

时空力量凝聚成液体，流淌处处，环绕着一片连绵的山脉。

连绵山脉中最显眼的自然是山谷，秦云他们就出现在山谷的入口位置。可这山谷有阵法守护，秦云他们都难以看清山谷深处的样貌，只能在幻魔山谷前仔细探察。

“好厉害的阵法。”孔宣看得皱眉。

“我早就试过了，根本破解不了。”一旁的万花宫宫主说道，“布阵者在阵法造诣上和我相当，不过，他这阵法的核心乃时空奥妙，我对时空大道参悟不够，所以我破解不了。”

孔宣也点头：“这是时空阵法，我也不够精通。”他最擅长的是五行。

“万花宫宫主和我都无法破解，那就只有一个法子了。”孔宣看向秦云、后羿，“以力破法！这阵法终究是半步天道境层次的阵法。若是以天道境威力的招数，足以强行破之。”

半步天道境到天道境，是质变。

就像后羿连续射出九箭，第一箭就算半步天道境威力了，也是积累到第九箭才能爆发出天道境之威。

“我来试试。”后羿说道。

“后羿兄，就看你的了。”秦云也颇为期待。只有破阵进去，才有望得到那三种神果。否则，他们就白跑一趟了。

后羿一翻手，拿出了古朴大弓。他将弓拉成满圆，一根金箭遥指前方。

“小心点，可别伤到那神果果树。”万花宫宫主连忙说道，“我曾经试着破阵，勉强能看到那神果果树就在那个方位。”说着，他遥指山谷深处一方位。

“放心，我会避开那个方向的，更何况，以力破法也没那么快。”后羿说道，他第九箭之前的弓箭威力并不大。

“嗖——”

箭矢流光射入时空阵法中，立即引起阵阵涟漪，但这箭都没能进去就跌落在阵外了，那金色箭矢跟着便又飞回到后羿这里。

后羿平静地射出一箭又一箭，随着箭矢威力越来越大，逐渐攻入阵法中，能够看到这时空阵法的更多真面目了。

“第八箭了。”秦云他们都仔细看着。

“轰——”

时空阵法剧烈震荡，部分区域有些摇摇欲坠，阵法痕迹完全显露。秦云他们甚至都能依稀看到山谷内部的情形。

山谷深处有一株通体散发着金光的果树，果树的树根竟然扎在一片悬浮的时空水流中。

接着，阵法再次震荡起来，这样的情形便看不到了。

“第八箭就已经能撼动这阵法了。”孔宣露出喜色。

“第九箭定能破阵。”秦云有些激动。

万花宫宫主在一旁看着，很是羡慕，他暗暗感慨：在时空潮汐中能施展出天道境威力招数的，也都是传说中的强者了。

达到半步天道境之后，才知道越阶发挥天道境的威力是何等艰难。

正因为太艰难，所以，达到半步天道境，修炼肉身一脉的强者才能在时空潮汐中横着走。

那位第三尊者摩沉横行漫长岁月，最后也是栽在了博瀚岛岛主的手里。当然，他后来又死在了后羿手中。知道后羿的箭威力很大，博瀚岛岛主也根本没携带手下，孤身前来。

因为博瀚岛岛主清楚，若带其他手下来，不但帮不了忙，反而是送死。

“轰——”

第九箭一出，便令时空阵法剧烈震荡，更是引起山地炸裂，部分布阵处被轰碎。整个时空阵法立即虚弱许多。

“阵法被毁坏部分。”孔宣露出喜色，“接下来就更容易了。”

后羿也笑了，一手抓住四根金色箭矢，同时射出四箭。

“轰！轰！轰！轰！”

这四箭，每一箭的威力都相当于秦云的游龙剑光了。四根箭分别射向四处地方，这一次，已经遭到部分破坏的时空阵法，根本没能阻挡住。

又是四个地方炸开，整个时空阵法便直接消散了。

“阵破了！”秦云他们都露出喜色。

万花宫宫主也忍不住心潮澎湃，激动地看着。他早就得到了信物，可一直被这时空阵法阻挡，如今总算能进去了。

可是，下一刻，他的心中便泛起苦涩：只可惜，我虽然能近距离看一看这三大神果果树，但是分不到一枚神果。

“神果果树。”秦云他们也看到了。

山谷深处，有三道耀眼的光华。

一株果树散发着金光，一株果树散发着白光，还有一株散发着彩光。

光华彼此交相辉映，山谷内如梦如幻。

“三株神果果树都是生长在半空中的。”木神句芒说道。

秦云仔细地观察着，他一眼就数清楚了这三株果树上面的果子。第一株神果果树上面是金色果子，共有九枚，差不多苹果大小；第二株果树上面长着褐色果皮的果子，表面有晶莹的白光，只有六枚果子，果子比金色果子还要小一号；第三株果树上面的果子则是透明的，都能看到里面的果肉，其中彩光流转。这株果树上只有三枚果子，而且个个犹如葡萄大小。

“神果还真少。”秦云道。

“这些神果熟了吗？我们能采摘吗？”木神句芒忍不住问道，“看它们大小不一，似乎在汲取果树的力量，还在生长中。会不会它们还没成熟，不能采摘呢？”

秦云一愣。

“我三界的灵果，不熟可不能服用，一旦服用，不但没好处，反而有害处。”孔宣也皱眉道。

“我们去近处瞧瞧。”后羿则道，“按照万花宫宫主所说，这里早就成了传说，应该很久没强者进来了。说不定，神果早就熟过一次两次了，怕是有果子跌落到山谷内。”

“嗯，我们进去瞧瞧，大家小心。”秦云继续维持着烟雨阵，当即，一众人小心翼翼地朝山谷内飞去。

如此传说之地，虽然破了外面的时空阵法，可他们一点也不敢大意。

很快，他们就看到了山谷内的情形。

以他们的手段，一眼便能将山谷内的情况看得清清楚楚。突然，他们个个瞳孔一缩，脸色微变。

“地面上没果子，一个都没有，倒是有一具尸体。”木神句芒低声道。

秦云也盯着远处。那人在离三株神果果树不远处，扎着一根蓝色辫子，穿着蓝色衣袍，就这么安静地倚靠在山石上一动不动。

“是他！”万花宫宫主一惊。

“他是谁？”秦云问道。

“他在时空潮汐中颇有名气，”万花宫宫主解释道，“被称作时空行者！因为他擅长时空一道，在时空潮汐中更是来无影去无踪。加上擅长阵法，是极难缠的强者。只是，他销声匿迹很久了。我还以为他是回家乡了，没想到他死在了这里。”

“他死在这里，应该是他当时穿过了外面的时空阵法，准备去采摘神果，却被杀了。”后羿皱眉，“难道山谷里面还有危险？”

“能杀死他，这里面的危险恐怕远超外面的阵法。”万花宫宫主也说道。

“可我没感觉到哪里有危险。”孔宣疑惑地道。他的五色神光领域早就弥漫开去，除了那具尸体有些诡异，并没发现其他特殊之处。

“原来他叫时空行者。”一道低沉的声音，在整个幻魔山谷中响起。

秦云他们脸色一变，这里还有其他强者？

“他能穿过我布置的阵法，倒是有些本事。”那道低沉声音继续道，“可如果他闯不进来，选择离去，还可能活命。但他进来就要夺我的神果，那就只有死路一条。”

“你们五个如果乖乖离去，我可以放过你们。可你们若是也想夺我的神果，那你们的下场就会跟他一样。”低沉的声音继续响起。

秦云他们神色郑重。

“敌人在哪儿？”秦云传音询问。

“不知道。”

“没发现。”

“周围都找不到敌人。”

后羿、孔宣他们虽各有手段，但都找不到敌人。

“看来，你们一个个都被宝物迷住了眼睛，宁愿不要性命，也要夺宝。”低沉声音继续道。

“你比我们更贪婪。”后羿冷冷地道，“你早就得到了神果，却依旧要独占神果果树。”

“仅凭几句话，就想让我们放弃，你可真是想多了！”孔宣嗤笑。

“唉。”一声低沉叹息在四周回荡，“我就知道，最后还是要动手。”伴随着这声音，幻魔山谷内开始出现了一阵异常的波动。

“嗯？”秦云忽然有所感应，转头看去，只见远处一座山峰开始扭曲，化作了一条岩石大蛇。

这岩石大蛇盘踞在远处，巨大的眸子平静地俯瞰着秦云他们：“我给了你们机会，你们还是不走。那你们就都死在这里吧。”

说着，岩石大蛇的周围凭空出现了一根根阵法石柱，足足有三十六根，一时间，整个幻魔山谷内的时空力量开始涌动。

“这大蛇擅长时空阵法。”秦云立即明悟，“之前那座封印阵法估计就是这大蛇布置的。”

“收。”孔宣眼中厉光一闪。

只见五色神光在幻魔山谷中一闪而逝，而岩石大蛇身边悬浮的一根根阵法石柱都消失无踪了。

“嗯？”岩石大蛇微微一愣，惊讶地看了一眼孔宣，“你的法门颇为独特，竟然能将我的宝物收走。如果你答应将你这夺宝的法门交给我，我可以饶你一命。”

“那你得先击败我们。”孔宣微笑着说道。

一旁的后羿已经开始再度拉开了那张古朴的大弓。

岩石大蛇看着后羿，瞳孔一缩，刚才后羿以力破法，它可是看得清清楚楚，当即便飞扑过来。它虽然体形庞大，但是速度奇快，远远超过秦云他们，几乎刹那间便飞到了他们近前。

“嗖——”

一道箭矢流光一闪而过，射在了岩石大蛇身上，那大蛇体表有无形力量护体，箭都没碰触到大蛇的鳞片，就被阻挡住了。

岩石大蛇停在半空中，用力地甩尾，尾巴便狠狠地抽打过来。

孔宣竭力以五色神光领域压制对方，木神句芒也从体表延伸出一条条藤蔓，那些藤蔓出了烟雨阵范围，阻挡岩石大蛇的攻击。

“嘭——”

伴随着一声巨响，岩石大蛇那尾巴瞬间抽断了七条藤蔓，但依旧有更多的藤蔓纠缠在那庞大的蛇尾上。那条蛇尾即便被藤蔓纠缠着，还是重重地轰击在了烟雨阵上。

烟雨阵不禁微微摇晃，却完全扛住了。

“嗖——”

后羿已经射到第三箭了，可是依旧无法破开岩石大蛇表面的护体力量。

“你这阵法有些意思，不过，这还挡不住我！”岩石大蛇声音轰隆，庞大的躯体开始游走。

一条条藤蔓还在纠缠大蛇，可大蛇依旧不管不顾地疯狂攻击烟雨阵，甚至连后羿的弓箭，他都可以无视。

“轰轰轰……”

岩石大蛇接连撞击、抽打，每一击都地动山摇，威力让秦云面色郑重，他连忙传音道：“这大蛇力大无穷，比博瀚岛第三尊者还要更凶猛些。”

此时，后羿已经射出了第八箭。

第八箭的威势，终于破开了这大蛇表面的无形护体力量，轰击在蛇鳞上，蛇鳞仅仅出现裂痕，第八箭就无法更进一步了。

“第九箭。”后羿也面色郑重，他从来没遇到肉身强成这样的。

“轰！”

前面八箭的蓄势，终于迎来第九箭的完全爆发，第九箭发挥了无可争议的天道境之威！

箭光一闪，避无可避。

那岩石大蛇也难得停下攻击烟雨阵，转而颇为小心地面对那一箭。

可是不管它怎么小心，面对后羿的箭，它都无法闪躲，甚至无法阻挡，只能硬扛。

“噗——”

这道箭光再度射穿了岩石大蛇体表护身之力，轰碎了蛇鳞，贯穿了岩石大蛇的身体，从岩石大蛇身体另一侧飞了出去，还有一股强大的湮灭力量在岩石大蛇体内肆意破坏。

“呼——”

岩石大蛇停在半空中，周围的山脉有一道道青色气流飞出，不断飞入它的体内，紧跟着，它又迅速恢复到巅峰状态。

“什么？！”孔宣看到这一幕，脸色大变，“这岩石大蛇怎么眨眼间就恢复了？”

“幻魔山谷的力量会源源不断地进入它的体内。”后羿郑重地道，“除非我一箭就射死它，让它来不及恢复。否则，它就是不死之身。而我刚才射出的第九箭，恐怕威力得再强上数倍，才能一箭灭杀它。”

“还要强上数倍？”孔宣看向后羿，“你有把握吗？”

“我就算拼命，拼到元神重伤，陷入沉睡，也是杀不了它的。”后羿摇头，脸色变得很难看，“若是在外面，我想要杀它不难。可在幻魔山谷，我没有办法。”

秦云、木神句芒听了也觉得情况不妙。

他们很清楚，连射九箭是后羿的正常招数，后羿可以拼命做到提升箭的威力，可显然现在的情况是，他就算拼尽一切也没指望。在没把握的情况下，秦云他们可不会让后羿陷入沉睡。毕竟，他们还得回去呢。

“哈哈哈，你的箭还真能伤我。可惜在山谷内，我的力量是无穷无尽的。”岩石大蛇大笑着，“既然你们杀不了我，那就都得死。”

“轰——”

岩石大蛇没有后顾之忧，彻底爆发了，它的力量在燃烧，疯狂冲击着烟雨阵。木神句芒那缠绕在它身上的藤蔓也接连断裂，藤蔓又开始生长，继续纠缠岩石大蛇。岩石大蛇还是受到了影响。

“轰！轰！轰！”

受到岩石大蛇一次次沉重的轰击，烟雨阵震荡不已，摇摇欲坠。

“它的攻击若是再强三分，我就得燃烧元神法力了。”秦云竭力支撑着。

后羿也再度射箭，一箭箭连续射出，转眼就到了第九箭，可情况和之前一样，虽然第九箭贯穿了岩石大蛇的身体，但幻魔山谷的青色气流飞入大蛇体内，大蛇又恢复完好了。

“什么，还不破？”片刻后，岩石大蛇惊愕了，它已经燃烧力量倾尽全力了，可烟雨阵就是破不了。

秦云渐渐放下心来，因为这大蛇虽然攻击凶猛，但它的威力并无提升。

“看来，这就是它的极限了。”秦云传音道，“它极限的攻击威能虽然强，但是离天道境还是差了一些的。”

“他身体强成那样，若是攻击威力也能媲美天道境，那才叫怪事。”孔宣松了一口气。

“可我们也奈何不了他。”后羿皱眉。

“我们可以强行过去，直接采摘神果。”秦云操纵着烟雨阵，带着众人直接朝山谷深处飞去。

那岩石大蛇虽然倾力攻击，但秦云他们依旧在靠近那三株神果果树。

万花宫宫主见状，暗暗叹息：还以为要我帮忙呢。

“停下，停下！”岩石大蛇眼睁睁地看着秦云他们直逼三株果树，当即喝道，“这神果果树的果子都还没熟。你们采摘服用，只会糟蹋了果子，对你们没有任何益处！”

“没熟？”秦云他们听到后也是心头一颤。

其实，他们目测之后就感觉这些神果依旧在汲取神果果树的力量，还在成长中，应该还没成熟。

可是他们还是抱着一线希望。毕竟，神果对他们帮助太大了，特别是秦云，这神果会让他成功渡劫的希望大上太多了。

“没成熟？”秦云看着那三株果树，有些焦急，看到那条已经停下攻击的岩石大蛇，忽然，他心中一动，当即喝道，“你这大蛇一直守在幻魔山谷，一定收获了不少神果吧？我给你两个选择，要么你交出身上所有神果，要么我们就将三株神果果树夺走。”

“夺走果树？”岩石大蛇瞳孔一缩。

第348章 神果到手

后羿、孔宣、木神句芒本来因为神果没成熟无法采摘，心中都有些无奈，可听到秦云的威胁，他们不由得眼睛一亮。

“对，如果你不交出神果，那我们就只能夺走神果果树了。”孔宣连忙道。后羿和木神句芒也都生出了期盼之念。

岩石大蛇心中恼怒，可它也很清楚，眼前这五个外来者杀不了它，它同样奈何不了对方。对方要带走神果果树，它根本无法阻拦。

“种植这三株神果果树非常困难。”岩石大蛇低沉道，“我老主人当初得了十余株神果果树，走遍了无数地方，还是选择将果树种在幻魔山谷，更是使用了重重法子尝试，也仅仅种活了这三株而已。即便是我，如果拔起神果果树，想要再将其种活，都没有任何把握。若是在外界其他地方，种活它们的可能性就更低了。”

岩石大蛇看着秦云他们五个，坚定地道：“你们要夺走它们，只会毁掉这三株神果果树。”

秦云他们心中一动。老主人？移植十余株神果果树？

“既然你老主人能移植成功，那我们也就有希望成功。”孔宣说道，“更何况，我们得不到神果，空手回去，还不如带走神果果树。”

“你们种不活的！”岩石大蛇眼中带着怒意。

“能不能种活神果果树，是我们的事。”秦云说道，“你赶紧选择吧。”

岩石大蛇气急败坏地看着他们。

“我们没时间和你耗下去。”孔宣也催促道，“再不答应，我们就只能夺走果树了。”

“我答应给你们三颗魂心果、一颗混沌源果和一颗启灵果。”岩石大蛇低沉道，“你们交出幻魔山谷的信物后，立即给我离开！”

秦云他们彼此交流了一下眼神。

有戏!

岩石大蛇既然能拿出五颗神果，那么它身上的神果怕是不少。

“我们有五个人呢，你这么点神果，我们怎么分？”秦云摇头，“而且，你还要我们交出幻魔山谷的信物。凭此信物，我们将来依旧可以进来。”

“若是不交出信物，你们刚离开，恐怕过些时日又来威胁我。”岩石大蛇说道，“所以，你们必须交出信物，我才答应给你们神果。”

秦云他们相视一笑。秦云道：“好，我们可以交出信物，但是你身上所有神果必须给我们。”

“所有神果？”岩石大蛇恼怒，“你们真是太贪婪了！”

“是你先要我们交出信物，若是不用交出信物，你只要给我们六颗魂心果、两颗混沌源果和两颗启灵果，我们就答应离去。可你要我们交出信物，那你就必须拿出所有的神果。”后羿、孔宣、木神句芒也都盯着岩石大蛇。

岩石大蛇沉默了。

秦云他们同样不会让步。

秦云他们从肉眼就能判断出，这神果对生长环境要求之苛刻，是远远超越三界那些先天灵果的。神果成熟一次所需的时间也会很久。

这信物，按照秦云他们知晓的情报，应该不止一个。舍弃了这个信物，换一批神果也值得。

而且，他们也知道了幻魔山谷的入口位置，即便没有信物，他们也可以试着破开阵法进来。

“既然他不答应，那我们还是夺走果树吧。”孔宣说道，“我相信，家乡世界的师门长辈是能找出种植的法子的。有了果树，一旦将其种活，我们就可以源源不断地得到神果。”

“交出信物，答应我从此别再来幻魔山谷，”岩石大蛇低沉地道，“我便将神果给你们。”

秦云他们听到这里，顿时大喜过望。

“你要交出身上所有神果。”后羿说道。

“放心，我既然答应了你们，自然会做到。”岩石大蛇低沉地道，“你们也得答应我，从此别再来了。”

境界越高的修行人，越是重视承诺。双方都相信彼此不会轻易违背承诺。

“我们答应你。”秦云他们说道。

岩石大蛇目光投向了万花宫宫主，只有万花宫宫主没开口，秦云他们四个也看向了万花宫宫主。

万花宫宫主苦着脸，他可什么好处都没分到，可被秦云他们盯着，为了活命，他还是乖乖地道：“我也承诺，从此不来幻魔山谷。”

“这是我漫长岁月积累下的所有神果。”岩石大蛇这才一挥手，眼前立即出现了一颗颗神果。

金色的果子数量最多，足足有十六颗。褐色外皮的小果子散发着白光，仅有四颗。彩光流转的透明果子更是只有两颗。

秦云他们眼睛一亮。

跟着，孔宣故意皱眉道：“魂心果十六颗，混沌源果四颗，启灵果只有两颗。不是说，魂心果每次成熟九颗，启灵果每次也能成熟三颗的？难道你漫长岁月里就得了这么点神果吗？”

“我既然说了这是我身上的所有神果，就不会有所隐瞒。”岩石大蛇低沉道，“我还想修炼达到更高境界，超脱这时空潮汐呢。至于其他神果，有些被我吃了，我也是需要修炼的，还有一些被我拿去和外界交易了。”

“哦？”秦云他们也了然，彼此相视，微微点头。

“这是幻魔山谷的信物。”后羿一翻手拿出了那水蓝色符牌。

双方开始交换。

水蓝色符牌飞向了岩石大蛇。

这些神果则飞到了秦云他们这里，后羿一挥手，先将神果都收了起来。

“哼。”岩石大蛇看着飞来的水蓝色符牌，低声笑道，“这老家伙自己都超脱时空潮汐了，还炼制了这些信物，分散在时空潮汐中，给所谓的后辈，真是可笑。”

秦云听到这里，眉毛一挑。

“原来是你的老主人想要借信物，将神果分散给众多修行者。”孔宣轻声笑道，“既然如此，你就更不应该独占这些神果了。”

“如此宝物，谁不想独占？仗着神果果树，我可以和诸多异界修行者交易。”岩石大蛇嗤笑道，“至于我的老主人，哼，他也是外来者，我才是出生在山谷中的。他来我山谷，占我山谷，奴役我，我怎么可能听他的？”

秦云了然。

难怪在这里，岩石大蛇受到这一方天地的力量滋养，受再重的伤，身体都能迅速恢复。

“如果不是他炼制了这符牌，凭你们自己的本事，你们根本就进不来。”岩石大蛇不屑地道，“对了，刚才你们将我的阵法宝物给收走了，你们可以还给我了吧？”

“还给你？那可是我们的战利品。”孔宣微笑着道，“你可以用宝物来跟我换。”

“你们想留就留着吧，不过是我用山谷之石炼制的布阵器物罢了。”岩石大蛇懒得再跟他们纠缠，“好了，你们拿了神果就赶紧走，飞到原先刚进来的地方，我开启入口，送你们出去。”

“我们等会儿就走。”后羿说道。

接着，秦云他们彼此传音，开始讨论起来。

“诸位，魂心果十六颗、混沌源果四颗、启灵果两颗，怎么分？”后羿传音问道，“启灵果，我想要一颗。”

“我也想要一颗启灵果。”秦云也传音说道，魂心果数量很多肯定能分得一些，而启灵果是用来顿悟修炼的，若是自身境界再提升，整体实力自然会再提升一截。

孔宣、木神句芒犹豫了，他们也想要启灵果。若是得到启灵果，他们或许就能达到半步天道境了。

可是，启灵果一共才两颗。

秦云看到这里，突然明白，面对神果，没有人会退让。

之前分宝物时，大家都很好说话，是因为即便是先天至宝，也不能让他们为之疯狂。不提秦云和后羿，就算是实力较弱的孔宣、木神句芒，也逼近半步天道境了。多一件先天至宝，一是可以用来参悟大道，二是能多一些手段，但是并不能让自身实力发生质变。

可眼前的神果就不同了。启灵果能让他们进入顿悟之境。

混沌源果能在不影响本尊的前提下，修炼出第二分身。两个分身联手，实力都能大增，更别提还能多一条性命了。

这两种神果的价值都远在先天至宝之上，一旦错过了，恐怕以后也难再得到。毕竟神果在时空潮汐中都只是传说，他们也是承诺以后不再进入这里才得到了几个。

在场之人都是内心孤傲之辈。孔宣，身为孔雀大明王，曾经也是出了名的脾气暴戾，后来被佛祖如来降伏，才化去戾气。后羿也是孤傲之辈，若不是秦云的剑阵挡住他的九箭，他都不会答应秦云一同前来。木神句芒一直在混沌中修炼，他能耐得住漫长的寂寞时光，自然无比渴求得到大道，不止一次进入时空潮汐，不就是为了这等机缘吗？秦云更是有散仙之劫的性命威胁，身为剑仙，他岂会轻易罢手？

“按照事先说好的。”后羿目光一扫，传音道，“我们来幻魔山谷所得的宝物一分为三，我和秦云各得一份。剩下的一份由孔宣兄和句芒兄平分。现在启灵果只有两颗，我和秦云都需要，那我们就各取一颗，两位没意见吧？”

孔宣、句芒相视一眼。

在后羿和秦云都不放弃启灵果的情况下，他们的确不好争。

“神果的分配，可得公平些。”木神句芒笑着道。

“这样吧。”后羿说道，“启灵果算作四颗魂心果的价值，混沌源果算作三颗魂心果的价值，两位觉得如何？”

“好。”

“就这么算。”

秦云、句芒、孔宣都微微点头。

“那我分一颗启灵果，一颗混沌源果，五颗魂心果。”后羿说道，“秦云也是如此。孔宣兄和句芒兄各得一颗混沌源果和三颗魂心果。如此算起来，也算公平了。”

“的确公平。”孔宣微笑着点头，“我和句芒得到的神果，算起来都是六颗魂心果的价值。”

秦云也点头。他的算起来，相当于十二颗魂心果的价值。

“先如此分，大家有什么想要的，也可以交换。”后羿说道，随即一挥手，众多神果悬浮在空中，分别飞向秦云、木神句芒和孔宣。一旁的万花宫宫主看着这些神果，很是眼热，可他只能心中嘀咕几句罢了。

秦云颇为开心地一挥手，将分给他的神果收了起来。他暗道：有了这些神果，我成功渡过散仙之劫就更有希望了。我秦云也有望真正得长生，能一直陪着萧萧，也能指点欢儿、依依、玉罗他们了。

若是能活，谁又愿意死？即便是秦云，也是向往长生的。

孔宣收起神果后，心中一动，看向秦云说道："秦云兄，我用三枚魂心果，换你一颗混沌源果，你可愿意？"

秦云一怔。

混沌源果可以令自己在渡劫时，多拼命一次，而三枚魂心果，可以让自己多拼命三次。

不过，混沌源果相当于第二条性命。

秦云脑海里飞速思考着：我实力如此强，主要是依仗本命飞剑。即便有第二分身，可我的第二分身没有烟雨剑，实力也会比本尊差很多。可我要是多了三枚魂心果，对渡劫的帮助会更大。不管如何，我得先渡劫，活下来才是最重要的。

"我也要换。"木神句芒也说道，"秦云兄，你可愿意换？"

"你们俩……"秦云无奈地笑道，"按照万花宫宫主说的，这混沌源果只能用一次，只能靠它修炼出第二分身。你们即便服用再多，也没法再修炼出第三分身的。"

木神句芒笑道："我们不用，而是卖出去，这样能有不小的收获。"

孔宣点头："我的实力主要依仗神通领域，魂心果对我帮助不大。若是拿到三界，祖龙他们恐怕会很想要得到这颗混沌源果。"

秦云顿时了然。

祖龙肉身强横，可三界一般的修炼分身的法子是会损伤本尊的，对悟性等各方面都会有损伤。所以，很多大拿都不愿修炼分身。

可这混沌源果，能让服用之人在不损伤本尊的情况下修炼出第二分身。

祖龙若是多出一个同样强大的分身，虽说还要消耗大量宝物去修炼，但依旧会让祖龙心动，为之疯狂。

"我倒是愿意换。"秦云说道，"可你们俩都要换，我换给谁呢？"

"我可是先说的。"孔宣连忙道。

“秦云兄刚才可没答应你。”木神句芒也说道。

“你们俩先谈妥吧。”秦云一笑，他倒是没说价高者得，因为这两位都只能拿出三颗魂心果罢了。

孔宣和木神句芒两个彼此传音，谈了好一会儿，让远处一直等秦云他们离开的岩石大蛇都有些不耐烦了，他强压着心中的情绪。

“和我交换吧。”孔宣看着秦云，“我和句芒兄已经谈妥了。”一旁的句芒也点头。

于是，秦云和孔宣交换了神果。

最后，孔宣有了足足两颗混沌源果，秦云倒是一颗混沌源果都没了，可他有一颗启灵果，八颗魂心果。如此一来，秦云渡劫时能多八次机会。他做的这一切，都是为了渡劫。

秦云暗道：“只要我成功渡劫，活下来就行，至于修炼分身，或者其他种种手段，我都可以慢慢来。”

“后羿兄，你可愿意换？”木神句芒看向后羿。

后羿似笑非笑地看了句芒一眼：“不换！”

“你们都分完神果了，可以走了吧。”远处的岩石大蛇终于开口。

“我们现在就走。”后羿笑着驾驭银色飞舟，带着大家前往刚进来处。

“我且让你们得意一会儿，若是等我将来找到机会，哼！”岩石大蛇憋了一肚子火。

幻魔山谷外。

博瀚岛岛主盘膝坐在飞舟上，看着眼前这片时空。

“我明明看着他们进去的，入口就在这一时空节点。”博瀚岛岛主微微皱眉，“可是以我的阵法境界，竟然都无法破解……”

他苦思许久，连头绪都摸不到，眼前就仿佛只是一个很平常的地方。要不是他之前亲眼看到秦云他们进去，他都不能知道这里的特殊之处。

“哗——”

这时，空中出现时空漩涡，一艘银色飞舟飞了出来。

“开启了！”博瀚岛岛主顿时露出喜色，连忙挥手，一道浩瀚力量想要撑住时空漩涡。

那时空漩涡排斥着他的力量，在银色飞舟出来后，漩涡就合拢了。

“我的力量完全被排斥在外，都没有一丝能渗透进去。不过，这入口的阵法我倒是看清了。”博瀚岛岛主心中一沉，“布阵的那位，阵法造诣已经达到了初始境，在我之上，而且蕴含了时空的奥妙。”

“没有信物，我根本没法强闯。”博瀚岛岛主瞬间明白这点，“嗯？”

银色飞舟上正是秦云等人。

孔宣对万花宫宫主说：“放心，我们会遵守承诺，放你离去的。”

“我当然相信诸位。”万花宫宫主笑着，忽然，他脸色一白，连忙急切喊道，“是博瀚岛岛主！”

“博瀚岛岛主？”秦云他们一个激灵，也都看到了眼前的人。

茫茫时空潮汐中悬浮着一艘飞舟，一个白发人坐在舟头，似乎在发呆。

跟着，这白发人的目光投向他们，他眼神淡漠，冷漠地开口道：“交出幻魔山谷的信物，我可以饶你们性命，放你们安然离去。”

“信物？”秦云他们彼此相视。

信物如今都到了那岩石大蛇手里了，他们可没有。

第349章

博瀚岛岛主的实力

“我们就算想要给他信物，也没法给啊。”木神句芒传音说道。

“看来，只能一战了。”孔宣也传音说道。

秦云和后羿神情郑重，心中升起了战意。

来到时空潮汐这么久，他们一直都进行得比较顺利，勉强算作对手的岩石大蛇，若是在外界对抗，那岩石大蛇也是挡不住他们的。在幻魔山谷内，岩石大蛇倒是堪称不死之身，可秦云他们还是成功地得到了不少神果。

“博瀚岛岛主实力强大无比，在整个时空潮汐中，他是绝对无敌的。”万花宫宫主很清楚对方的威名，焦急地传音道，“你们赶紧将万花宫给我，我们躲进万花宫，借助万花宫再和他交手，还有些希望。”

“给他。”后羿传音吩咐。

他们虽然心有战意，但也得小心点，做好万全之策。

孔宣当即一挥手，一座万花宫便出现在了秦云他们的下方，他们一众立即飞入万花宫中。

“我终于回来了。”万花宫宫主站在花丛中，一念之间便掌控了整个万花宫，有了些许安全感。

随着他法力运转，一时间，宫殿内万千花朵绽放，阵法接连被激发，彼此结合为一体，光芒万丈，笼罩了整个万花宫。而秦云他们四个在万花宫宫主身旁，他们只要愿意，可以第一时间杀了万花宫宫主。之前他们早就在万花宫宫主的元神中留下后手，不怕万花宫宫主不听话。

博瀚岛岛主在飞舟舟头，缓缓站了起来，悠然地看着秦云他们，丝毫不在意这万花宫的出现，他淡然地道："怎么，你们不愿意交出信物吗？"

"岛主，不是我们不愿意交，是我们没有。"万花宫宫主说道，"我们进了一趟幻魔山谷，信物也被幻魔山谷收回了。"

"没有？"博瀚岛岛主看了一眼万花宫宫主，"那你们得到神果了？"

"你问那么多干什么？"木神句芒喝道。

"你们若是得到神果，便全部交出，我也可以饶你们一命。"博瀚岛岛主平静地道。毕竟，秦云他们不自愿的话，就算被杀死，他们也可以在死前毁掉神果和信物。

对博瀚岛岛主而言，眼前这几个异界修行者虽然有些用，但也不及传说中的三大神果重要。

有了神果，他就可以去找另一个强者交易。那位强者在复活生命方面可比他强多了，据传，只要付出足够大的代价，那位是能做到从时光长河中将死去者复活的。

"你想得倒是挺美。"后羿冷哼一声。

"我们辛苦得到神果，会给你？"孔宣也看着那位博瀚岛岛主。

"你们似乎很不服气，那我就打得你们服气。"博瀚岛岛主一翻手，手中出现了一个黑色圆盘。

"收。"孔宣立即心念一动，五色神光闪了一下。

博瀚岛岛主依旧手持着黑色圆盘，似笑非笑地看着孔宣："看来，你收不走我手中的宝物。"

孔宣脸色一变，他的五色神光也并非无所不能。秦云的本命飞剑、后羿融入心力的弓箭，他都是收不走的；还有道祖、佛祖的法宝，只要他们有所戒备，孔宣也是收不走的。即便在道祖和佛祖大意的情况下收走他们的法宝，也会在瞬间被夺回去。

显然，博瀚岛岛主对孔宣早有戒备。

“你且瞧瞧我的阵法。”博瀚岛岛主手持黑色圆盘，悠然说道。

“哗——”

只见空中出现一个巨大的黑色大阵，封印了四面八方，仿佛一个巨大的黑色空间牢笼，封住了周围千万里的范围，万花宫也在其中，秦云他们自然也被困在了阵法内。

“任凭你们用尽法子，也是逃不掉的。”博瀚岛岛主微笑着，又一挥手，“我最擅长的并非阵法，而是刀法。”

说着，他的面前出现了三柄弧形弯刀。弧形弯刀没有刀柄，只有刀刃，光是悬浮在那儿，都散发着滔天凶戾之气，这让秦云他们变了脸色。

“这是我见过凶戾之气最盛的兵器。”孔宣传音道，“他到底杀过多少生灵，才会有这样的刀？”

秦云、后羿、木神句芒和万花宫宫主都面色郑重。

“去。”博瀚岛岛主悠然挥手。

三柄弧形弯刀立即旋转着飞向万花宫，那些弯刀看似速度并不快，可秦云他们仅用肉眼，便感觉到了无尽的死寂，感觉自身在绝望中沉沦。

秦云只感觉自己仿佛溺水者在水里苦苦挣扎，连烟雨阵都弱了许多。

“小心！”后羿喝道，心力扫过四方，秦云他们这才一个激灵，恢复正常。

后羿口中喝着，同时立即弯弓射箭，一道箭光射出。

“嗖嗖嗖！”

他迅速连射，射向远处的博瀚岛岛主，博瀚岛岛主继续操纵着那三柄弧形弯刀，任由箭矢就这么射过来。

"噗——"箭在距离博瀚岛岛主还有十丈时，空中出现了无形的空间屏障。箭射在空间屏障上，被挡住了。

"轰轰轰……"一阵低沉的轰鸣响起。

弧形弯刀切割在万花宫表面的层层阵法上，立即令阵法震颤不已，一层层阵法在碎裂，但也有新的阵法浮现。

"万花宫宫主，你之前遇到我，都是躲在万花宫内，立即飞入混沌时空缝隙逃命。"博瀚岛岛主笑着，"这次，周围可没有混沌时空缝隙。我倒要看你如何逃命。"

阵法轰鸣，接连被破。

后羿连续射箭。第七箭，第八箭！可这些箭依旧被那空间屏障给挡住了。

"轰——"

化作一道金光的第九箭瞬间射在博瀚岛岛主身前十丈处的空间屏障上，随着不断发出的轰鸣声，那空间屏障被射出了一个窟窿，跟着，第九箭在距离博瀚岛岛主一丈位置处停下了。蒙蒙的黑色屏障笼罩周围，保护着博瀚岛岛主。那第九箭还是被阻挡了。

"你这一箭竟能有初始境威力，我在你的箭矢中，感觉到了内世界心之力。"博瀚岛岛主惊讶地瞥了一眼后羿，"可惜，你的箭术还太粗糙。"

秦云、木神句芒和孔宣都心中一颤。

天道境威力的一箭，对方抵挡起来竟然很轻松，都没有用兵器阻挡。

离天道境只差些许的后羿，竟然被对方说成箭术粗糙？对方的境界，难道已经达到天道境了吗？

"你们应该猜到了，我的确早已达到初始境，只是力量没突破罢了。"博瀚岛岛主微笑着道，"我在时空潮汐又兼修了诸多异世界的修行体系，你们是斗不过我的。所以，你们赶紧乖乖交出所有神果，我还能饶你们一命。"

"轰轰轰……"

万花宫阵法在慢慢被攻破，那三柄弧形弯刀都切割在万花宫的院墙上，院墙开始出现裂痕。

万花宫宫主焦急地道："快帮我抵挡，我的万花宫快挡不住了！"

"嗯？"秦云连忙心念一动，烟雨阵扩大了范围，和万花宫的诸多阵法合力去抵挡那三柄弧形弯刀。然而，烟雨阵和万花宫阵法合力抵挡起来都很吃力，万花宫的阵法依旧在被接连攻破，只是被攻破的速度变慢了。

"你才仅仅帮我抵挡一柄弯刀，另外两柄弯刀我依旧扛不住，我的阵法就要挡不住了。"万花宫宫主急切地道。

"我已经倾尽全力了。"秦云也是法力涌动，烟雨阵震荡着摇摇欲坠，"再挡下去，我就得燃烧元神法力了。"

"我的万花宫只能支撑数个呼吸的时间，宫殿马上就要破了。"万花宫宫主焦急地道。

"你之前不是说有希望抵挡吗？"木神句芒焦急传音道。

"我过去碰到博瀚岛岛主，就立即驾驭万花宫逃进混沌时空缝隙，从来没挡过这么久。"万花宫宫主也有些慌，"而且，他过去出手也没这么狠啊。"

伴随着阵法接连被破，万花宫宫主多年来经营的万花宫越来越脆弱，只见宫殿的外墙也开始裂开。万花宫宫主的脸上满是绝望之色。

"轰——"

秦云见状，立即燃烧元神法力，催发烟雨阵，烟雨阵的威力大涨，帮忙抵挡其中两柄弯刀。剩下的第三柄弯刀，万花宫倒也能勉强支撑住。

"我燃烧元神法力，撑不了太久的。"秦云焦急地道。

"你这剑阵有些意思，可你燃烧元神又能持续多久呢？"博瀚岛岛主在远处悠然道，"不交出神果，你们都得死！"

"嗯？"秦云有所感应，转头看去。

只见身旁握着古朴大弓的后羿，也在燃烧元神法力，恐怖气息升腾，他还翻手拿出了一颗金色魂心果吞入口中，眼眸中也满是疯狂，当即拉弓射箭，弓呈满圆，第一箭就划过长空杀了过去。这一箭贯穿了博瀚岛岛主周边十丈处的空间屏障，最后被他身边丈许处的黑色屏障给阻挡住。

这一箭，同样有天道境之威！

“我修炼这么久，燃烧元神连射九箭，只做过一次，那次之后陷入沉睡，沉睡了足足三万年。”后羿传音给秦云他们，“这是我第二次燃烧元神，连射九箭！”

秦云他们都生出期待。

燃烧元神，连射九箭。

第一箭就有天道境之威，第九箭得多强？应该能对付得了那位博瀚岛岛主吧！

秦云很清楚，燃烧元神法力的消耗，速度有快有慢。像那位异界强者命运燃烧力量仅仅用来控制一群仆从，维持了一天多。秦云燃烧元神施展烟雨阵，不遭到攻击的话，能维持阵法颇久。可一旦遭到攻击，就不一定了，这攻击越强，他的法力消耗就越大。

后羿若连射九箭，这消耗将极恐怖。

“我说了，你威胁不了我。”博瀚岛岛主依旧悠然站在那儿，施展着三柄弧形弯刀。

“嗖！嗖！嗖！”

后羿却没说话，射出一箭又一箭。

原本博瀚岛岛主还很淡然，可渐渐地，他脸色变了，后羿的第一箭就有天道境之威，到第四箭时，博瀚岛岛主也感到强烈的威胁了。

“施展连射九箭之术，应该要付出挺大的代价。难道他燃烧元神也能施展？”博瀚岛岛主感到不妙，以他的眼界，他很清楚，能在半步天道境燃烧法力达到天道境之威都是传说了。像后羿，不燃烧法力，连射九箭最后一箭就达到天道境之威，简直不可思议。

如此不可思议的秘术，定有重重限制。

博瀚岛岛主不清楚，后羿能做到，就是因为心力一脉。后羿已经将心力一脉修炼到前所未有的地步。燃烧元神法力连射九箭，心力消耗也是急剧增加，可后羿依旧能做到。

“嗖——”第五箭化作一道光，耀眼夺目，秦云他们看了也感觉目眩神迷，只觉得要是面对如此箭术的是自己，那他们根本无法阻挡。

伴随着一声低沉的轰鸣声，博瀚岛岛主周边丈许处的黑色屏障也被攻破了，仿佛一个世界破碎一般，博瀚岛岛主体表出现一点又一点黑光，接着浮现出一片片黑色鳞甲，形成了一套完整的黑色铠甲。博瀚岛岛主更是头上戴上了黑色战盔，将身体各个部位护卫周全。

第五箭轰破黑色屏障后，残余威势轰击在那黑色铠甲上，被完全挡下了。

“能让我使出全力，这值得你们骄傲了！”完全包裹在黑色铠甲中的博瀚岛岛主低沉道。

“轰！”

突然，博瀚岛岛主的气息也变得恐怖许多，同样燃烧了法力，遥遥控制着那三柄弧形弯刀。随着他的控制，三柄弧形弯刀的威势增长。

万花宫的层层阵法受到攻击接连被破，院墙跟着碎裂倒塌了。

“我撑不住了！”万花宫宫主脸色大变。

秦云赶紧将烟雨阵的范围扩大，完全笼罩住了万花宫。这一刻，只剩他的烟雨阵独自抵抗那三柄爆发的弧形弯刀。三柄弧形弯刀同时切割，使烟雨阵剧烈震荡着。秦云全力燃烧元神，法力也消耗得极快。

突然，秦云露出惊讶之色：“这弯刀的威力增加得比我预料的低。”

按照秦云在三界的经验，燃烧元神法力，实力提升幅度一般都较大。

然而，这位博瀚岛岛主燃烧元神法力，每一柄弧形弯刀的威力只提升了约莫七成。虽然给秦云带来了极大的威胁，但是比秦云预料中的要好得多。

“他只是增加了七成威力，可我如今一力抵挡，也只能支撑三个呼吸的时间。”秦云虽然心疼，但也只能拿出一颗金色魂心果，这果子的表面泛着金色光晕，看起来嫩得滴水。他一口吞了下去，魂心果便立即化掉，一股力量充斥在他的元神处处。

秦云体内，伴随着燃烧元神的消耗，魂心果的力量也在不断补充着。

博瀚岛岛主看到这一幕，眼神变得冰冷。其实，他的境界已经达到了初始境，只是元神法力没有突破，这使得他爆发后，和三界的道祖、佛祖相比还是有差距的。不过，他在时空潮汐中学习了太多修行体系的优点，还学了诸多秘术，能够挖掘出自身法力的潜力。

他不燃烧法力，光靠自身力量都能发挥出极强的威力，三柄弧形弯刀之前就有天道境之威。

因为他挖尽了自身法力的潜力，在燃烧法力后，反而实力提升的幅度不大。只能说，此刻爆发后的博瀚岛岛主，有着和魔祖他们相当的实力，秦云燃烧元神法力抵挡也只能支撑三个呼吸的时间。

“嗖！嗖！”

后羿一直以最快的速度出箭，可没法子，他的心力灌入箭中，每一箭射出都要些时间，如今已经射到了第七箭。

那第七箭，一连射穿空间屏障和黑色屏障，射得博瀚岛岛主体表的鳞甲都开始碎裂，有血迹渗透出来。

博瀚岛岛主突然醒悟，暗道：不行，我扛不住了。除非我的力量也突破到初始境，否则，我根本挡不住他。

可在时空潮汐里，他是没法突破的，进入混沌中才能真正突破到天道境。他立即一个念头，召回三柄弧形弯刀，那才是他的兵器。他之前一直没用兵器阻挡。

这时，后羿的第八箭已经扣在弦上。

“嗖——”

第八箭再度射出。

只见远处的博瀚岛岛主一边施展三柄弧形弯刀抵挡，一边在时空潮汐中分化成上万的幻影。这并非化身之法，而是他在用身法闪躲。

“好厉害的身法。”秦云他们看得惊叹不已。

可后羿这第八箭的箭光贯穿了其中一道幻影，露出了博瀚岛岛主的身影，博瀚岛岛主胸口被箭射中了。

“他的箭，我要用兵器挡不住，连我自己也躲不掉？传说中的内世界心之力，也没这么强吧。”博瀚岛岛主有些难以置信。

他不知，虽然他在时空潮汐中见识过数位拥有心力的强者，但那几位和后羿比起来差太多了。

“嗡——”

后羿那张古朴的大弓上，第九箭闪烁着耀眼的光芒。

博瀚岛岛主一挥手，三柄弧形弯刀、十八面盾牌悬浮周围。他一边借助宝物抵挡，一边疯狂朝远处飞遁。

他终于选择退去。

后羿连射九箭，威力是在第九箭发生质变的。

若是博瀚岛岛主在后羿射出第四箭、第五箭的时候就开始逃，以他的飞遁速度，他还是有望逃掉的，然而，现在已经晚了。

此刻的后羿脸色开始发白，魂心果虽然能恢复元神，但对心力的恢复要弱得多。他那如汪洋般浩瀚的心力，几乎都被他灌入了第九箭中，因此，他的心力也接近枯竭。寻常情况下连射九箭，就是来个十次八次，他都能很轻松地面对。可如今，仅仅一次他就力竭了。

“就看这一箭了。”后羿目光炽热，眼中有着期待。

这是他达到半步天道境后，第一次如此拼命。

这道箭光璀璨夺目，穿过了时空。

那三柄弧形弯刀、十八面盾牌似乎封印了一切方向。可那道箭光穿过了时空，任凭那博瀚岛岛主身法再诡异，在后羿用心力的锁定下，依旧射在了他的身上。

“轰——”

博瀚岛岛主的身体被箭射穿，恐怖的威能这一次灭绝了博瀚岛岛主肉身的一切生机，他的元神也泯灭了。

博瀚岛岛主的身体飘在空中，再无生机。

“死了，他死了。”

“博瀚岛岛主死了。”

后羿他们都露出激动之色。

秦云更是有些震撼地看向后羿，一个境界上达到天道境的，只是元神法力没突破的强者，竟然被后羿杀死了。

“我那一箭灭杀他这一肉身时，能感觉到在时空潮汐中他还有分身在。”后羿脸色苍白，眼神都变得黯淡不少，他果决地说道，“他知道我们的实力，若是下次再杀来，一定有对付我们的法子。我们赶紧走。而且，在百年之内，我都无法再次施展刚才那样的九箭了。”

后羿还从来没有如此消耗过心力。

“他还有分身？”

“也对，他学了诸多修行体系，怎么可能没分身。”

“他下次说不定就会请帮手了。”

“赶紧走。”

秦云他们不敢迟疑，收了博瀚岛岛主的肉身以及遗留之物，驾驭着博瀚岛岛主之前的那艘飞舟，以最快速度，朝家乡三界赶去。

这一次，他们是真的爆发了所有实力，再没有什么隐藏的招数了，甚至后羿百年内都没法再爆发了，他们自然得赶紧溜。

第350章 分宝

博瀚岛。

“我的分身竟然被杀了？我虽然力量没突破，但境界早就达到初始境了，怎么还是被他们给杀了？”白发人盘膝而坐，眼中没有愤怒，有的只是惊讶，“我一直以为，在这时空潮汐中，真正能威胁到我的也就那几个同样达到初始境的老家伙了。”

到了初始境，力量没突破，故意停留在时空潮汐内的可不止博瀚岛岛主一个。只是时空潮汐太过广袤，博瀚岛岛主接触到的仅仅几位而已，在他的眼中，他们才是对手，才能对他带来威胁。

可他没想到，四个修行者联手的小队伍，都没达到初始境，就让他博瀚岛岛主狠狠栽了个跟头。

损失分身就罢了，还是能修炼回来的。可他那些在外征战使用的宝物兵器都没了，这让他有些心疼。

“我多年积累的宝物，竟然就这么落到了他们手里。”博瀚岛岛主自语。

“不过，能越阶而战，那位神箭手应该拥有着一些特殊的法门，他们背后的世界修行体系一定也很特殊。”博瀚岛岛主眼中有着期待，“不知道，在那个世界的修行体系中，能不能找到复活岚笙的法子。”

虽然起了很多念头，但博瀚岛岛主并没打算追杀秦云他们。

一来，平常用来杀敌的宝物被夺走了，他现在的实力有所下降，待在老巢内才是最安全的。

二来，他没任何把握应对后羿燃烧元神后连续射出的九箭。

三来，他那艘飞舟，是他耗费心血炼制的最快的一艘，如今也落到秦云他们几个手里。秦云他们一心要逃，他也没把握能成功拦截。

“他的第九箭，我怎么才能挡住呢？”博瀚岛岛主思索起来。

“嗖！”

秦云他们乘坐飞舟，飞遁在时空潮汐中。

“这飞舟速度好快，比之前第三尊者的那艘飞舟还要快上三成。”秦云他们很惊讶。

“说不定，博瀚岛岛主没有更快的飞舟了。”一旁的孔宣笑道，“我们只要小心一点，那位博瀚岛岛主想追都追不上我们。”

“不可大意。”盘膝坐着的后羿脸色苍白，说道，“博瀚岛的强者可以在路途中拦截，一旦他们拦截成功，我们就危险了。”

一旁的万花宫宫主也连忙说道：“对，博瀚岛有特殊的追踪之法，每次都能追踪到敌人。这艘飞舟是博瀚岛岛主专门乘坐的，应该是最快的！可你们回去的路线，也不能让他们猜着了。”

“嗯，我们得经常改变方向。”孔宣微笑着道，“稍稍改变一点，便能相差亿万里，他们没办法提前埋伏。不过，这样的话，我们就没办法沿着最快的路线回去，恐怕得多耽搁一年半载的时间。”

以这飞舟的飞行速度飞行一年半载，可是一段很远的路程。

“宁愿多绕路一年半载。”秦云说道，“对了，那博瀚岛岛主随身携带的宝物恐怕也是不凡，我们也得仔细查查，说不定就有些实用的，能立即让我们实力增强。”

“对。”木神句芒道，“我们现在就将这些宝物分一分。”

孔宣、后羿也都点头。

万花宫宫主坐在飞舟的角落，只能转过头去。

“哗——”

先是博瀚岛岛主那具肉身，肉身上依旧穿着黑色铠甲。

“这套铠甲很奇怪。”后羿指着博瀚岛岛主身上的伤口，“似乎是他身体的一部分。”

“嗯。”秦云也仔细看着。

秦云也发现了，博瀚岛岛主这身铠甲并非先天灵宝，而是这博瀚岛岛主体表长出的鳞片，连头盔也是自然生长、凝结而成的。

“这是一种特殊的修行法门。”旁边的万花宫宫主开口道，“修炼肉身很艰难，毕竟体内脏腑都很脆弱。而这种特殊修行法门，据说是通过汲取种种宝物的力量，融入体表的皮肤，将皮肤修炼得犹如铠甲，修炼到高深境界后，就会变成他这个样子。可惜我也只是听说，没得到过这修行法门。”

“带回去，让道祖、佛祖看看，或许他们就能从这肉身中剖析出这个修行法门。”后羿说道。

剩下的，就是种种宝物。这些宝物被一件件摆放在飞舟内。当然，博瀚岛岛主多年的珍藏，要么藏在家乡，要么藏在博瀚岛，真正被他带出来征战的，都是他平常会使用到的。

黑色圆盘、三柄弧形弯刀、十八面盾牌以及一根银色丝线，加上正在乘坐的飞舟，这些是博瀚岛岛主随身携带的重要宝物，其他物品相对就差多了。

“这圆盘乃阵法至宝。”孔宣查看着宝物，“圆盘擅长封印一方空间，而且还会形成领域镇压，比我的领域都要强大。之前我的五色神光领域都被它驱逐了。幸好万花宫帮我们挡住了这领域。”

万花宫宫主无奈地道：“我万花宫只能庇护宫内，不像这阵法至宝，可以带出去，随时施展。”

秦云他们都微微点头。

阵法领域至宝比孔宣的领域更强，真是好宝贝。

“这三柄弯刀，在三界我就没看到过比它们更凶戾的兵器。”孔宣说道，“若是到了魔祖手里，怕是威力会更强。”

“十八面盾牌是应对群攻的宝物。”木神句芒说道，“此物玄妙无双，能分割时空，令敌人陷入不同的时空，然后再一一对付。只是面对后羿的箭，他没法子。”

脸色苍白的后羿摇头道：“他的护身秘术很厉害，加上护身铠甲，我燃烧元神射出第九箭才杀了他的分身。”

后羿燃烧元神第一箭的威力就达到了天道境，而那博瀚岛岛主的肉身，竟能扛下第八箭，可见有多恐怖了。只是，后羿的第九箭产生了质变，博瀚岛岛主才没扛住。

“这十八面盾牌分割了时空，若不是我燃烧了元神，我的箭也突破不了它的阻碍。”后羿又说道，“若是被这盾牌挡住，削弱了我第九箭威力，怕是第九箭就杀不了博瀚岛岛主的分身了。”

“还有这银色丝线，也很不凡。”秦云看着，这丝线仿佛一根天地绳索，隐隐能擒拿世间万物，“这银色丝线应该是他擒拿敌人的宝物，只是我们躲在万花宫内，让博瀚岛岛主一直没机会使用。”

“诸位看看想要什么。”后羿说道。

“后羿，你和秦云先选。”孔宣说道，“刚才我和句芒都没做什么，都是你们在硬扛。而且你们还都用了一颗魂心果。”

“后羿兄先选吧。”秦云笑道，“能杀敌，靠的是后羿兄。”

“没你秦云撑住，我也没法全力出手。”后羿说道，“这样吧，这三柄弧形弯刀就归我了，这是博瀚岛岛主最强的兵器，也最珍贵。”

秦云他们都承认，那三柄弧形弯刀都是先天至宝，而且凶戾滔天，又是一套法宝，自然价值最高。这三柄弯刀便是拆开，随便一柄，价值都不亚于黑色圆盘和银色丝线。

“这十八面盾牌，还有这飞舟，归我吧。”秦云也说道，这二者加起来，比那三柄弧形弯刀也相差不远了。

“句芒兄，你先选。”孔宣笑道。

“我本身就擅长擒拿敌人，就无须这擒敌的宝物了。我要这阵法圆盘。”木神句芒说道。

孔宣也点头，这在他意料之中，他道：“那这根丝线便归我了。”他本就擅长领域，再得到了这能擒拿敌人的至宝，实力将大涨。

“对了，句芒兄，在回去路上，这阵法圆盘可得借给我参悟一二。等回到三界，我就还给你。我倒要看看，它怎么就比我的五色神光领域更强了。”孔宣说道。

“这条银色丝线，在路途中你也得借给我参悟。”木神句芒笑道，“我看它的擒拿手段，和我的擒拿手段究竟有何区别。”

他们分了重要宝物，剩下的宝物，也简单分了一下。还是秦云、后羿各一份，孔宣和木神句芒共一份。

其实，这次对抗博瀚岛岛主，主要是后羿和秦云出的力，他们还各自用了一颗魂心果。一颗魂心果的价值，比一件先天至宝也差不了多少了。所以，在挑选时，孔宣和木神句芒也都很谦让。

在三界，想要得到一件先天至宝很难，出来一趟，后羿他们都得到数件先天至宝了，更是有连三界都没有的神果在手。秦云也得了许多宝物以及神果。这也是三界那些古老强者对时空潮汐又畏惧、又期待的原因。

进入时空潮汐，的确有危险，可也有机缘。

秦云他们四个联手，碰到博瀚岛岛主都是险胜。如果没有得到神果，那他们四个这次就栽在博瀚岛岛主手上了，恐怕要成为博瀚岛岛主的手下。到那时，秦云都得在时空潮汐内渡劫了。可事实是，他们成功了，还得了诸多宝物归来。

他们中途就放万花宫宫主离开了，飞行路线一直在调整，博瀚岛也根本无法提前埋伏，在八十三年后，秦云他们就抵达了混沌时空缝隙。

“终于回来了。”

秦云他们看到了那回三界的混沌时空缝隙，松了一口气。

“嗖！”

飞舟直接飞入混沌时空缝隙，带着他们飞回三界。

与此同时，时空潮汐中，那道混沌时空缝隙旁。

三只时空虫突然出现，其中一只虫子化作了一道银发男子的虚影。

“这道混沌时空缝隙通往他们的家乡？”银发男子轻声道。

跟着，虚影消散，三只时空虫隐匿在时空潮汐中，成为时空潮汐的一部分，根本无法被探察到。

秦云他们穿过混沌时空缝隙，都遥遥感应到了三界，不由得心头欢喜。

他们很兴奋，也后怕和庆幸。

“这次去了时空潮汐，算是知道天外有天了。”后羿笑道，“便是我等四位联手，都差点栽在博瀚岛岛主手里。”

“遇到那些半步天道境强者，乃至博瀚岛岛主，我和句芒只能在旁边看着你们拼命。”孔宣说道。

“这次的确惊险，若是实力没突破，我是不会再去时空潮汐了。”秦云说道，“当然，我得先渡过散仙之劫。”

“秦云兄，你若是渡不过散仙之劫，恐怕从今往后，三界都不可能有散仙能渡过了。”木神句芒道，“所以，你一定能成功的。”

很快，秦云他们四个就分开了，各回各处。

而他们回到三界的那一刻，三界顶尖的一群强者也都生出了感应。

黑暗魔渊深处的魔祖感应到了秦云，心中很是失望。

“这秦云，还真是运气不错，连续两次去了时空潮汐都安然回来了，他要是死在时空潮汐，那该多好。”魔祖道，“在三界，有灵宝道祖护住他。看来，只能盼望那散仙之劫能够灭了他了。唯有他死，我魔道在三界才能有兴盛之机。”

三界中，期待秦云死的强者有很多，其中实力最强、地位最高的就是这位魔祖了。

魔祖实在是恨得牙痒痒。

因为秦云是几位半步天道境强者中，对付魔道最积极的一个，他让魔道漫长岁月的渗透都毁于一旦，如今只能龟缩在魔道领地。

秦云不死，魔道就看不到希望，而魔祖的种种计划就没法施展。

“秦剑仙、后羿、孔宣和句芒，四位联手去了时空潮汐，也不知道他们这次得到了什么宝贝。”混沌三凶中的浑敦和梼杌正聚在一起，他们也感应到秦云他们回来了。

“估计他们这次收获不小，说不定，他们每个都得手了一件先天至宝。”梼杌有些羡慕。

“若是秦剑仙和后羿愿意带我去，我也敢闯一闯时空潮汐。”浑敦说道。

梼杌嗤笑一声，道：“算了吧，以秦剑仙的脾气，他不灭了你，就算你运气好了。”

浑敦摇头道：“你和秦剑仙交恶，我却没有。我和秦剑仙的关系还是很不错的。”

“你跟他关系好又怎样？要不了多久，他就要渡第十二次散仙之劫了。”梼杌摇头道，“我倒要看看，他秦云能不能成功渡劫。”

三界中，有期待秦云死的，有羡慕秦云的，也有为秦云他们回来感到开心的。不同势力的强者，态度也各不相同。

天界雷啸山。

和后羿他们分开后，秦云来到了这里。

“终于回来了。”秦云站在半空中。如今已经是深夜时分，繁星点点。

雷啸山的山脚下是连绵的建筑群，即便现在是夜晚，依旧灯火璀璨，繁华而热闹。

自从数千年前，秦家出了一个秦玉乐，秦云这一脉的族人就开始迅速增多，一代代繁衍，数千年下来，早就难以计数。他们绝大多数都住在山脚下，只有极少数家族精英、修行天才才有资格住到山上去。

而山顶，是秦家地位极高的人才能住的地方。

毕竟，那里居住着秦剑仙夫妇，还有秦依依、孟欢、秦玉罗、秦玉乐等家族核心人物。

“不知不觉间，秦家就如此兴盛了。”秦云俯瞰下方，“数千年就繁衍到数百万人口了，修行家族，人口繁衍的速度竟也能如此之快，这得记玉乐那小子一大功。”

秦云又一迈步，到了山顶。

在山顶，一身淡青色衣袍的伊萧正在独自抚琴，琴声悠悠。

秦云默默地站在一旁仔细聆听，待得一曲结束，伊萧才惊觉秦云来了。

“云哥。”伊萧露出喜色，站了起来，“你回来了？”

“嗯，之后我就不去时空潮汐了，我会安心待在家，准备这第十二次散仙之劫。”秦云微笑着道。

“这次收获怎么样？”伊萧询问。

“比上次的收获更大。”秦云说道，“说不定，我真的能够得长生。”

伊萧也微笑着点头：“云哥，你一定能成功的。”

秦云站在山顶俯瞰下方的繁华，感慨道：“秦家如今是越来越兴盛了，可如此一来，也会有更多的秦家子弟依附着秦家这棵大树。我若是渡劫失败，身死魂灭，以魔道和我的仇怨，我秦家恐怕会立即迎来重重劫难。”

“云哥，你不是说了吗，你会渡劫成功，得长生的。”伊萧说道。

“未来的事，谁说得清呢？不过，在渡劫前，我会安排好一切的。”秦云说道，“当然，最好的法子，就是我活下来。”

不管是为了自己，为了家族，为了碧游宫一脉，还是为了压制魔道，他都得成功渡劫，活下来。

只要秦云活下来，魔道急得跳脚也没用，而秦云的那柄烟雨剑，就将一直镇压着魔道。

“走，先去献祭。”秦云说道。

“这次能凑齐功劳吧？”伊萧询问。

“当然能凑齐。”秦云笑着，这次收获太大了，所缺的那点功劳轻易就能凑齐。

很快，他们就来到山顶的一处空旷之地，只见秦云一挥手，便有三具异界强者的肉身躺在那儿，正是博瀚岛一脉的阵法使者。

“这三位，都被博瀚岛岛主炼制成傀儡，都失去自我了。”秦云说道。

“博瀚岛岛主？”伊萧惊讶地问道。

“博瀚岛岛主是时空潮汐中的一位恐怖强者，达到了天道境，只是元神法力没突破，故意待在时空潮汐。”秦云笑道，“这次，我们真的遇到了危险，差点就回不来了。”

伊萧听了很是后怕。

秦云一挥手，放出烟雨剑，只见烟雨剑光淅沥沥的，飘洒在空中，切割着第一具阵法使者肉身，这肉身被炼制得坚韧无比，不过，烟雨剑乃本命先天至宝，威力惊人，耗费了数个呼吸的工夫，第一具阵法使者肉身就化作齑粉，回归天地。

异界强者生命蕴含的神秘力量，融入三界天地。

顿时，有功劳降临大地。

功劳金光笼罩在身上，无尽功劳不断融入体内，秦云感受着这一切，微微点点头，这次得到的功劳说多不多，说少不少，和献祭一般的大道圆满异界强者肉身相当。

“看来，这三具肉身都得献祭了，功劳方才足够。”秦云又继续动手。

片刻后，三具阵法使者肉身全部回归三界天地，海量的功劳不断降临着。

“这次应该够了。”秦云一伸手，摧毁三具肉身的烟雨剑飞回到掌心。秦云心念一动，这次所获的功劳便不断地转移到烟雨剑中。

秦云和伊萧都在默默注视着烟雨剑。

随着功劳不断融入其中，九成七、九成八、九成九……

终于，烟雨剑中的功劳达到了某个界限。

“轰——”

秦云感觉到手中烟雨剑发生质变，引动了整个三界天地，使三界天地动荡。这动静之大，让三界的大拿都为之震惊。

“这是怎么了？”

“怎么回事？”

大拿都很疑惑，道祖和佛祖的感应最为敏锐。

碧游宫，灵宝道祖陡然睁开眼，流露出喜色，遥遥看向天界雷啸山的方向。只见那雷啸山绽放出道道七彩功劳光，一时间，照耀百万里，璀璨夺目。

“功劳至宝，诞生了。”灵宝道祖轻声笑道，“有此至宝，足以保一族气运了。”

第351章

启灵果

八景宫中，太上道祖也笑着道：“本命先天至宝，又成了功劳至宝，秦云这小子可真是了不得！他恐怕真的有望渡过那最终的散仙之劫。”

“散仙之劫，乃混沌天道降临之劫，躲无可躲，威力更是难料。”玉虚宫中，元始道祖说道，“可凡事皆有一线生机，既然有一线生机，以秦云如此实力，他就应该能渡过。若是连秦云都无法渡过，那散仙这条修行路，真的就是一条绝路了。”

“哈哈，元始，从你口中听到夸我徒弟的话，还真是难得。”灵宝道祖笑着道。

“这是事实。”元始道祖说道。

一个大世界。

两道身影并肩站在山顶，遥看天界方向。

“他从时空潮汐一回来，献祭得到的功劳立即用来成就功劳至宝了。而且他是和后羿他们一起去的，怕是得到的宝物也不少，真是让我等又羡慕又嫉妒啊。”黄发老者笑道。

一旁站着祝融神王。祝融神王微微皱眉，他很不喜欢后羿。

毕竟，祝融神王被镇压了漫长岁月，一出来就遭到了后羿的截杀，幸亏他很明智，被射中第一箭就赶紧溜了。

秦云和后羿他们一同去时空潮汐，祝融神王一想到后羿也得到了很多宝物，自然倍感压力。

祝融和后羿的仇，是没法解的。

“先让秦云得意些日子，要不了多久，他那第十二次散仙之劫就来了。”祝融神王摇头道，“而且，谁也不知道，将来是否还会有第十三次散仙之劫。如果他真的死在散仙之劫下，那他的宝物可都要换主人了。到时候，他的那柄烟雨剑都不知会落在谁的手里。”

黄发老者点头道：“秦云一死，烟雨剑即便换主人，也依旧是先天至宝，是功劳至宝，碧游宫或许能暂时占着。可等道祖、佛祖他们都被迫离开三界后，碧游宫也是护不住的，碧游宫也只有一个黎山老母罢了！”

“不但是烟雨剑，连秦云在时空潮汐内获得的种种宝物，他也是没法留给他家人的，因为他秦家守不住。”祝融神王说着，“宝物越多，越是给他秦家招灾祸。”

“是，宝物是会招灾的。”黄发老者点头。

“盯着秦家的，其中恐怕就有你一个吧。”祝融神王笑道。

黄发老者笑呵呵地道：“我承认我很眼馋他的宝物，可这事轮不到我，魔道恐怕会先出手。”

祝融神王点点头：“不说这些了，我们之前的事，就这么说定了。”

“行，说定了，既然拿了好处，我定会办事。”黄发老者点头。

祝融神王点点头，随即便一迈步，离开了这个大世界。

黄发老者这才眉头皱起来，遥看天界方向：“秦云？秦家？他先后两次去时空潮汐，身上宝物定是不少啊。可惜盯着他的人太多了，大家都在等他死呢，我怕是捞不到什么宝贝啊。”

秦云的本命飞剑烟雨剑成了功劳至宝，这个消息自然迅速在三界中传播。秦云并无丝毫自得，反而感受到了压力。

秦家如今多风光，宝物何等惊人，将来自己若是渡劫失败身死，秦家便将陷入危险之中。

当天，秦云就悄然来到了碧游宫。

“师尊。”秦云恭敬行礼。

灵宝道祖也微笑地看着这个徒弟，在离开三界之前，能收到这样的弟子，他是很满意的。唯一有些无奈的是，当初秦云能逃，却为了大昌世界的亿万生灵选择渡劫成散仙，去和魔头灭星拼命。秦云虽然救下了家乡世界亿万生灵，但他自己也将面临重重散仙之劫。

当然，灵宝道祖表面上无奈，实则心中更喜欢这样的徒弟。

“弟子这次在时空潮汐中，遇到了危险。”秦云说道，“我遇到了一个敌人，名叫博瀚岛岛主，他已经达到了天道境，只是元神法力没突破，故意停留在时空潮汐中。”

“达到了天道境？”灵宝道祖也是一惊，“那你们是如何应对的？”

秦云恭敬地道：“他长期在时空潮汐，兼修诸多体系法门，实力极强。弟子燃烧元神，勉强能拖延一时，后羿他燃烧元神连射九箭，最终第九箭方才射杀了对方。当然，射杀的仅仅是敌人的一个分身。”

灵宝道祖有些惊讶：“后羿燃烧元神能连射九箭，这为师也知晓，可他这般施展后，怕是得陷入沉睡吧。”

后羿的实力，三界谁都不怀疑。在同层次的强者中，他的实力简直是碾压级别的。

不过，面对道祖他们，后羿护身手段太弱，这就是他的致命缺陷了。

后羿能在时空潮汐中接连射杀强者，也多亏了秦云抵挡一切危险，还有孔宣、句芒在旁边帮忙。

“我们在时空潮汐中，得到了能恢复元神的奇珍，后羿才没陷入沉睡。”

跟着，秦云一挥手，便有一具肉身出现在宫殿中，“这便是那博瀚岛岛主的肉身，师尊且看看他身上的铠甲。”

“哦？”灵宝道祖好奇地看着。

一个同样达到天道境的异界强者，虽然元神法力没突破，但种种秘术很高明。灵宝道祖一眼就看得出来。

博瀚岛岛主这肉身的体内倒是寻常，和一般的大道圆满肉身相当，唯有身上的铠甲十分特殊。

“他身上这套铠甲，竟然是特殊的修行法门所凝结而成的。”灵宝道祖一眼认出了，惊讶地道，“以金仙层次的法力，修炼出的铠甲竟能抵挡后羿拼命的前八箭。若是他元神法力突破了，那这铠甲的威力怕是还能提升。”

“这铠甲的确非凡。”秦云说道，“我和后羿、孔宣、句芒回来的路途中也仔细探察过，但我们都看不透。”

“你们当然看不透，这铠甲蕴含的种种玄妙已达天道境。嗯，这手段，的确和我三界的不一样。”灵宝道祖有些惊叹，“这是很独特的护身手段，倒是可以让元始、老君他们都来看看，若是能从中悟出一些法门，也能让我三界多一流派。”

秦云也明白。

单是凭借一具肉身，想要将这外甲法门还原到天道境，可能性很低。可这终究是天道境秘术手段，相信对道祖、佛祖他们也是有些助力的。

师尊他们将来也是要离开三界的，他能帮一点是一点。

“那弟子就先告退了。”秦云说道。

“你有心了，回去后，就安心准备渡劫，毕竟，你只剩数百年的时间了。”灵宝道祖说道。

“是。”秦云恭敬地应道。

秦云又回到了雷啸山。

黑夜过去，朝阳升起，阳光通过窗户洒在书桌上。

秦云坐在书桌前，翻看着过去自己写的一些剑术典籍，不断思索着："在时空潮汐中最珍贵的启灵果，我也只有一颗，必须得用在最恰当的时候。我不急着闭关，先花费一些时间，将我修炼至今的剑道全部梳理一遍，写出一本完整的《烟雨剑道》来，将来就算我死了，这本剑法典籍也能流传下去。而且到那时候，我使用启灵果进入顿悟之境，效果应该会更好。我还有八百年时间，足够了。"

定下计划后，秦云便静下心，审视自己的剑道，开始用心书写完整的《烟雨剑道》。

修行无日月，秦云潜心书写《烟雨剑道》，转眼便已过去了一百二十六年。这一百二十六年是秦云过得最悠闲的日子，他每日就是陪妻子散散步，指点孟欢、秦依依、秦玉罗、九尾狐徒弟青霜。他表面上在指点，心中也在不断酝酿着烟雨剑道的奥妙，到了夜里，他便独自一人去书写《烟雨剑道》。

这样的日子，对秦家人、秦云徒弟们而言是非常难得的。

"田晃，你简直就是个榆木疙瘩，我都这么说了，你还不懂！"秦云恼怒地喝道。

"师父息怒，师父息怒。"一个浓眉大眼的壮汉赔笑道，"弟子是愚钝了一些，弟子回去慢慢想，一定会悟明白的。"

这田晃，正是秦云当初游历天下时，在天界的一小国南国境内创办烟雨剑馆收的三个弟子之一，秦云也留了三道剑道传给这三个徒弟，让他们修炼到天仙境六重天再来见他。

如今，看似最憨厚的田晃反而最先达到天仙境六重天。

到了这般境界，田晃很轻松就打听到了在天界有着赫赫威名的雷啸山，田晃在知道自家师父就是秦剑仙后，着实吓了一跳。

以一己之力，横扫三界无数魔头，秦云可是三界无可争议的第一剑仙！

“你们三个，我挺看好靳榆的，没想到他们俩都还在天仙境三重天，你却先突破了。”秦云说道，“这些日子，我教你的越来越多，对你的要求是苛刻了些。你也不必着急，你只管将我教你的用心记下，以后的日子里慢慢体会，慢慢去悟。”

“是，师父。”田晁乖巧地应道。

“接下来数百年我会闭关，就没时间再教你了。”秦云说道。

“闭关数百年？”田晁一怔。他当然知道，自家师父乃散仙，离第十二次散仙之劫也只剩下六百多年而已。

若是闭关数百年，等师父出关，不就很快要渡劫了？

“我该教你的都教了，只是不知，我还有没有机会再教教靳榆他们俩。”秦云说着转身便离去。

“师父，一定有机会的。”田晁连忙说道，他六岁就拜在秦云门下，对师父就像是对父亲，他自然不愿看到秦云渡劫失败。

秦云在闭关前的这几日，教了秦依依、孟欢、秦玉罗、九尾狐青霜他们很多。毕竟在渡劫前，他便不一定再有时间教他们了。

“云哥，你都要闭关了，这几日还花费这么多心思教他们。”伊萧忍不住道，“你留下典籍给他们即可，自己专心修炼才是最重要的。”

“靠典籍自己参悟，和师父指点的能一样？”秦云说道，“只可惜我阴阳之道，一条大道都没悟出，也没法教青霜一条直指金仙大道的道路。”

很久以前，秦云的阴阳之道就积累到天仙境了，可他如今依旧卡在瓶颈。

他教女徒弟青霜的阴阳一道的剑诀也有不少，甚至数门剑诀的威力都勉强有金仙之威，可终究并非成就大道的剑术。因为他自身在阴阳一道上都没有成就大道。

“你已经做得很好了，很多当师父的，可没你这般用心。”伊萧说道。

“萧萧，我这次闭关，时间难料。”秦云看着妻子，“毕竟一旦进入顿悟之境，时间我也没把握，甚至到渡劫前才出关都有可能。”

“你自己闭关修炼最重要。”伊萧也满心担忧。

时间越来越近，最终的散仙之劫……云哥能成功渡过吗？

“家里的一切就交给你了。”秦云轻轻拥抱妻子，伊萧也抱着秦云。

许久，秦云放开妻子，转身进入静室。

静室门关闭，伊萧在门外看着，秦云已经在静室内盘膝而坐。

这一百二十六年书写完整的《烟雨剑道》，让秦云完全审视了一遍自身所悟，甚至对自身剑道接下来的修行方向也有许多感悟。如果有漫长的修行岁月，他可以慢慢来，可他没那么久时间了。

“启灵果。”秦云一伸手，手心之上悬浮着一颗透明的果子，表面彩光流转，果子里面的果肉也清晰可见。

这是启灵果，在时空潮汐中都是最珍贵的神果，不知多少异界修行者为之疯狂。

“开始吧。”秦云一张嘴，一口就将果子吞了进去，果子在口中破碎，有奇异的酸甜味道在口中弥漫，更有一股无形的力量冲击元神。

秦云只觉得一个激灵，比在师尊的万法池修炼还要神奇得多，一瞬间，他的元神就进入了一种奇特的状态。这一刻，他之前一百二十六年的所思、所悟在迅速整合，脑海里甚至浮现出了新的念头。念头一起，便是种种感悟。

这就是顿悟之境。

在这个境界里，能将自身多年的积累，化作种种闪现的灵光，悟出奥妙。

启灵果，的确是逆天之物。

何为逆天？在混沌天道下，修炼分身是会损伤本尊的。元神二分会损伤元神根基，但可以换取第二条性命。心魔一脉，诸多分身的实力总和是恒定的，一个分身强，另一个分身就会弱，这已经是让三界无数修行者羡慕的手段了。

可三大神果的混沌源果能在混沌天道下破例，能做到在不损伤本尊的前提下，再修炼出一个强大的分身来。

这，就是逆天而为！

启灵果也是如此，顿悟之境原本可遇不可求，只有某种机缘到了才可能进入。实力越高，进入顿悟之境的可能性就越低。大道圆满的强者，乃至其中最厉害的半步天道境强者，别说顿悟了，就是想要提升实力都很艰难。

而启灵果可以强行让人进入顿悟之境，也难怪后羿、孔宣、木神句芒都想要了。启灵果是三大神果中，最让他们渴求的。

后来，还是这次功劳最大的后羿和秦云，各分了一颗启灵果。

秦云盘膝坐在静室中，心中感悟如泉涌，自身的烟雨剑道不断涌现新的感悟，且融入其中，脑海中有种种剑术浮现，终于，感悟引起质变，一门崭新剑术在脑海中浮现。这门剑术蛮横强大，三尺剑，斩尽一切敌人，至阳至刚，有我无敌。

“太阳之道。”秦云心头有些许欢喜，他悟出了一条顶尖大道——太阳之道。

种种感悟还在继续结合，秦云完全沉浸在顿悟之境中。

秦云闭关顿悟的日子一年年过去，转眼便是五百年后。

第352章

散仙之劫

秦云进入顿悟之境，过去修炼时的困惑迅速被解决，瓶颈被打破，实力堪称突飞猛进。

他在闭关的第一年，便突破瓶颈，悟出了一条顶尖大道——太阳之道；在闭关的第八年，悟出了顶尖大道——太阴之道。

接下来，则是烟雨阵的提升。

之前烟雨阵的核心是将七星之道融入三才大道，又汲取了异族天道境血脉之力的奥妙，如此方才有秦云的烟雨阵运转之法。因为要靠烟雨阵抵挡散仙之劫，所以之前数千年的时间里，秦云绝大多数心思都花在了这上面，自然有很多感悟，也有很多困惑的地方。特别是那异族天道境血脉之力，让他感到困惑的地方极多。盘古血脉之力他也借鉴了一二，同样有许多困惑之处。

在顿悟之境中，秦云对许多困惑都突然明悟了。他对七星之道和三才大道的融合，有了新的感悟，融合起来的效果也更好。而他对异族天道境血脉之力感悟更多，对盘古血脉之力也有少许感悟。

这些感悟都自然而然地融入烟雨阵中，令烟雨阵不断发生蜕变。

静室中，淡淡的香味弥漫房间。

秦云已经盘膝坐了五百年，此刻，他眼皮微微一动，睁开了双眼。

“这才过去了一会儿，就结束了？”秦云低声自语，一念之间便渗透时光长河，才哑然失笑，“竟然都过去五百年了？在顿悟之境，这时间过得也太快了吧。”

有时候，他觉得时间过得太慢；有时候，他又觉得时间过得好快。进入顿悟之境，便是如此。

一恍惚，一闭眼，一睁眼，五百年便过去了。

仿佛黄粱一梦，可梦中的修炼感悟是真实的。

“这五百年里，我悟出了太阴之道、太阳之道，对异族天道境血脉之力的领悟多了数十倍，它和七星之道、三才大道的结合也更加玄妙，令烟雨阵威力大增。”秦云露出喜色，“便是杀敌招数，都强了五成。剑阵护身威力更是提升了不止一倍。”

到了他这般境界，想要提升一点都很艰难。

秦云之前虽然在杀敌方面没花太多心思，可他终究参悟过一二，加上身为剑仙，本就该擅长杀敌。如今在顿悟之境下，攻击力轻易就提升了五成。

护身方面，秦云花费的心力就太多了，进步自然最明显。

“可惜，我之前认为自己短时间内不可能悟出一条圆满大道，虽然在阴阳之道上花费了些心思，但积累还不够。”秦云摇头，“这次仅仅悟出太阴、太阳之道，没能悟出阴阳结合之道。”

太阴、太阳，加上阴阳结合之道，三者融合，才是阴阳大道。

“不过，太阴、太阳之道对我也很重要。”秦云眼中有着期待，“当初盘古开天地，鸿蒙初开，天地分阴阳，阴阳二气结合，才有雷霆，有风，有阳光，有雨露，有种种万物。天地万物都可分为阴、阳，这太阴、太阳之道，在整个天道运转中都很关键，自然可以融入我的剑道，而且对我的剑道帮助也会很大。”

“可惜顿悟之境已过去，接下来需要慢慢参悟。还好，离渡劫还有一百多年。”秦云又继续修炼。

秦云这一次的目的，是将太阴、太阳两条大道，和七星之道、三才大道完美结合，令烟雨阵再次得到提升。

天庭。两个大拿驾云并肩飞行，闲聊着。

“那位秦剑仙应该快渡劫了吧。”

“我算算，离他第十二次散仙之劫还有五十一年。”

“五十一年转瞬即过，也不知这位秦剑仙能否渡劫成功。很多道友都说，以散仙之劫历次威力来看，第十二次散仙之劫，很可能得达到天道境才能扛得过去。”

“天道当有一线生机，这散仙之劫，应该不会强成那样。”

“到时候看吧，这可是整个三界的一件大事。”

离秦云渡劫时间越来越近，三界中，许多大拿都经常谈论到他，连许多天仙、天魔都知晓此事，那位秦剑仙的第十二次散仙之劫快了！

便是高高在上的道祖、佛祖，也都关注着即将渡劫的秦云，特别是灵宝道祖，毕竟秦云是他的弟子，还是他认为最有资格接任碧游宫新任掌教的弟子。

可这时候，谁也帮不了秦云。同样，谁也无法阻止秦云。

散仙之劫下，没谁能去破坏，敢掺和进去，便会遭受天劫。

雷啸山秦府。

“爹怎么还没出关？”孟欢这些年一直留在府内没外出，他一心牵挂着父亲，“爹离渡劫只剩下三十九年了，爹难道真要闭关到渡劫前最后一天？”

修行人只要定下出关的日子，那么即便是处于顿悟状态，到了时间，也会冥冥中惊醒过来，所以，绝不会因为闭关误了时辰。

“孟大哥。”九尾狐青霜看到坐在那里独自饮酒的孟欢，开口道。

“青霜妹妹。”孟欢微微点头。

青霜虽然算是秦云的大徒弟，可不管是入门时间，还是真实年龄，都比孟欢、秦依依他们小很多。

“孟大哥，你这些时日经常喝酒，这可不像你。”九尾狐青霜笑道。

“不像我？”孟欢说道，“我平常是怎么样的？”

“论修行之勤奋，你可比我们强太多了，每日大多时间都是在练剑，而最近你经常喝酒，几乎看不到你练剑了。”九尾狐青霜说道。

“我静不下心。”孟欢又喝了一口酒，“离爹他渡劫之日越近，我越静不下心。”

“孟大哥，师尊是何等人物，他能以一己之力压制三界魔道，我相信他渡劫也定是有十足的把握。”九尾狐青霜说道。

“嗯。”孟欢应了声。

九尾狐青霜见状，暗暗感叹。关心则乱，这些时日，师母、孟大哥、秦依依他们心态都有些不对了。

“嗯？”孟欢忽然有所感应，转头看去，“爹出关了？”

接着，他身影一闪，就这么凭空消失了。

“师尊出关了？”九尾狐青霜也连忙赶了过去。

一众人等都去迎接秦云出关。

秦云看到众人，更是看到了自己的父亲、母亲。毕竟离秦云最终的散仙之劫越来越近了，秦烈虎夫妇也从大昌世界赶来了，他们的儿子虽然已经是名震三界的秦剑仙，但终究还是他们的孩子，他们俩也很担心。当然，如今的秦烈虎夫妇因为儿子，也早成了逍遥长生的天仙。

三界中，能让人一步飞升成天仙的宝物是有的，而且不止一件。对于秦云而言，让他父母成为天仙自然不是难事。

别说他父母了，连妻子伊萧都因为祖龙血晶，成了半步大拿。

“爹，娘，你们也从大昌世界过来了？”秦云说道。

“我们知道离你渡劫之日不远了，虽然不想影响你，但还是想要来看看，所以就请神霄门张祖师送我们来了。”秦烈虎说道。

一旁常兰也说道：“你也不用管我们，只管安心准备渡劫的事。”

秦云笑道：“我接下来也没什么事，可以带爹娘你们在天界好好走走。天界可比大昌世界大多了，有很多值得一去的地方。”

的确，他修炼到如今这步，离渡劫只剩三十九年，在短短三十九年内，也不可能再提升什么了。他只需要解决一些琐事，给家人安排好一切，就可以安心渡劫了。

离秦云第十二次散仙之劫只剩三十九年，已经悠闲了漫长岁月的秦烈虎夫妇，根本不愿意占用儿子宝贵的时间，而且他们也没心情游山玩水。

雷啸山，秦府，朝阳洒在花园中，那些花朵都显得娇艳了几分。

秦云正在花园内的石桌旁，用心地书写着。

“云哥，你闭关的时候，不是已经写好了《烟雨剑道》三卷吗？怎么还在写？”伊萧走过来。

“这是剑修法门。”秦云笑道，“三界当中，只有太上剑修一脉有完整法门，能够顺利修炼到金仙境。而我自创的法门，当初境界低，连天仙法门都不够完善，所以我才渡劫成了散仙。如今既然有时间，我自然得将这门剑修法门完善。”

“完善得如何了？”伊萧询问。

“元神法门在原有基础上又完善了，天仙法门，应该有九成九把握能成。”秦云微笑着说道。

“九成九？”伊萧惊讶地问，“云哥你如此境界，不该有十成把握吗？”

“我也认为有十成把握，可毕竟没人修炼成过。”秦云笑道，“所以，我得谦虚一些。我现在耗费心思的，是从天仙境突破到金仙境的法门。在大道圆满后，金仙法门我就有超过九成把握了。这次闭关顿悟，天道境血脉之力的奥妙都领悟不少，这金仙法门如今我有超过九成五的把握能成功。”

说着，秦云写下这法门最后一段。

“好，我已经写完了。”秦云看着书籍上蕴含的恐怖剑意，颇为满意，“从今天起，三界除了太上剑修一脉，也当有我烟雨剑修的一席之地。”

从凡俗到金仙境，有完整的修行法门，才有资格去和太上剑修一脉相比。

“我的剑道典籍，和剑修法门，之后也会送一份到碧游宫。”秦云说道，“像黎山师姐他们，也都是将自己的大道绝学留在碧游宫的。”

“当然，这些都是基础法门，像七星剑道、太阴剑道、太阳剑道、烟雨阵这些衍生之术就无须送去碧游宫了。”秦云说着，“这些是我雷啸山独有的，以后可以传给秦家人，传给弟子。”

伊萧点头：“云哥你所创的剑修一脉，凝聚的元神乃人形，太上剑修一脉却是剑走偏锋，凝聚的元神乃一柄剑。说起来，我们这一脉才更正统。只可惜，还没人修炼云哥你所创的剑仙法门。”

“是啊。”秦云心中有些复杂。

自己多年修炼，创造出足以和太上剑修媲美的流派，这是让他极为自得的事，是他的心血。只是，他没有传人……

像秦玉罗、田晃、孟欢等人，虽然擅剑术，但都不是纯粹的剑仙。毕竟，秦云早期并没有创造出完整的剑仙法门。

“哗——”

秦云一挥手，时空扭曲，遥遥连接着一处空间。

那里有一个银发老者在翻看卷宗，旁边堆着大量卷宗。

“秦师兄。”银发老者看到秦云，连忙起身，颇为恭敬。

“呼师弟，你帮我查查，这三界有哪些还是凡俗的剑修天才。”秦云问道，“我所创剑修一脉，也需几个弟子。”

“秦师兄尽管放心，我这就安排，我碧游宫会全力探察三界的剑修天才。”银发老者连忙说道。

碧游宫在三界势力庞大，遍布诸多大世界、无数小世界，在碧游宫内自然有些负责处理琐事的。这位呼师弟，便是负责处理情报的。

说完，时空恢复正常。

秦云笑看着伊萧：“怎么样，我很快就有合适的弟子了。”

“让碧游宫在三界探察，你真想得出。”伊萧笑道。

“偶尔任性一下而已。”秦云感慨，“我虽然对自己的法门很有信心，但还是想看到有后辈弟子练成。在整个三界范围内寻找出的剑修天才，想必短时间内成天仙不难。”

秦云吩咐下去，碧游宫的情报网自然开始尽力搜查情报，有些在一个小世界惊艳的剑修天才，放在另一个领地就很平庸了。放在整个三界范围内都耀眼的剑修天才，还是极少的。

仅仅两天，一份情报就送到了秦云面前。

扭曲的时空通道中，一份卷宗从中飞了出来，那银发老者恭敬地道：“秦师兄，这上面记载了整个三界范围内搜集到的，十九位还停留在凡俗境的剑修天才，他们修炼的都是剑仙法门，无法转修其他法门。”

“好。”秦云接过卷宗。

时空通道恢复正常，秦云仔细翻看着卷宗。

十九个天才，有来自天界的，也有来自诸多领地的。

“卞寒玉？”看了看情报，一念生出因果，秦云抬头，目光便通过因果遥遥看向了一个遥远大世界内的那个叫卞寒玉的女子。

秦云看到那女子，轻易便看到了女子过去近五百年所经历的一切。

在秦云这等存在面前，就是普通大拿的过去都难以遮掩，更别说凡俗了。

时间流逝。

“云哥，你在看什么呢？”伊萧端着茶水进来。

“三界中的剑修天才情报。”秦云说道，“这上面每一个剑修天才，我都通过时光长河观看他们的过去，毕竟情报一般是碧游宫下面的势力收集的，不可全信。”

“你看得怎么样了？”伊萧问道。

“我都看了一遍，让我满意的有两位。”秦云笑道，“一个叫卞寒玉的女剑修，一个叫余孤峰的年轻剑修。”

伊萧也拿起旁边的情报观看，很快就找到了卞寒玉和余孤峰的名字，不由得惊讶地道：“这个卞寒玉都快五百岁，要到寿命大限了。”

凡俗之身，先天金丹境，五百年便是大限了。

“嗯，她是十九个剑修天才中境界最高的，都已经达到天仙境中期。”秦云说道，“不少仙人都和她交好，他们跟她说好，一旦转世，会去接引她。”

“这余孤峰也很厉害，仅仅修炼了两百年，单论境界也有天仙境前期了。”伊萧说道。

“走吧，我们去看看这两个小家伙。”秦云笑道。

伊萧眼睛一亮：“好，走。”

二人在书房中凭空便消失不见，前往一个遥远的大世界。

九磨大世界，无名湖畔。

秦云和伊萧凭空出现在了这里。

“那就是卞寒玉。”秦云看着远处。

湖畔有一间竹屋，竹屋前一个黑袍女子正在悠然看书，她腿下趴着一只毛发油亮的黑猫，怀里还抱着一只胖胖的花猫，不远处的湖边还有一只洁白如雪的白猫在抓鱼。

“看样子，她挺喜欢猫的，这三只猫可都是猫妖啊。”伊萧说道，“都是元神境了。”

“所以，卞寒玉又被称作是猫剑仙。”秦云笑道。

“你想收人家为徒，也不知道人家愿不愿意拜你为师呢。”伊萧打趣道。

秦云微微一愣。

自己渡散仙之劫的消息，在天仙天魔中都有传播，这位卞寒玉的好友也都是天仙境层次，自然也知道秦剑仙的事。一个即将渡第十二次散仙之劫的秦剑仙来收徒，对方会答应吗？

“她愿不愿意，等会儿就知道了。”秦云直接带着妻子走过去。

第353章

剑修两脉

秦云、伊萧二人并肩走去，卞寒玉却根本没有察觉到。

卞寒玉一手握着书卷，一手抱着那胖花猫，低下头，抚摸着猫的毛发。

“我离寿命大限已不远，该做的都做了，此生也算是了无遗憾。哦，还是有遗憾的，曾经年少，立誓要为家人报仇，要为那些无辜的人报仇。后来才知晓，那是大拿降怒。我的立誓报仇未免显得可笑，太不自量力了。”卞寒玉自嘲一笑。

在许多修行人眼中，大拿高高在上，能成为玉帝王母的宾客。

她立誓杀之，的确显得不自量力，太可笑了。

卞寒玉年轻时立下过誓言，可等她修炼了数百年，和诸多天仙交友往来，才清楚自己和大拿的差距是何等遥远。

“除了这个遗憾……”卞寒玉看向了自己的手，“我还有一个遗憾。等我死后，虽然道友会接引我觉醒，转修其他法门，但我不再是真正的剑修了。五百年了，我终究还是要放弃剑修这条路吗？”

卞寒玉缓缓抚摸着胖花猫的毛发，万般思绪萦绕在心头。

五百年修炼，剑，已经成了她生命的一部分，寄托了她太多浓烈情感。秦云通过碧游宫探察整个三界寻找剑修天才，最终，他看上的也只有两位。卞寒玉能够在整个三界范围内入了秦云的眼，成为这两位之一，自然是在剑上倾注太多，才有如此成就。

如今要舍弃剑修，转修其他法门，她心中有着诸多不愿。

“我见过太上剑修一脉弟子，我的剑道悟性足够高，完全可以成为太上剑修一脉弟子。可不知为何，太上剑修一脉却不愿收我入门。”卞寒玉自言自语，“传说中的秦剑仙，也自创了元神法门，却根本没听说谁修炼过他的剑修法门，想要拜师都无门。看来，我是和剑修一脉无缘了，也罢，也罢，我还有什么看不透的呢？”

忽然，卞寒玉有所察觉，看到了走到近处的两道身影。

一男一女，宛如神仙眷侣。他们走来时，整个天地都仿佛臣服在这两位面前，这两位仿佛成了天地的主宰般。

这无形的影响力，让卞寒玉震惊万分，心想：我曾经远远见过半步金仙，可论威势，和眼前这两位比起来，也差了不知多少。

“晚辈寒玉，拜见两位前辈。”卞寒玉连忙起身，恭敬行礼，三只猫妖在一旁匍匐着，也有些吓蒙了。

“寒玉剑仙的名字，我是听说过的。”秦云笑看着这个女子，伊萧也仔细观察着。

“在前辈面前，晚辈一个凡俗之身可称不上剑仙。”卞寒玉恭敬地说道。

秦云点点头：“我来自天界雷啸山，名叫秦云。”

卞寒玉一愣。天界雷啸山？那不是传说中秦剑仙的居处吗？

等等，秦云，不就是秦剑仙的名字吗？

秦剑仙的传说，早就传遍了三界。他曾经将魔中之魔吞灵一脉的开创者吞灵老祖斩杀，斩杀祖魔妖魔等大拿就罢了，更是以一剑镇压魔道，灭杀了不知道多少天魔，令整个魔道只能缩在魔道领地，不敢再出现在三界其他领地。

这样的威势，令众多天仙惊叹，毕竟，以前魔道可是遍布三界的。

“前辈是秦剑仙？”卞寒玉道。

“天界雷啸山，我秦家小辈应该没别人被称作秦剑仙了。”秦云笑道，自从他名震三界后，秦家后辈虽然修行剑道的也有很多，都有种种称呼，比如玉罗仙子等等，却没有一个会再叫秦剑仙的，秦家后辈不敢，外人也不会这么做。

秦云继续道：“我创出剑修法门，可直指金仙境，今日来此，便是来收你为徒的，你可愿意？”

卞寒玉眼睛亮了。

剑修？秦剑仙亲自收徒？

卞寒玉立即扑通跪下，恭敬磕头：“弟子拜见师尊。”

“好，起来吧。”秦云露出笑容，整个三界他就看中两个苗子，这卞寒玉如此干脆拜师，还是让秦云很开心的。

“看到了吧。”秦云笑看向身旁的伊萧，“人家还是很愿意拜我为师的。”

“瞧把你得意得。”伊萧笑着。

秦云随即又对卞寒玉道：“她是你师娘，你若是没事，现在便可随我离开。”

“拜见师娘。”卞寒玉恭敬地道，“弟子离寿命大限已不远，自然随时可以离开。”

随即，卞寒玉又看向一旁的三只猫妖，说道：“你们三个好好去修炼吧，将来我修炼有成，会回来见你们的。”

三只猫妖虽然不舍，但面对传说中的秦剑仙，也不敢说太多，只是说了几句：“主人，可别忘了我们。”

“主人，你一定记得要回来。”

说了几句后，这三只元神境猫妖就乖乖离去了。

卞寒玉随即看向秦云，内心早就泛起万重浪。

她真的要开始剑修之路了。拜师秦剑仙，自然要潜心修炼。便是她视为亲人的三只猫妖，她都很长一段时间内无法分心理会。

“你倒是干脆。”秦云满意点头，“走。”

秦云和伊萧带着卞寒玉凭空消失不见。

另一个大世界，飞仙大世界。

“师尊，那就是师尊要找的余师弟？”在一座酒楼中，卞寒玉通过窗户看着远处一座府邸门口走出来的白衣青年。

白衣青年行走在街道上，街道上的老百姓根本不知，他乃这城池真正的主宰者。

“他还没拜师呢，算不上你的师弟。”秦云一边说着，一边给妻子伊萧夹菜，“尝尝，这个菜不错，外脆内嫩，是你喜欢的。”

伊萧笑着吃了下去，瞥了一眼秦云，笑盈盈地点头：“嗯，是不错，你随意选一家酒楼，这菜就如此符合我口味。”

“也不看看你夫君是何等修行境界。”秦云说着。

一旁的卞寒玉不说话，只是低头吃着碗里的食物。

秦云又看了一眼外面，说道：“等会儿他就过来了。”

话音刚落，只见那白衣青年朝酒楼方向走来，走到酒楼门口后，他犹豫了一下，接着步入了酒楼中，朝楼上走来。

这一幕让卞寒玉吃惊万分：“这位余孤峰之前还在闭关，师尊来到这酒楼一会儿，余孤峰就出关，也来了这里。余孤峰自己似乎都没察觉，一切都是师尊在影响他。”

她算是见识到了三界中顶尖大拿的手段了。

此刻，余孤峰也登上了酒楼二楼，刚上二楼，原本莫名其妙有些嘴馋的他，看到了三道身影。

靠窗的那一桌有三人，他在看到这三人时，仿佛这天地间仅剩下他们三人一般，其他一切都模糊了。

“晚辈拜见三位前辈。”余孤峰只觉得心中惊颤不已，知道碰到了不得的强者了，于是无比恭敬行礼。

秦云看向他，笑道："我来自天界雷啸山，名叫秦云。"

余孤峰一愣，眼睛一亮。

天界雷啸山？秦云，秦剑仙？

"我自创剑修法门，直指金仙境。"秦云说道，"今日我来此，就是想收你为徒，你可愿意拜我为师？"

"且慢！"突然，一股波动降临。

一个老者跨越时空而来，出现在酒楼的二楼。

秦云看着这老者，不由得眉头一皱："你想阻止我？"

老者连忙赔笑道："秦剑仙，在下长眉，八景宫门下弟子。"

"老君弟子。"秦云淡淡点头，"你来干什么？"

秦云作为三界中道祖、佛祖之下最强的几位之一，在大道圆满中都是站在顶尖的人物。而眼前这位长眉道人只是一个普通金仙，在秦云收徒的时候，竟然开口来阻止，他没翻脸就不错了。

"禀秦剑仙，"长眉赔笑道，"这孤峰小子是我太上剑修一脉早就看中的，更曾数次考验他，也曾给他机缘，一直在栽培他，如今只等考验圆满，便要收他入门了。"

"那就是说，你们还没将他收入门下？"秦云说道。

长眉一愣，点头道："是，是还没有，可我太上剑修一脉也栽培过他，给他机缘。"

"你栽培，是你家自愿的。难道就因为你们栽培过，他就一定得拜入你太上剑修一脉？"秦云说道，"只要他还没拜师，就可以自己选。"

长眉有些尴尬，点头道："是，是。"

太上道祖无为而治，八景宫门下却是连一个达到大道圆满的弟子都没有。

面对半步天道境的秦剑仙，长眉敢来抢弟子，已经算是剑心了得了。

"孤峰小子，你可认得我？"长眉说着，变成了一个老乞丐的模样。

“你是前辈！”余孤峰吃惊地道。

“太上剑修一脉的确给了你机缘。”秦云道，“可最近百余年，他们也给了你三重劫数，你可不欠他们的。你如今还没拜师，可以自己选择，是选太上剑修一脉，还是选拜我为师。”

“对对，你自己选，秦剑仙也不会强迫你的。”长眉笑道。

“谁都不会强迫你。”秦云平静地喝着酒。

余孤峰此刻却很震惊：“我一直以来感激的那位乞丐前辈，竟然是金仙大拿长眉道人变化而成的，原来，当初他是故意给我机缘。如秦剑仙所说，我最近百余年的三重大劫，竟然也是太上剑修一脉给我的考验。”

说是考验，实际上数次在生死边缘徘徊。

余孤峰倒也没怨气，暗道：“我经历三重劫数，差点就真死了。若是死了，恐怕就没通过太上剑修一脉的考验吧。传说中，太上剑修一脉选传人极为苛刻，道不轻传，设下考验也是正常。我若是没有今日成就，估计秦剑仙也不会主动来收我为徒。我该选哪一边呢？秦剑仙是三界第一剑仙，可他是散仙，说不定什么时候就会身死。而且，他所创造的剑修法门，也没听说别人修炼过。说不定我修炼了，都成不了天仙。而太上剑修一脉，乃太上道祖所创，靠山也够硬，也有不止一位借此法门成为金仙大拿。虽说太上剑修一脉的金仙的实力都远不如秦剑仙，可终究是一条坦途。”

秦云饮了一杯酒，又提醒了一句：“太上剑修一脉弟子不少，而我这剑修一脉你若是拜师，才是第二个弟子。”

“秦剑仙所创剑修一脉，应该还没传人修炼过吧。”长眉笑道，“不过，我相信，秦剑仙这剑修一脉，定能开枝散叶，成为三界一大派。”

秦云却懒得再多说。收徒本就是你情我愿的事，若是弟子不愿，他也不会强求。

“秦剑仙。”余孤峰恭敬地道，“小子听闻秦剑仙的传说，仰慕崇拜，做梦都想拜在秦剑仙门下。只是今日小子才知道，我感激的那位乞丐前辈竟然就是太上剑修一脉的前辈。我之前所得的剑术绝学，竟然也是太上剑修一脉前辈传给我的，他是我最感激的恩人。可以说，没有他，就没有今日的我。他既然愿意收我入太上剑修门下，我也无法拒绝。还请秦剑仙原谅小子的无礼。”

余孤峰说着，恭敬地向秦云行礼。

他是怕因此得罪了秦剑仙，所以尽量说得委婉些。可是，他倒是小瞧了秦云。即使收徒不成，秦云又岂会因此小心眼，记恨一个小辈呢？

一旁的伊萧看向秦云。

秦云倒是平静地放下酒杯，看了一眼余孤峰，微微点头：“既然你选择太上剑修一脉，只能说你我之间无缘了，萧萧，我们走。”

秦云当即起身，一旁的伊萧、卞寒玉也站了起来。

“秦剑仙。”一旁的长眉微微行礼，传音道，“余孤峰的确是我太上剑修一脉早就暗中栽培的弟子，所以，长眉这次才敢厚颜开口，还请秦剑仙大人有大量，谅解长眉。”

秦云看了长眉一眼。

长眉又继续传音道：“我还有一事禀报秦剑仙，秦剑仙旁边这位卞寒玉，我太上剑修一脉也曾经看中过，觉得她资质和悟性都极好，只是后来考验时才发现，她心魔深种，恐怕没把握渡天仙之劫。修行路，她走不了多远。秦剑仙若是要教她，可得小心她的心魔。”

“我秦云怎么教徒弟，还用你说？”秦云冷哼一声。

长眉顿时脸色一白，连忙恭敬地道：“长眉别无他意。”

“别无他意？”秦云冷哼，一挥手，“回你的洞府，好好想想去吧！”

长眉只感觉一股恐怖波动席卷而来：“他怎么敢——”

跟着，长眉就感觉时空扭曲，待眼前的场景恢复正常时，他一个狗吃屎，跌落在自家洞府的门口，摔得一脸泥土。余孤峰倒是站得好好的，看着一身泥土的长眉，不敢吭声。

这洞府正门处的两名童子惊愕地叫了出来：“师父！”

长眉连忙站了起来，身上泥土消失，脸色冰冷。

“你们先带这位师弟住下。”长眉吩咐道。

“是，师父。”两名童子恭敬地道，立即带余孤峰去安排住的地方。

长眉站在洞府门口，脸色铁青，暗道：“好一个秦云，抢徒弟都抢到我太上一脉头上来了。真以为你自创的剑修一脉能和我太上剑修一脉相提并论？”

“长眉师弟，你这次莽撞了！”一道声音通过遥远的空间，在长眉耳边响起，“你不该挑衅秦云的，你挑衅的是半步天道境强者。若是你挑衅的是魔道强者，或是脾气怪异的，怕是直接一巴掌拍死你了。”

“我等都是道域的剑修，我也没说什么。”长眉老者传音道，“而且他收的那个卞寒玉的确心魔深种，怕是连天仙劫都渡不过。”

“长眉，你这脾气啊，秦剑仙是我道域高人才不和你多计较。”

天界，雷啸山。

秦云夫妇带着徒弟卞寒玉回来了。

“那长眉说你心魔深种，对你修炼有碍。”秦云坐下，看着一旁站着的卞寒玉，“跟我说说你的心魔吧。”

“心魔？”卞寒玉微微一愣。

伊萧坐在秦云身旁，笑着道：“在你师尊面前，这些事都无须隐瞒。”

卞寒玉站在那儿，神情有些恍惚，随即才低声道：“是，弟子的确有一心魔。师尊不说，弟子自己都快忘了。”

“弟子年少时，在方圆百里内都难寻对手，后来离开了家乡，在外闯荡磨砺自身，可当数年后，弟子游历归来时，才发现弟子的亲人，还有那些下人、周围的佃户全部死光了。那些熟悉的人就那么躺在弟子面前……”卞寒玉低声道，“弟子所有的亲人，熟悉的阿伯、婶婶都死了，全都死了。”

“这么多人命，弟子愣神了好几天，和他们在一起待了好几天，而后才一一安葬了他们。弟子至少有三十年，都经常梦到他们。”卞寒玉低声道，

“弟子拼命修炼，就是想要报仇，和疯子一样。”

秦云和伊萧在一旁听着。

“后来，弟子境界越来越高，不惜代价，终于查出来了。”卞寒玉嗤笑一声道，“凶手是混沌神魔，名叫虞呲，是古老的大拿。弟子不知道我的家人怎么得罪了他。可是，一位古老的大拿灭杀凡俗之人，又能算什么呢？”

“弟子都觉得，之前发誓要报仇是何等的可笑。”卞寒玉说道，“弟子早就放弃了，原来不知不觉间，它已经成了我的心魔。”

“这是你修行的执念，也是最大的仇恨。你怎么可能忘？”秦云说道，“虞呲，是混沌中诞生的神魔，是顶尖大拿。这些古老混沌神魔，不少都将三界当作猎场，将三界生灵当成猎物。这虞呲喜食魂魄，路过你家乡，闻到魂魄的味道，便一口吞了他们的魂魄。”

“喜食魂魄？”卞寒玉难以置信，“他就因为喜欢，就……”

“是的。”秦云点头。

“如此魔头，三界大拿就这么任他为恶？”卞寒玉忍不住道。

秦云摇头：“很多事，你不懂。”

卞寒玉沉默了。

“走。”秦云起身。

“去哪儿？”卞寒玉疑惑地看着秦云。

“跟我走，去杀虞呲。”秦云说道。

卞寒玉眼睛一下子瞪得滚圆，曾经她认为她的誓言是笑话，可当秦云说出这句话时，她只感觉全身的血液都在沸腾，脑海在轰鸣。她这五百年从未有这一刻，如此激动，如此充满渴望。

第354章 黄须老祖

“云哥。”坐在一旁的伊萧忍不住开口，“那虞呲如今居住在黄须大世界，黄须大世界是黄须老祖的地方，你就这么直接动手吗？”

“在黄须大世界又怎样。”秦云笑道，“萧萧，你小瞧我了。”

伊萧见状，松了一口气。

“在这儿等我，我过会儿便回来。”秦云说着，便带着徒弟卞寒玉直接跨过遥远的时空，前往黄须大世界。

伊萧目送秦云离去，脸上露出一丝笑容：“云哥他连黄须老祖也不放在眼里吗？看来，云哥的确实力提升很大。”

自家夫君越强，渡过散仙之劫的希望就越大。

至于一个虞呲，自家夫君他们在时空潮汐里杀的异界修行者都有不少，一个作恶多端的虞呲又算得上什么？

黄须大世界。

秦云带着卞寒玉，出现在半空中，看着眼前一座弥漫着怨气的高山。高山上空常年有黑雾凝结。正常人都会嫌弃这等环境，可混沌神魔虞呲最喜欢这样的地方。

“徒儿，这就是虞呲的洞府七怨宫。”秦云说道。

卞寒玉看着这高山，高山散发的怨气让她心惊肉跳。她搜集情报时早就知晓了虞呲的洞府七怨宫，可第一次来到这里，还是让她心中升起了恨意。

秦云点头：“走，我们进去。”

秦云带着女徒弟，直接飞入那高山深处，飞向那座洞府。

而此刻——

洞府七怨宫内，一条青白色蛇类生物盘踞在那儿，它的头颅变成人类男子的模样，俯瞰着下方，发出低沉声音：“准备好了？”

“禀洞主，已经准备好，是一个元神境三重天的修行人。她已经熬过多重折磨，身上的怨气一定能让洞主你满意。”下方的黑袍男子微笑着说道，随即，他轻轻拍手，立即有护卫抬着一个关着女子的笼子进来。

女子的眼中满是疯狂，她低头摸着自己腹部：“我的孩子呢？我的孩子呢？是你们，是你们害了我的孩子——”女子面容扭曲，她忘不了这数月来经历的一切。

“嗯。”上方的洞主虞呲俯瞰着这一切，闭上眼睛，露出享受的模样，“的确怨气够重，这样的魂魄，可真是美味啊。”说着，它一吸，那女子的元神立即飞了出来，飞入了虞呲的口中。而那女子顿时无力地躺下，已然殒命。

黑袍男子和护卫都很恭敬，在这个时候，他们可不敢打扰。

“你们做得很好，下去吧。”虞呲吩咐。

“是。”黑袍男子以及其他手下抬着笼子都恭敬地退下，大殿又重新恢复了安静。

而虞呲继续盘卧在那里，头颅恢复成了原本丑陋的三角模样，闭上眼，又要开始睡觉。

“哗——”

这时，两道身影从虚无中来，出现在这大殿内。

大殿之上的虞吡吓了一跳，丑陋的三角脑袋上的眼睛连忙睁开，看到了一男一女。

“是他？雷啸山秦剑仙？”虞吡即便是混沌神魔，平日里再怎么凶戾，此刻也忍不住一个激灵。

它立即摇身一变，变成了一位青袍中年男子，赔笑道：“虞吡拜见秦剑仙。”

秦云站在那儿，微微皱眉：“不久前，这里有一股很重的怨气，如今正在缓慢消散。”

仅仅一个念头，秦云便通过时光长河了解了刚才发生的一切，这让秦云眼中的寒光变得浓郁：这个虞吡，还真是该死啊！

漫长岁月里，类似的事，虞吡做得太多了。

混沌神魔中，有好些都将三界生灵当成猎物，这虞吡就是如此。

秦云暗道：“像虞吡这样的都该杀。我秦云若是能渡过散仙之劫，那终有一天，要让三界那些凶戾的混沌神魔都明白，三界不是他们的猎场！”

如果说对付魔道很难，那么要让众多混沌神魔畏惧，改变性子，就更难了。毕竟，魔道一方的大道圆满强者仅剩下两位，而混沌神魔中强者就多了，三界中那些顶尖的强者，大多数都是混沌神魔。道祖、佛祖、女娲娘娘都是混沌神魔。

人族、妖族出身的大道圆满存在是真的屈指可数。

虽然如此凶戾的混沌神魔只占据少数，但是依旧远超魔道势力，魔道只是有魔祖在，才有如今威势。

若是将来道祖、佛祖、魔祖他们都被迫离开三界，怕是道域、佛域、魔道势力都会缩减，各方混沌神魔的派系，恐怕会急速增多。

“虞吡。”秦云看向他。

“秦剑仙有什么要吩咐的，只管吩咐，小的一定尽力去做。”变作青袍中年男子的虞吡讨好说道，只是，他看向秦云身边的卞寒玉时，有些犯怵。

因为以他顶尖大拿的境界，他能一眼看出，这卞寒玉和他有深仇大根，恨他入骨。

“这女子为何这么恨我？”虞呲通过因果线，很快发现因果线中的画面，让他明白，“原来是这样，和我有这样的大仇，秦剑仙带她来，看来，来者不善啊。”

这些念头在虞呲脑海中闪过，让他有些发慌。他和秦剑仙差距太大，靠实力保命，根本没指望。

“徒儿，你的仇人就在这里。你想要说什么，直接说吧。”秦云说道。

卞寒玉死死地盯着虞呲，眼眸中满是恨意：“虞呲，你可还记得四百多年前，你害死的那些人？”

“误会，误会。”虞呲连忙说道，还想要辩解。

“在我面前，你还想撒谎？”秦云说道。

虞呲一愣。是，以秦云的境界，他早就能通过时光长河看清一切。

虞呲说道：“秦剑仙，我拜在黄须老祖门下，也一直居住在这黄须大世界，已经很久没出去大肆狩猎了，是真的一心向善。至于那一次，那次是我的分身在外行走，实在是忍不住，才害了少许人命！”

“什么？”卞寒玉越加愤怒，“师尊，弟子和他没什么好说的，只求他早点死。”

“好。”秦云点头，一挥袖。

顿时，本命飞剑有道道剑光飞出。与此同时，另一股波动也降临在这大殿内，神秘无比，秦云都觉得有些模糊，他知道，这股波动就是这个大世界之主，那位神秘的黄须老祖了。

“手下留情！”一道声音在这大殿内响起。

秦云冷哼一声，一道道剑光划过长空。

那虞呲则立即化作原形，一边全力遁逃，一边竭力抵挡，同时焦急地向黄须老祖求救：“老祖救命，老祖救命！”可剑光太快，瞬间切割而过，虞呲依旧瞬间被杀了。

仅仅一招，混沌神魔虞呲便毙命了。

虞呲还有三个分身，都是从本尊分离出来的，个个极弱，仅仅半步大拿实力。这些分离出的分身足够弱，对本尊的影响才足够小。

而这次，秦云的杀敌招数通过因果遥遥降临，即便威力大减，也将虞呲的那三个弱小分身给灭杀了。

天地间，有功劳降临在秦云身上。

“他死了。”秦云和身旁徒弟卞寒玉说道，“我们回去吧。”

说着，秦云便带着徒弟，一迈步就消失在黄须大世界。

“哗——”

虞呲的洞府大殿，一个黄发老者在这出现。

“好一个秦云，真是嚣张啊。”黄发老者低声自语，“他跨过空间而来，来了就直接杀了虞呲，又立即离去，行事如此干脆利落。我让他手下留情，他根本都不理我，显然没将我放在眼里。也是因为他拿我没办法，若是有足够实力，恐怕他连我都会一起对付吧。”

“黄须，你连手下都没能保住？”一道身影凭空出现，正是祝融神王。

黄须老祖看着祝融神王，自嘲一笑：“神王，你有半步天道境实力，那秦云也有半步天道境实力，而我的实力终究略逊一筹。秦云更是以护身剑阵名传天下，我就是全力出手，也撼动不了他丝毫。他杀虞呲，我又能怎么办？”

“嗯，他的护身剑阵是厉害。”祝融神王点头。

“离渡劫只剩下三十九年，还跑出来杀虞呲，还真是如传言般疾恶如仇。”黄须老祖怪笑道，“像我这等以三界为猎场，肆意猎杀，更曾数次帮助过魔祖为祸三界的，恐怕也是他的眼中钉。”

祝融神王笑道：“你的保命功夫极强，在天道境以下，谁都杀不了你，你虽然伤不了他分毫，但他也奈何不得你。”

“他如今的实力，比当初斩杀蚊道人时，要强得多。”黄须老祖摇头道，“刚才我暗中出手，想要阻止他，但是失败了。”

“当然强多了。”祝融神王说道，“他去了时空潮汐两次，得到宝物就不说了，他的本命飞剑更是成了功劳至宝，自然实力大涨。”

“是啊，实力大涨。”黄须老祖目光幽幽。

“所以，黄须兄可得忍着些。”祝融神王低声道，“别忘了，你答应我、答应魔祖的事。如今重要关头，你可千万别和一个离死不远的秦云斗。”

祝融神王还真怕，怕这位同伴太过恼怒，和秦云斗起来。

秦云的本命飞剑成为功劳至宝后，实力越加高深莫测，祝融神王都没把握对付，他怕同伴栽在秦云手上。

“放心，我不会影响魔祖大计的。”黄须老祖说道。

“那就好。”祝融神王点头，跟着便离去。

混沌神魔虞呲一死，三界中的不少大拿都生出感应。

一位大拿的死，是会惊动整个三界的。

“是秦剑仙。”

“秦剑仙去杀了虞呲。”

“秦剑仙还真是疾恶如仇啊，杀得好，杀得好！”

有拍手叫好的，也有惶恐不安的。

“怎么会这样？黄须老祖实力高深，足以庇护住虞呲兄，怎么虞呲兄还被杀了？”

“那位秦剑仙的本命飞剑成了功劳至宝，实力更强了，连黄须老祖也庇护不住手下了。”

“这秦剑仙，会不会继续杀下去？”

“有可能，秦剑仙疾恶如仇，当初杀天魔，那可是搅得魔道昏天暗地。”

“虞呲兄虽然有大罪孽，但混沌神魔中有如此罪孽的，还有十余位呢。难道其他十余位，秦剑仙也想杀？”

有大拿感到不安。

当初秦云杀死蚊道人时，也曾斩杀过数位罪孽极深的大拿，那时候，秦云就吓得一些罪孽深重、靠山又不够硬的大拿纷纷改换门庭。

当初，黄须老祖这层次的靠山还算够硬。而现在秦云离渡劫只剩下三十九年，他又开始了。

放眼三界，能庇护这些罪孽极深的大拿的少之又少。那些罪孽极深的大拿也很不安，他们动作极快，立即就有五位改换门庭。有喊着洗心革面投入佛域的，也有进入黑暗魔渊的，还有投靠其他某位大拿的。

外界纷纷扰扰，黄须老祖却在独自饮酒。他心情不佳，毕竟被秦云踩着脸杀了他的人。

“老祖。”一个尖嘴猴腮的灰袍道人走来，恭敬行了礼。

“你来干什么？”黄须老祖瞥了他一眼。

“老祖，那秦云杀虞呲兄，更不给老祖脸面，小的也很气愤。”尖嘴猴腮的灰袍道人低沉道，“老祖的手段独步三界，道祖和佛祖不出，谁都奈何不得老祖你。老祖你又何必忍这一口恶气？小的承认，那秦云是厉害，可他还有家人呢。老祖你直接去杀了他的家人，让他知道老祖你的厉害。”

“蠢货！”黄须老祖怒斥道，“他家人要么在大昌世界，要么在天界雷啸山。小世界我去不了，天界，那是道祖都能真身降临的地方，你是要我去自寻死路吗？”

“不是，不是。”灰袍道人连忙道，“小的不是要害老祖！小的意思是，那秦云还是有破绽的，他的家人就是他的破绽，找个合适的机会，狠狠报复他一通。”

“迁怒家人，未免太卑鄙了。”黄须老祖摇头。

“老祖，这是以牙还牙，以眼还眼。”灰袍道人眼中都是凶光。

“你这蠢货，滚下去。”黄须老祖呵斥道。

“是，是。”灰袍道人只能乖乖退下。

黄须老祖又独自默默在那里饮酒，被秦云杀到自己的地盘，杀了自己最强的手下，的确是打脸的事。而且这事还传遍了三界。

"我能怎么办呢？他是有破绽，有软肋，可我总不能冲到天界送死吧。"黄须老祖摇头。忽然他一愣，眼睛渐渐亮了起来。

"有了！"黄须老祖有些兴奋了，"我不用冲到天界送死，就能出口恶气！而且说不定……还能有大收获。好法子，好法子。"

黄须老祖越想越开心。

天界雷啸山，秦府。

"弟子多谢师尊为弟子报此大仇。"卞寒玉跪下磕头，心里无比感激。

"好，起来吧。"秦云说道。若是卞寒玉的敌人没强得夸张，他倒是可以留着给弟子作为修行的激励。但是，虞呲乃顶尖大拿，秦云即便对徒弟卞寒玉有信心，可卞寒玉此生能否成为大拿，秦云都是没把握的。

敌人太强，强得让卞寒玉都绝望，都认为自己报仇是笑话，那就不再是激励，只会成为她的心魔。

加上自己离渡劫也只剩下三十九年，秦云也没法一直护住徒弟，所以还是早点除掉好。

"是，师尊。"卞寒玉这才起身。

"你可以去烟雨阁。"秦云说道，"烟雨阁内，有我所创剑修一脉典籍，你全部可以翻阅，可以修炼。你且独自修炼一个月，一个月后，我再教你。"

"是，弟子告退。"卞寒玉如今身上充满朝气，充满斗志，只觉人生都不一样了。

卞寒玉离去后。

伊萧笑道："云哥，你对这徒弟倒是挺好。"

"毕竟我这剑修一脉，如今才这么一个徒弟。"秦云说道，"在我渡劫之前，并不知道她能修炼到何等境界。可惜时间太短了，我没法长时间教她。"

“你不是说了？当初道祖收你为徒，也是一开始教你，后来都是让你自己摸索的。”伊萧说道，“相比而言，你指点徒弟已经够多了。”

秦云笑了：“也对，师父领进门，之后还要看他们自身。”

“嗯？”秦云眉头忽然一皱，“他竟然还敢来？”

“谁？”伊萧问道。

“黄须老祖来了。”秦云冷笑道，“不过，来的仅是化身。走，我们去瞧瞧这黄须老祖想要做什么。”

当即，他们夫妇二人并肩走出去。

在山顶一处。

前方云雾分开，一个黄须老者的虚幻身影走了过来。

第355章 约定

秦云和伊萧并肩看着这个大道圆满强者黄须老祖。

“云哥，你刚杀了混沌神魔虞呲，他追随的黄须老祖就来了。看来，来者不善啊。”伊萧传音说道。

“且看看他想要干什么。”秦云传音说道。

黄发老者虚影踏着空间，走到了山顶上，颇为客气地说道：“见过秦剑仙、秦夫人。”

“黄须，你来我这儿，有什么事就直说吧。”秦云眉头微皱。

黄须老祖摇头感慨道：“秦夫人，你看到了吧，我客客气气过来，你夫君都这般无礼。”

伊萧肃然道：“黄须老祖，我夫君刚杀了你麾下的混沌神魔虞呲，你来我雷啸山就不必如此惺惺作态了，有话直说。”

黄须老祖哼声道：“秦剑仙疾恶如仇，斩杀了三界中许多大罪孽者。混沌神魔虞呲也的确是有大罪孽在身。秦剑仙想要杀他，我也能理解。可按照三界的规矩，黄须大世界是我的地方，虞呲是我的属下，你就算要杀他，也得和我知会一声吧。”

两方大势力，一方大势力要灭杀对方的一位高手，一般是得双方暗中谈妥的。不谈妥，那就是打对方的脸了。三界中的大势力，类似的事也有不少，会相互妥协，甚至有时候暗中送麾下去死。

可对秦云而言，他要让黄须老祖放弃虞呲，得付出多大代价？

他从来没想过要送黄须老祖好处，他不喜欢混沌神魔虞呲，更加不喜欢这黄须老祖。

作恶多端的魔，他杀了就杀了，旁人又能如何？

若是有足够实力，秦云都想要干掉这个罪孽更深的黄须老祖。道域和佛域其实也都想杀黄须老祖，可黄须老祖实力高深，又居住在大世界，道域和佛域也是拿他没法子。杀不了，那就只能表面上维持和平了。

“提前告诉你？恐怕你会想要保他性命吧。”秦云冷冷地说道。

“你都没和我谈过，怎知我不会答应？”黄须老祖笑道，“这三界之事，只要付出足够代价，一切都好说。”

“哼。”秦云没再解释。

黄须老祖冷冷地道：“可是你没和我商谈，就突然来我黄须大世界，杀我手下。说都不说一声，你这是在三界大拿的面前，打我的脸啊！”

秦云没说话，只是看着黄须老祖。

“你如此欺辱我，就没什么想说的？”黄须老祖皱眉问道。

秦云淡然道：“你想要怎样？”

“你如此欺我，自然该跟我赔礼道歉。”黄须老祖说道。

“赔礼道歉？”秦云和伊萧相视一眼。

今天对方来，就是为了让自己这边赔礼道歉？

“听说秦剑仙你去过时空潮汐两次，想必得到的宝物也挺多。”黄须老祖说道，“这样吧，你只要赔偿一件先天至宝，那么这次的事，我就宽宏大量，不和你计较了。”

“先天至宝？”伊萧吃惊。

秦云看着黄须老祖，嗤笑道：“黄须，你开口就是一件先天至宝，你是不是喝醉了？”

黄须老祖嘿嘿笑道：“秦云，你还有数十年就要渡第十二次散仙之劫了，依仗的还是本命飞剑吧。其他先天至宝在你手中，又能发挥多大用处？”

黄须老祖说的是事实。

秦云服用启灵果，将太阴之道、太阳之道、七星之道融入三才大道中，并结合天道境血脉之力的奥妙，创出的烟雨阵虽然厉害，但是如果没有本命飞剑，他如今的实力，也只能和木神句芒、金神蓐收、孔宣相当罢了。

寻常的先天至宝，对秦云而言主要是用来参悟的，在渡劫时，的确发挥不了多大用处。

秦云作为剑仙，渡劫靠的还是本命飞剑。所以，他将本命飞剑提升成先天至宝，而且是功劳至宝。

“对你渡劫没有用，你何必全占着呢？”黄须老祖说道，“你若是渡劫死了，那你留给你家族的宝物越多，你家族的灾祸也就会越多啊。所以我劝你，还是散尽宝物为好。比如，有的宝物可以献给碧游宫，你也可以拿出一件先天至宝赔给我。”

“你向我赔礼，我就原谅你，我们的过节一笔勾销，这样多好？”黄须老祖看着秦云。

“黄须，若是没别的事，你可以走了。”秦云冷冷地道。他懒得再废话。

“如果你不赔礼，”黄须老祖淡然道，“哼，欺辱一位大道圆满，你以为我会这么轻易罢休？你活着，我自然拿你没办法。可等你渡劫死了，我会将你秦家连根拔起，把你秦家所有血脉子弟，全部杀得干干净净，一个不留！”

秦云、伊萧脸色都一变，盯着黄须老祖。

黄须老祖的脸色也冷峻起来。

“怎么，你没听清楚？”黄须老祖冷笑，“你就期盼你能平安渡过散仙之劫吧，只要你渡不过去，我就灭你秦家满门！任何血脉子弟都休想活。哼，或许碧游宫灵宝道祖活着的时候，还能庇护你秦家。可等道祖他们离开三界，我要做的事，三界谁能拦我？”

“你该知道，我在时光长河中出生，生来就达到了大道圆满，最强的就是保命功夫。”黄须老祖说道，“天道境以下，谁都杀不了我。”

“老泥鳅！”秦云看着黄须老祖，眼中有着寒光，“你是在找死吗？”

“哈哈哈，来啊，你来杀我啊。”黄须老祖哈哈笑道，“我老泥鳅和各方做交易，和魔祖做交易，可三界谁能奈我何？谁能杀我？”

“秦云，你若是乖乖赔礼，这事就算了。”黄须老祖说道，“你不赔礼，那我就灭你秦家满门，我说到做到！你该知道，到了我们这一境界，既然承诺了，就肯定会去做。”

“滚！”秦云一拂袖，恐怖的气劲扫过黄须老祖这一具化身，直接令其化身炸裂破碎。

“哈哈……”可黄须老祖的意念残留在雷啸山顶，依旧发出声音，“毁掉我一具化身算什么本事？我给你三个月时间考虑清楚！你是要一件对你没多大用处的先天至宝，还是为你秦家满门着想。你的妻子秦夫人，你的子女秦依依、孟欢……你放心，只要有你秦家血脉的，我绝对不会漏掉一个。你真舍得他们都去死吗？”

“三个月，我只给你三个月时间考虑。”说着，黄须老祖的声音在山顶渐渐消散。

秦云和伊萧站在原地，脸色都有些难看。

“云哥。”伊萧焦急地问道，“他刚才说，天道境下，谁都杀不了他，是不是真的？”

“从情报来看，差不多吧。”秦云点头，“他只要躲在时光长河内，就是祖龙他们都伤不了他分毫。他还有九道分身都藏在时光长河内。我若只是灭杀他一道分身，他过些时间都能修炼回来。”

“那我们怎么办？”伊萧问道。

秦云眼中有着冷光，说道：“我早猜到，三界中那些老家伙会对我的宝物动心。可没想到，在我渡劫之前，就有跳出来的。黄须老祖？也好，我就借他杀鸡儆猴，以此震慑各方！”

“你打算怎么办？”伊萧问道。

“我自然有杀鸡的法子。不过，我需要些时间准备。”秦云眯着眼，眼中有着寒光。

当天，秦云就悄然离开了雷啸山，来到了明耀大世界。

“要对付黄须老祖，最紧要的，就是得请后羿出手。”秦云来到了那座僻静的木屋前，一眼就看到正在垂钓的后羿。

“哈哈，秦云兄，离渡劫只剩下数十年，还记得来看老朋友。”后羿放下钓竿，起身相迎。后羿虽然孤傲，但他和秦云可是有过共生死的交情的。

秦云微笑着道：“我这次是没办法，所以求到你这儿了。”

“求我？”后羿笑道，“秦云兄有什么需要我帮忙的，尽管直说，我一定尽力。”

他们在一旁坐下。

后羿帮忙倒些茶水：“你先喝茶，这是我亲手采摘的野茶叶。”

秦云端起茶杯喝了一口才说道：“我等一同去时空潮汐闯荡，三界也都猜到我们安然回来，定是收获巨大。”

“哈哈，他们猜对了！而且我们的收获比他们想的还要大。”后羿颇为开心地说道。

“嗯。”秦云点头，“可宝物动人心，盯上我秦云宝物的老家伙有不少。我一直以为我活着的时候他们不敢蹦跶，等我死后才会折腾。可没想到，我还没死呢，就有一位老家伙跳出来了。”

“谁？”后羿询问。

“黄须老祖。”秦云说道。

“那条老泥鳅？”后羿了然，“那条老泥鳅是很贪婪，数次站在魔祖那边，只是保命本事的确厉害，道域和佛域一直拿他没办法。”

秦云点头：“他这次以我斩杀混沌神魔虞呲为理由，让我跟他赔礼道歉，说要我赔他一件先天至宝。”

“狮子大开口。”后羿嗤笑。

“我若是不答应，将来我若渡劫身死，他就要灭我秦家满门。”秦云平静地道，只是眼神中有着厉光，“其实一件先天至宝对我而言也不算什么，可我要是真答应了，恐怕会有更多老家伙跳出来，我秦家才是真的没有安宁之日了。在我渡劫之前，我定要将家人的事情安排妥当。毕竟我得罪的强者太多了，我活着还好，死了，怕是会连累我家人。”

“你打算怎么办？”后羿看着秦云。

秦云说道：“第一步，杀鸡儆猴。黄须老祖是出了名的保命厉害，他现在又跳得最厉害，那我就先杀他。我要让三界老家伙看到，我连黄须老祖都能杀，他们又有几个扛得住我这边的报复。”

“杀黄须老祖？”后羿皱眉，“若是正面交手，他肉身还不及蚊道人呢！可他出生在时光长河中，躲在时光长河内。在时光长河内，三界谁都追不上他，更别说他还有九个分身。算上本尊，那就是十个身体。”

“他的九个分身，实力有强有弱，据说最强的分身，实力媲美本尊。”后羿说道，“你一旦动手，他一定会有分身吓得躲进黑暗魔渊的。从诸多方面来看，杀他的确很难。”

“灭杀他一肉身，通过因果灭杀他其他分身。后羿兄，你可能做到？”秦云询问。

后羿微微皱眉：“通过因果传递的威力，将大大下降，要灭杀九个分身，我得燃烧元神连射九箭，估计到第六箭、第七箭才有把握。”

燃烧元神第一箭就有天道境威力。第九箭，那可是有正面灭杀博瀚岛岛主一尊强大分身的威力的。

黄须老祖和博瀚岛岛主比起来，不管是境界，还是护身手段都弱多了，可秦云需要做的是将黄须老祖所有分身全部灭杀。

“你有把握，对吧？”秦云眼睛一亮。

“当然，就算他保命手段超乎我意料，我燃烧元神的第九箭，通过因果也必定能杀他。”后羿笑道，“可那样，我必定得服用一颗魂心果，否则，我就得陷入沉睡了。”

秦云点头道：“到时候，若是真逼得你使用魂心果，你用一颗，我自然补你一颗。”

“估计第七箭、第八箭就足够了，我的伤势能慢慢恢复，可以不用魂心果。”后羿说道。虽然伤势恢复时间久，可拥有魂心果能随时恢复到巅峰，他自然有底气。过去没得到魂心果，后羿是不敢让自己长期陷入重伤状态的。

秦云说道：“后羿兄，这次请你出手，我愿付出一颗魂心果。”

后羿有些心动。

对后羿而言，一颗魂心果就意味着有燃烧元神连射九箭的底气。所以，魂心果对他的诱惑力，比对其他大道圆满强者要更大，价值也要更高。

“一颗魂心果，可比一件先天至宝还要珍贵。而且那老泥鳅估计也无须我用第九箭。我不会占你这么大便宜的。”后羿摇头说道。

“听我说，这魂心果我暂且还没法给你。”秦云说道，“因为我渡劫急需这魂心果，所以我先用这时空盾牌抵押。”

秦云一翻手，空中便出现了十八面盾牌。

后羿眼睛一亮：“这可是博瀚岛岛主的护身宝物。”

“我将来若是能渡劫成功，剩下魂心果，自然拿魂心果来换这时空盾牌。”秦云说道，“可若是我渡劫身死，自然也就用光了魂心果，这盾牌也就归后羿兄你了。不管是将来的秦家，还是将来的碧游宫，恐怕都守不住这时空盾牌。”

师尊离开三界后，自己若是渡劫失败，碧游宫便只剩下大师姐支撑。以大师姐的实力，她在大道圆满中只能算是正常水准，连支撑碧游宫都很吃力。碧游宫宝物已经够多了，再多这套盾牌只会压力更大。这盾牌在后羿手里，却没人敢动心思。

“难道我帮你一次，就得一颗魂心果，或者一套护身至宝吗？”后羿摇头。他内心何等骄傲，不愿占秦云这么大便宜。

“除了这次出手，我还有一事相求。”秦云说道，“我若是渡劫失败身死，也希望后羿你能尽力庇护我秦家。”

后羿看着秦云。他能看出秦云眼中的乞求……

没办法，秦云最放不下的就是家人，是他最爱的萧萧，是依依、孟欢、玉罗他们。

后羿暗叹：秦云如此高傲之人，也会因为家人求人。

“秦云兄，这套护身至宝我便收下了。”后羿说道，“你将来若是渡劫失败，我一定会尽力庇护你秦家。还有，这次对付黄须老祖之后……你秦家是不是有一个叫玉罗仙子的？应该是你秦家小辈中最优秀的一个。”

“是，她是我外孙女。”秦云说道。

“就让她拜我为师吧。”后羿说道，“我也会广邀好友来见证。”

秦云眼睛一亮。

玉罗拜师后羿，后羿还广邀各方来见证？还是在杀了黄须老祖之后。将来谁要对付秦家，是得掂量掂量了。

“谢了。”秦云说道。

“对我而言，只是举手之劳。”后羿感慨道，“我最希望的，还是你渡劫成功。毕竟在这三界，能当我后羿朋友的没几个。”

秦云点头一笑：“对了，你还没用启灵果吧？”

后羿心中一动，问道：“我还没有，你服用了吗？感觉如何？”

“启灵果让我陷入顿悟之境五百年。”秦云说道，“的确境界大大提升了。不过后羿，我必须提醒你，唯有之前有浑厚的积累，在顿悟时才会有种种感悟。比如我之前用心参悟过阴阳之道，所以顿悟时，悟出了太阴之道、太阳之道！我之前又用心参悟烟雨阵，关于烟雨阵，我也进步颇大。”

“没有积累，就没有感悟。”

“积累越深厚，顿悟收获越大。”秦云说道。

后羿听了，眼中泛光。

在时空潮汐中，启灵果都是传说，所以服用启灵果到底有多大好处，万花宫宫主说得也很模糊，只知道能通过启灵果进入顿悟之境。

秦云这个服用者，却能让后羿有所准备。

第356章

动手

“看来，我服用启灵果的时间也得大大推迟。”后羿若有所思，随即郑重道，“你这几句话，可比一颗魂心果还有价值。”

“那你什么时候能动手对付黄须老祖？”秦云问道。

“随时都可以。”后羿笑道，“就等你安排了。不过他若是躲在时光长河内，我可找不到他。”

“杀他是最难的，其他都不难。”秦云微笑着说道，杀黄须老祖也需好几环，后羿就是最重要的一环。

“后羿兄，你在明耀大世界等我消息。”秦云说道，“不出意外，我们就是在今天动手。”

“好。”后羿点头，“你也谨慎些，那老泥鳅很狡猾，一旦我们失败，下一次想成功就更难了。”

秦云点头：“所以，我们这次就要灭了他。”

跟着，秦云便离开了明耀大世界，前往天界。

天界的一座人间城池内，将军府中。

“明王他在闭关修炼，秦剑仙且稍待片刻。”一个光头僧人见秦云来此，颇为恭敬地说道。

“不急。”秦云笑着坐在花园中，喝茶欣赏着花园美景，四周是叽叽喳喳的鸟叫声。

片刻后，一袭白衣的孔宣走了出来，他笑道：“秦云兄，听说你这些年一直在闭关，这刚出关就来我这里，可真让我受宠若惊啊。”

“我是来借宝物的。”秦云笑道。

“借宝？”孔宣微笑着道，“如今我宝物很多，你要借哪一件？”

先天至宝，他如今有数件在手。

“博瀚岛岛主的宝物中，不是有一条专门用来擒拿敌人的银色丝线吗？”秦云说道，“我想借它一用。”

“我给它起了名字，叫天地万物索。”孔宣颇为得意地道，“它能擒拿天地间万物。之前我闭关，就是在参悟这些先天至宝，每一件先天至宝都有至少一条圆满大道。我越参悟，越觉得自己的积累还很浅薄。之前去时空潮汐，我和句芒可真是沾了你和后羿的光了。光凭我和句芒，在时空潮汐中能活命就不错了，哪能得到如此多宝物。”

“既然你这么感激我，那我借宝一用，没问题吧？”秦云问道，“我只需使用一天。”

“当然可以。”孔宣点头，便一挥手，一条银色丝线飞了出来。

这条银色丝线一出现，就仿佛成为了天地间的一部分，似乎能束缚一切。

秦云伸手接过：“谢了。”

到了他们这个层次，也不怕借宝不还。

借宝不还，那可是大因果，对自身修行的阻碍将会很大，越是在意修行的，就越加在意因果。

反而是那些普通大拿，他们实力进步艰难，甚至永远无望顶尖大拿层次。这时候，为了一件厉害的先天灵宝，师徒翻脸，背叛好友，这些事都是做得出来的。

秦云和孔宣却不可能这么干。

“你借天地万物索，是打算对付谁？”孔宣说道，“如果事关紧要，也不用告诉我。”

“这件事是得保密，孔宣你暂且别外传就是了。”秦云说道，“我要对付的，是黄须大世界的那条老泥鳅。”

“是他？”孔宣皱眉，“他藏身在时光长河中，飞遁之速极快，天道境下都没谁能追得上。而且他有九个分身，你要对付他，可不容易。”

“他都来威胁我，要灭我满门，还让我交出一件先天至宝保平安，我岂能饶过他？”秦云冷笑道。

孔宣一听，也不由得脸色一变：“他竟然如此嚣张？的确是该死。不过，这等事情还真是这老泥鳅做得出来的，他出了名的贪婪，道域、佛域和魔道争斗的时候，他就是两边讨要好处，无耻得很，不让他满意，他便会狠狠报复。道域和佛域都想除掉他，可一直没法子，你有把握对付他？”

“有。”秦云点头。

“你若是真杀了他，道域和佛域都会拍手叫好啊。”孔宣感慨，“那些混沌神魔，都修炼这么久了，可还是有不少凶性不改。道祖和佛祖在，还能威慑他们一时。可将来道祖、佛祖他们都离开三界，这些老家伙怕是要在三界掀起更大的风浪了。”

孔宣原本也是桀骜凶戾出了名的，可他入了佛域后，不断蜕变，甚至长居人世间，造福一方。

他对那些多年修炼依旧凶性不改的，也有些瞧不起。比如他的弟弟，虽然也入了佛域，但炼心方面比他差多了，经常被他训斥。

“孔宣，论推演之术，你在我之上，你推演看看，那老泥鳅的诸多分身都在何处，我推演出来的太模糊了，只能知晓他的分身大概在一些大世界，查不到分身的准确位置。”秦云说道。

“他藏匿之术的确厉害，我试试看。”孔宣点头，当即仔细推演，周围有五色神光流转。

“我算到他有五个分身，一个在黄须大世界，一个在昌玉大世界，还有两个在魔道领地大世界，最后一个在黑暗魔渊。”孔宣说道，“魔道领地和黑暗魔渊你可都进不去，要杀死这老泥鳅，可真不容易。”

秦云点头，继续问道：“我能模糊算出，他在黄须大世界的分身气息最强，可无法算清准确位置，只知在大世界内，你呢？”

“我算出，他藏身在黄须大世界钱宁江一带，在百万里范围内。”孔宣说道，“更详细的，我就算不出了。”

“足够了。”秦云一笑，“好了，那我就先告辞了。”

“那我就在这里等你的好消息了。”孔宣笑道。

秦云跨过时空，直接来到黄须大世界的钱宁江上空。

“轰隆隆——”

此处正是峡口，江水奔腾湍急。

秦云凭空出现在江水上方，瞬间有一缕烟雨从他的手指尖飞出，立即一分为三：“布阵。”

秦云以一念布阵。烟雨阵如今布置出来，都无形无相，没有任何动静。由此可见秦云如今的境界。

“找到了。”秦云阵法一布置，阵法范围内的时空全部封印。

因为烟雨剑的提升，也因为境界的提升，烟雨阵威力也大涨，范围迅速扩大到方圆千万里！这是骇人听闻的数字，即便飞遁速度再快，要飞出千万里也需些时间。

钱宁江畔的一座府邸。

黄须老祖就隐居在这里，他很狡猾，在威胁了秦云之后，并没有回到老巢内，而是随意选择了一个地方隐居。

“我擅遮掩天机，秦云也只能模糊算出我在黄须大世界吧。”黄须老祖盘膝而坐，暗暗嗤笑，“他若是直奔我原本洞府，只会扑了个空。”

“面对我的威胁，他要么是杀了我，要么是乖乖低头，绝对不会无视他家人安危。”黄须老祖很自信。

为了威胁秦云，他早就搜集了大量关于秦云的情报。

黄须老祖暗道：为了家乡，他当初都宁愿成散仙去拼一线生机。为了家人至亲，他怎么可能在意一件先天至宝？先天至宝啊，我帮魔祖几次，虽然得到些好处，可也得不到先天至宝。

在三界，先天至宝数量还是太少。大道圆满强者中不少都是没有的。

“快了，快了。秦云会低头的。”黄须老祖期待着，“仅仅一次威胁，都不用花费大力气，就有很大可能得到一件先天至宝。对我又没危险。啧，多好的事啊。”

他无比期待，期待秦云送上先天至宝。

“嗯？”突然，黄须老祖通过因果，模糊感应到秦云直接跨越时空出现在黄须大世界，“秦云来了？他的天机也很模糊，我算不清他的位置。他是来低头的吗？”

这一念头刚浮现，黄须老祖就感觉到周围时空被封印镇压，以他的能耐，都无法穿梭时空离去。

“时空被封印？”黄须老祖脸色一沉，“他还准备动手？真是可笑。”

“哗——”

只见他瞬间一分为三，三个黄须老祖同时潜入时光长河，化作三条黄色泥鳅，泥鳅胡须飘荡，尾巴一甩。

三条黄色泥鳅疯狂朝不同方向遁逃，速度奇快。

这三条黄色泥鳅的实力有强有弱。其中一条较弱的黄色泥鳅刚飞遁出数万里，就感觉周围有无数剑光汇聚，将它完全困住。这黄色泥鳅知道逃不掉，当即化作人形。而无数剑光束缚住他，更有法力渗透进他的体内。黄须老祖这一个极弱的分身，也就普通大拿层次，自然完全被封印了。

“秦云。”黄须老祖丝毫不惧怕，怒吼道，“你真想要你秦家被灭门？”

一个分身被擒，他丝毫不在乎。分身就算被灭了，他也能轻易修炼回来。

“嗖——”

另一条泥鳅也在急速飞行，同样有无数剑光汇聚，想要将其困住。这是三道分身中最强的一个，勉强有大道圆满的实力。

“我不让你抓住，你根本抓不住。”这条黄色泥鳅口吐人言，声音在回荡，却直接炸裂开来，选择了自杀。

因为黄须老祖最多拥有九个分身，死掉还能修炼回来。若是被活捉，那他就没法自杀了。

弱小分身被捉，对自身实力影响不大。强大的分身，黄须老祖是不愿意被秦云活捉的。

“秦云，分身死，我都能轻易修炼回来。”黄须老祖嗤笑，“这等弱小分身，对我不值一提，我劝你还是想清楚了，现在向我低头，还来得及。”

与此同时，第三条黄色泥鳅也在急速飞遁，都飞遁出百万里范围了。黄须老祖的这个分身实力算是中等，有顶尖大拿层次实力。

忽然，从虚无中出现一条一闪而过的丝线。

黄须老祖还没反应过来，只觉得身上一紧，他的这个分身就被银色丝线给捆住了，法力也完全被封印。

先天至宝天地万物索使出，秦云在烟雨阵内悄然偷袭，一举擒拿，黄须老祖这个分身都来不及化作人形，还是泥鳅原形。

“活捉了两个分身。”秦云微微点头，他借天地万物索就是要保证至少活捉一个，能擒拿两个算是比预料的要好了。

秦云站在云团上，法力被封印的黄须老祖的第一个分身也站在一旁，远处有一条黄色泥鳅被捆住飞来。

“变。”秦云遥遥一指，那条黄色泥鳅也变成了黄须老祖。

秦云一招手，将那条天地万物索给收了回来。

此刻，黄须老祖的两个分身，法力和元神都被封印，想要自杀都做不到，双手双脚都动弹不得。

“那是什么宝贝？”黄须老祖看着秦云收回的那条天地万物索，有些眼热，“我这具分身虽然不算强，但也有顶尖大拿实力，我都还没察觉就被你擒拿了，这一定是先天至宝。”

“到了这时候，你还想着宝贝？”秦云冷笑一声。

“哈哈，我有什么好怕的？”两个黄须老祖分身虽然被擒，但还是很轻松，其中一个分身笑着道，“我有九个分身，算上本尊，就有足足十个肉身！就算被你活捉了两个分身，可我还有八个呢，你又能奈我何？更何况，这两具肉身实力弱小，就算被你擒拿了，我也不在乎。倒是你，秦云，你得多想想你的家人，想想你的那些徒弟。”

“你还在威胁我？”秦云怒目而视。

“路都是自己选的。”黄须老祖的分身淡然说道，“你若是迷途知返，我还能给你一次机会。否则，你今日之因，便将铸就你秦家灭门之果！我纵横三界至今，说到做到！”

秦云看了他一眼，懒得多说，同时遥遥通过因果传音：“禀师尊，我已活捉黄须老祖两个分身，现在便要准备杀他。”

“好，为师便瞧瞧你们的手段了。”灵宝道祖也遥遥回应。

秦云先通知师尊，紧跟着便传音给后羿。

“后羿兄，可以过来了。”秦云传音道。

“来了。”几乎眨眼的工夫，一道身影就跨过遥远时空来到了这个大世界，来到了秦云的身旁。

“嗯？”被擒拿活捉的黄须老祖的两个分身惊愕地道，“后羿？”

“后羿兄，要麻烦你了。”秦云说道。

“你活捉了他的两个分身，杀他就更容易了。”后羿见状微微点头。

一旁的黄须老祖看到后羿就有所猜测，此刻听到这话，忍不住嗤笑道：“请后羿杀我？后羿的箭的确名震三界，有天道境之威。可是我的分身，有的在魔道领地，有的在黑暗魔渊，后羿如何杀我？即便是天道境的一箭，通过因果传递后，威力也大大衰减，难不成还能灭掉我大道圆满层次的分身？”

“开始吧。”后羿却懒得和黄须老祖多说。

秦云一挥手，黄须老祖的两个分身，分别悬浮在两处。

“轰——”

后羿肃然，一股恐怖气息在他体表爆发。

“燃烧元神？”黄须老祖惊愕。

“第一箭。”后羿燃烧着元神，毫不犹豫拉弓射箭，弓呈满圆，一箭射出，直接射向苍穹！

这一箭的威力恐怖至极，让黄须老祖都感到心颤，毋庸置疑，这一箭就已经拥有天道境之威。这一箭，直接飞出了黄须大世界，飞入了星空深处。

“他在干什么？”黄须老祖两个分身都略有些疑惑，“没射向我，却射向了星空？”

这一刻——

整个三界的许多大拿也被这一箭给惊着了。

后羿燃烧元神的第一箭就有天道境之威，又没有丝毫遮掩，箭矢都射出大世界，射入星空了。这恐怖的波动，迅速引起大拿们的关注。

“嗯？”西方灵山，佛祖如来原本正在对着下方众佛陀菩萨罗汉讲述佛法，此刻也不由得转头遥看下界的黄须大世界。

那些佛陀、大菩萨也都看向黄须大世界。

“黄须世界之主，有两个分身被擒拿下了？”

“秦剑仙在一旁施展烟雨阵护住周围，后羿却是在对着苍穹射箭？”

“他们这是干什么？”

太上道祖、元始道祖、女娲娘娘和魔祖黑莲也看向这里，都有些惊讶。

许多古老强者也注意到了这一幕。

他们有些猜测，也有些困惑。

“灵宝，你徒弟他们在做什么？”太上道祖遥遥询问。

“哈哈，杀那条泥鳅。”碧游宫中灵宝道祖笑吟吟地回应道，他是最了解情况的，“元始，你曾亲自出手要杀这泥鳅，可都失败了。你且看看我徒儿这次怎么杀他。”

“这泥鳅可没那么好杀。”元始道祖遥遥看着。

他们都清楚，要杀黄须老祖很难。

即便活捉了两个分身，道祖层次的强者虽然也能通过因果降下招数，可黄须老祖有的分身是躲在大世界里的。

道祖降下的威力渗透进大世界，会遭到天道规则的阻碍，威力会急剧削减到微乎其微的地步，根本不可能威胁到一位大道圆满强者。天道境强者的出招，在小世界、大世界中都会被重重削弱。

所以，要杀黄须老祖，唯有后羿还有希望做到。

“嗖——”

后羿拉弓射箭，对准上方苍穹，一箭射出苍穹，进入漫漫星空，这一箭的威力提升了。

“后羿燃烧元神，连续两箭都是射向星空的？”

“第二箭比第一箭威力更强了，难道……”

这一幕场景，让三界中的大拿有所猜测。

“后羿，他这是要……”

“燃烧元神连射九箭？”

这些古老强者都知晓后羿的连射九箭很厉害，一箭比一箭恐怖。可燃烧元神，对元神伤害太大。燃烧元神后连射九箭，后羿还是顶尖大拿的时候，做过这件事，那次他就陷入了长期沉睡。而在达到半步天道境后，他从来没做过这样的事。

甚至有古老强者认为，半步天道境再燃烧元神连射九箭，对后羿心力的消耗更恐怖，后羿恐怕都做不到了。

总之，后羿在三界再也没这么做过。

秦云、孔宣、木神句芒却很清楚，在时空潮汐中，后羿这么做过，那一次，后羿一举灭杀了博瀚岛岛主的分身。

时空潮汐的那次爆发，让后羿明白第七箭、第八箭的伤势还是能承受的，有魂心果在身，即便漫长岁月慢慢恢复他也不怕。

“嗖——”

后羿又平静地射出了第三箭，这一箭的威力继续提升。

“威力更强了。”太上道祖白眉一挑，轻轻点头，“第一箭就有天道境之威，第九箭得是何等威力？”

这让几位天道境的强者都郑重起来了。

“是连射九箭，后羿他打算燃烧元神，连射九箭。”

昌玉大世界的一座酒楼中，黄须老祖其中一个分身正坐在桌前，脸上满是焦急不安：“第一箭就有天道境之威，第九箭得多强？即便通过因果传递后威力大减，也依旧会很恐怖吧，我能承受吗？”

他冥冥中，感应到死亡在逼近。

“这个后羿，也就是在顶尖大拿的时候，这么拼命过一次。如今他都是半步天道境了，竟然又如此拼命，不仅燃烧元神，还连射九箭。他和秦云到底有多深的交情，竟能让他不惜陷入沉睡，都要来杀我？”黄须老祖不敢相信。

黄须老祖不知，后羿和秦云的确是好友，但他们的感情不至于好到让后羿不惜陷入沉睡来杀他。

后羿有魂心果，就有燃烧元神的底气，秦云更给了后羿那一套先天至宝时空盾牌，后羿自然尽心尽力。

秦云付出这么多，杀黄须老祖只是一方面，另一方面也是希望自己若渡劫失败，后羿能庇护自己家人。

后羿这次燃烧元神连射几箭后，那些古老强者定会更加畏惧后羿。

他全力庇护秦家，效果也会极好。

“第四箭了。”黄须老祖脸色发白，“不管我躲在哪儿，因果传递，我都逃不掉。不——还有一个地方！时空潮汐，去时空潮汐！一旦我进入时空潮汐，断绝因果联系，连本尊都感应不到分身。只是时空潮汐太危险，我曾经派遣分身去过，可惜在里面，分身都死了。”

通过分身探索时空潮汐，三界很多古老强者都干过。

可一般结果，都是分身毙命！

能在时空潮汐内纵横的，少之又少。

当初灵宝道祖他们联手纵横过时空潮汐，秦云、后羿、孔宣他们几个也算是纵横过时空潮汐了。

至于秦云第一次进入时空潮汐，遇到异界修行者命运，就被追杀得赶紧逃回了三界，虽得到了那位异界修行者命运的三个使者的肉身，可依旧十分艰险。

黄须老祖这种实力，在里面更是危险得很。

“顾不得了。”黄须老祖立即身体分化，分化为两道身影，两个分身立即跨过遥远时空抵达三界的不同边缘。

他想要穿过三界膜壁，进入混沌。

“灭。”

这时，一根巨大的手指虚影从空间中降临，散发着青色气流。

黄须老祖这一个分身看到这幕，绝望道：“灵宝！”

“噗——”

手指虚影按压在黄须老祖这一具分身上，分身立即湮灭化作飞灰。

在三界另一处边缘的黄须老祖分身脸色一变：“灵宝出手？他都出手了，

就算我赶到混沌时空缝隙，封锁混沌时空缝隙的阵法也是女娲娘娘他们所布置的，灵宝一个念头，阵法就会阻挡我。让我无法进入时空潮汐。”

这时候，一根巨大手指虚影降临。

黄须老祖分身抬头看着，怒吼道：“灵宝，你以大欺小，真是不要脸！”

“噗——”

手指虚影按下。

黄须老祖这一分身也毙命了。

他想要逃进时空潮汐，有灵宝道祖在，根本一线希望都没有。

第357章

收徒大典

“可怜，这老泥鳅的两个分身还没出三界，就被灵宝道祖给灭杀了。”万魔之王波旬也通过时空观看到了那两处发生的事，不由得摇头，“看来，老泥鳅虽然有分身躲在我魔道领地，也有躲在黑暗魔渊的，还是被后羿燃烧元神连射九箭给吓住了。”

“难怪老泥鳅会被吓住，这威力，的确太可怕了。”万魔之王波旬也倍感压力。

作为魔道曾经的最高首领，他一直是将佛祖如来当成目标的。

毕竟，他曾和如来斗过太久了。

至于秦云、后羿、祖龙、祝融神王、阿弥陀他们五位半步天道境，万魔之王波旬并没有放在心上，总是想要一鸣惊人，想要突破到天道境。

可此刻看到后羿燃烧元神的一箭箭射向苍穹，他才意识到他们不可小觑。

“太可怕了，这都能威胁到天道境了吧。”波旬道。

“好可怕的后羿。”

“那黄须世界之主，到底是怎么得罪了后羿和秦剑仙，竟然惹得他们两位出手？”

“后羿燃烧元神已经射出五箭，全都射向苍穹，看来是在不断蓄势，旁边的黄须世界之主两个分身又被封印活捉。应该是想要借助极强的一箭，通过因果，灭杀他的诸多分身。”

“十有八九就是如此。”

“黄须老祖到底做了什么？竟然能让后羿和秦剑仙联手，还让后羿如此不惜代价？”

三界的大拿都在谈论猜测着，他们也只能观战，谁都无法掺和进去。

毕竟秦云和后羿在大世界内，魔祖也无法降临阻拦，而天道境以下，面对秦云和后羿的联手谁都没胆子上。

谁有把握去抵抗后羿的箭？谁又有底气破秦云的剑阵？

秦云护身之术独步三界，服用启灵果后境界大大提升，本命飞剑又成功劳至宝，比之前和博瀚岛岛主交手时强太多了。秦云即便不燃烧元神，也足以抵挡住天道境一击。当然，面对后羿燃烧元神的连射九箭，秦云也得燃烧元神抵抗。能否扛住第九箭，秦云一点把握都没有。

他们俩，一个是天道境下攻击最强的，靠弓箭之术结合心力之术才如此逆天；一个是护身最强的，剑仙的剑阵之术够厉害，又用本命先天至宝功劳至宝去施展。

此刻，他们联手了。

“魔祖，救我，你一定得救我。”黑暗魔渊，黄须老祖有一个分身在这里，面对魔祖毁灭身乞求着。

魔祖毁灭身轻轻摇头：“他们是要借助因果，灭杀你诸多分身。即便是天道境，最多只能遮掩天机模糊因果，却无法真正隔绝因果。”

探察不到，那是被遮掩了，混淆了。真正隔绝的话，一个在时空潮汐中，一个在混沌中，倒是可以隔绝。这是唯一知晓的法子。

“我会尽量混淆天机，令后羿的那一箭在因果传递中，威力尽量低。”魔祖毁灭身看着黄须老祖，“至于能否扛得住，只能靠你自己。”

“谢魔祖。”黄须老祖不再哀求，他知道，魔祖能做的也只能是这样。

“你此刻，可以让你其他分身的实力变弱，保你这一个分身足够强大。”魔祖说道。

“我已经这么做了。”黄须老祖遥遥看着黄须大世界方向，“他开始射第七箭了。”

此时此刻，黄须老祖只能默默等待审判的来临。

扛得住，活！扛不住，死！

黄须大世界。

秦云施展着烟雨阵在一旁观看着，防止关键时刻有来阻挠的。而后羿此刻古朴大弓再度拉成满圆，这将是第七箭。这一次，后羿拉弓，箭矢却没有指向苍穹，而是指向了黄须老祖的其中一个分身。

“嗯？”黄须老祖两个分身同时眼睛一瞪，“第七箭就要杀我？”

“后羿燃烧元神的第七箭！”

“真要射向黄须世界之主了。”

“要射向老泥鳅了。”

三界各方都在盯着。

“我一定顶得住，顶得住。”黄须老祖咬牙。

“嗖——”

耀眼璀璨的箭光，比天空中的太阳还耀眼，还美丽。可最美丽的箭光也是最恐怖的。

后羿一箭射在黄须老祖其中一个分身上，这个分身几乎瞬间就湮灭化作飞灰，同时，这一箭的恐怖威能顺着冥冥中的因果线，迅速朝黄须老祖其他分身蔓延过去。不过，在后羿的控制下，箭刻意避开了已经被擒拿下的另一个黄须老祖分身。

通过因果攻击敌人，牵扯许多方面。

首先，自身境界够高，对因果有所参悟，参悟程度越深，通过因果传递的威力就能越强。其次，得有所凭借，像有些巫门咒术，需要头发、血液等物，发挥出来的威力才足够强。

通过因果灭杀，直接斩杀在敌人一个分身上，传递的威力才够强，因为两个分身彼此的因果线是最大的。秦云和黄须老祖彼此也有因果相连，可仅仅通过这等因果线传递的攻击，怕是连攻击本身百分之一的威力都没有。

对付一些天仙天魔，可以一个念头，通过因果灭杀。可对付大道圆满的黄须老祖，就是后羿，也得燃烧元神对付黄须老祖的分身。

“来了。”魔道领地内，黄须老祖的一个分身盘膝坐在荒野中，此刻，他看到了那一箭通过因果线传递过来。

“好可怕的一箭。”这一念头刚浮现，黄须老祖的这一分身便泯灭了。

黄须老祖的其他分身都毫无反抗之力，因为他已经尽量削弱其他分身的实力，令在魔祖身边的那一个分身实力变强。

“嗯？”魔祖毁灭身也感应到了，可他只能尽量模糊因果，通过这等间接手段令威力削弱。可后羿境界太高，心力融入下的这一箭，在因果传递下，依旧保持了三成威力。魔祖尽量模糊因果也只是降低了少许威力。

“噗——”

仿佛有无形的箭射在身上，黄须老祖眼睛陡然瞪大，跟着他身体悄无声息便崩溃湮灭，消散开来。

魔祖毁灭身看到这一幕，轻轻摇头：“如此一箭，你死得不冤。”

黄须大世界中。

后羿射出第七箭后，露出笑容收起了古朴大弓，看向秦云：“秦云兄，大功告成。这老泥鳅其他分身都已毙命，只剩下被我们活捉的这一个分身了。”

“后羿兄，佩服。”秦云心头很畅快。

“哈哈，本来我这第七箭只是要验证他的实力，若是距离灭杀他诸多分身差距较大，我便会第九箭再射向另一个分身。”后羿笑道，“谁想第七箭就直接成功了。”

“你这第七箭已经够可怕了。”秦云说道。

他很清楚，后羿连射九箭，前八箭都是逐渐提升威力，幅度并不算大。第七箭和第八箭差距不算大。唯有第九箭威力会有一个暴涨，可那样的代价也太大，后羿不服用魂心果的话，都得陷入沉睡。如今仅仅射出七箭，后羿完全能承受这伤势，秦云的心情也颇好。

秦云看向了那被封印了法力的黄须老祖最后一分身。

黄须老祖平静地道：“秦剑仙，是我瞎了眼迷了心，得罪了秦剑仙。我只想问一句，秦剑仙，你如何才愿意饶我一命？”

“饶你？”秦云轻笑出声。

“我也贪生怕死。”黄须老祖说道，“只要秦剑仙愿意饶我，我愿意付出任何代价，便是今后做个老仆，永远保护秦家，保护秦家血脉，我也心甘情愿。相信秦剑仙也需要一位高手庇护秦家，以我的手段，定能护秦家周全。”

“噗——”

突然，一缕剑光贯穿了黄须老祖身体，黄须老祖眼中闪过绝望、后悔、不甘，跟着，他便化作了飞灰。

自此，黄须老祖所有分身湮灭。

大道圆满强者，黄须老祖，毙命！

秦云站在那里平静地看着这一幕，有海量功劳降临在他身上，也有功劳降临在后羿身上，他们俩此刻仿佛披着一层金光。这黄须老祖的罪孽之深比灭星也只是略逊罢了。

“老泥鳅，我请谁，也不敢请你护我家人。”秦云轻声道，“所以，你还是死去吧。”

像后羿、祖龙的承诺，秦云会相信。可黄须老祖这老泥鳅，实力离半步天道境都远得很，违背承诺誓言产生的因果，也只是影响修炼罢了。三界中，一些大拿背叛师门、陷害好友都是很常见的。黄须老祖的承诺，秦云怎么敢信？至于完全控制一个大道圆满强者，三界都没这等手段。

“杀得好。”师尊灵宝道祖的声音也在耳边响起，带着一丝满意。

道祖、佛祖看着这一切，也都颇为满意。

道域和佛域一直想要杀黄须老祖，只是做不到罢了。

“厉害。”

“他们真杀了黄须老祖。”

“不是说天道境下，谁都杀不了那老泥鳅吗？”

“谁知道后羿燃烧元神连射九箭这么恐怖？”

“堂堂大道圆满就这么死了。”

“黄须老祖和秦剑仙、后羿到底有什么仇，竟然能让他们俩联手不惜代价对付他？”

三界中又是唏嘘一位大道圆满强者的陨落，又是好奇黄须老祖和秦云他们到底有什么仇怨。

“恭喜秦云兄，斩杀了这老泥鳅。”孔宣也遥遥传音道。

“孔宣兄，一个月后，后羿兄会收我外孙女玉罗为徒，到时候会宴请各方好友，就在明耀大世界后羿的洞府，你可一定得来。”秦云传音说道。

“我当然会去。”孔宣应道。

“后羿兄，你这燃烧元神连射九箭，可真够可怕的。可惜，这次只看到第七箭。”太乙救苦天尊传音给后羿，“对了，那老泥鳅怎么得罪你了，你竟如此不惜代价对付他？”

“他以秦家家人性命威胁秦云兄，秦云兄才暴怒，要杀了这黄须老祖，这才请我帮忙。”后羿也传音笑道，“太乙兄，一个月后，在我洞府，我会公开收秦云的外孙女玉罗仙子为徒，到时候，你可得来。”

“你收徒，还是秦云的外孙女？行，我一定到。”太乙救苦天尊应道。

“原来是这样，这老泥鳅真是找死啊。”蓐收和秦云传音交谈，才知道事情原委。

“蓐收兄，说好了，一个月后，你可一定得来。”

“后羿收徒，还是你秦云的外孙女。我一定到，我还得准备一份厚礼呢。”蓐收笑着应道。

“秦云兄，一个月后，我一定到。”杨戬也应道。

“后羿又帮你杀黄须，又要收你外孙女为徒弟？你俩的交情可真不一般。放心放心，到时我一定到。”大师姐黎山老母也应道。

众多好友来贺喜，秦云和后羿也都邀请他们一个月后去观礼。

他们俩的关系网加起来，就有人族三皇、祖龙、后土娘娘、太乙救苦天尊等，大道圆满都有一群，更别提顶尖大拿了。一个月后，注定将是三界的一场难得的盛会。

杀了黄须世界之主黄须老祖后，秦云便和后羿分开，先将天地万物索送还孔宣，而后便返回雷啸山。

黄须之死的消息，也在迅速传播，逐渐发酵。

黄须老祖毕竟是一位大世界之主，是大道圆满的强者。秦云他们邀请诸多好友时，也简单叙说了这件事的原委。

知道的人多了，这个消息自然也就传开了，三界大拿很快知道，黄须老祖是自找的，以秦家人性命威胁秦剑仙，令秦剑仙震怒，这才有后来的秦剑仙先活捉黄须两分身，后羿跟着燃烧元神连射七箭的事。

以秦家在三界中的地位，秦依依他们也很快知道了一切，知道自家老祖秦剑仙所做之事。

雷啸山下的月牙湾。

秦依依、韩林并肩走在月牙湾边上。

“爹他真是太厉害了。”秦依依眼睛都放光，“一位大世界之主，说死就死了。二木，我知道这消息都半天了，还是激动得很。”

韩林点头道：“我也很激动。岳父大人即将渡劫，这等关头，黄须大世界之主还用家人性命威胁岳父大人，真是卑鄙无耻！真想不到，堂堂大世界之主这等存在，都能做出如此卑鄙无耻之事。”

“所以我更佩服爹。”秦依依兴奋地说道，“面对如此穷凶极恶之徒，爹说杀就杀了，真是杀得好，杀得痛快。”

“我也佩服岳父大人。”韩林感慨道，“那可是大道圆满的强者，说起来，吞灵老祖再加上黄须世界之主，已经有两个大道圆满强者死于岳父大人之手了。”

秦依依说道：“爹他也是用心良苦，如此，才能震慑那些宵小。”

韩林笑道：“岳父能让后羿自愿燃烧元神连射七箭，真是了不得。而且后羿还答应收玉罗为徒，听说，这次收徒大典会广邀三界的古老强者来观礼。”

“这是后羿前辈愿意庇护我秦家。”秦依依神情有些复杂，“广邀各方观礼，也是让各方见证的。爹要渡劫，估计是担心渡劫失败，担心我们的安危，所以爹才请动后羿帮忙。爹他真的为我们操心太多了。”

韩林轻轻点头：“这件事对玉罗也是好处极大的，她能拜在后羿门下，以后她的前途就更广了。”

“嗯。”秦依依也露出笑容。

秦玉罗，是他们俩的女儿。女儿越有成就，他们夫妇自然越欣慰。

“爹他做这些，都是在为秦家安排后路。”秦依依轻声道，“我也想做些什么，能帮到爹。若是爹能够渡劫成功，便是付出我的生命我都心甘情愿。”

“我们不让岳父他分心就行了。”韩林连忙安慰道。

秦依依沉默了。

她想做些什么，却发现帮不上忙，只能看着父亲独自去渡劫。

她还记得年少最绝望时，就是父亲寻到了她，自此父亲就成了她背后永远的大山。可如今父亲要面对大劫了，她作为女儿只能看着。

“外公。”秦玉罗来到书房内。

秦云正坐着翻看书籍，抬头看到自己的外孙女，不由得露出笑容。

外孙女秦玉罗，天资卓绝，剑道天赋奇高，只是限于积累不够，如今还卡在天仙境九重天，实力却早已媲美大拿。

“玉罗，你都知道了？”秦云问道。

“爹和娘都和我说了。”秦玉罗说道。

“嗯。”秦云说道，“此次收徒大典，广邀各方大拿见证，是让三界都明白，即便我秦云渡劫失败，也有后羿兄庇护你们。”

“外公，你一定会渡劫成功的。”秦玉罗连忙道。

“嗯。”秦云点头又道，“让你去拜师，也是因为后羿兄心力一脉法门的确很神奇。后羿兄能够越阶拥有匹敌天道境的力量，就是因为他修炼了心力一脉法门。我在时空潮汐中闯荡，更是看出了心力一脉的神奇之处。你务必用心修炼。虽说碧游宫也有心力一脉的典籍，但这一脉乃后羿兄所创，他亲自教导你，自然最好。”

秦云是碧游宫的弟子，他的子女后代以及徒弟，自然是碧游宫一脉，也是能学到碧游宫法门的。

“我一定用心修炼。”秦玉罗应道。

“修剑阵之术，融入心力法门，如此前途定是无量。”秦云点头，“好了，这些日子你就待在雷啸山，时间一到，我会带你去明耀大世界。”

“是。”秦玉罗恭敬地道。

转眼，黄须之死已过去一月。

明耀大世界，后羿的洞府。

平常后羿不住在这里，今天这里却很热闹，很多大拿都来了。

大殿中坐满了客人，碧游宫的大拿就来了一大群。

“郭二哥，这等盛会，三界多少年没有了。”黄袍尊者和道人郭忍坐在邻近位置，黄袍尊者惊叹道，“你看上面坐的，祖龙来了，多宝大师兄这么多年不见，如今也现身了。佛域的观世音也来了。人族三皇更是齐到！”

郭道人点头道：“连菩提老祖都到了，蓐收、句芒、后土娘娘可都在。大道圆满的强者就来了十多位，顶尖大拿都只能靠后坐，我们这些普通大拿层次的更是只能坐在这里。”

“嘿嘿嘿，天庭一直想抓我，我今天来这里，天庭的好些大拿都在，只能当没看见我。”黄袍尊者嘿嘿笑着，眼中却有着冷意，他对天庭是有恨意的。

“今日的主角，是秦师兄和后羿，谁敢今天来捣乱？”郭道人说道。

“哼，你别看今天来了这么多大拿，若真到了关键时刻，不暗地里给一刀就不错了。”黄袍尊者传音道，“这些大拿，我早就看透了。”

“当初三教之争，我就看透了。不过得先对付了魔道，魔道不除，各家还是相处得挺不错的。”郭道人传音道，“而且只要秦师兄能够渡劫成功，哼，在三界，我碧游宫的威名就只会更盛。”

“是啊，希望秦师兄渡劫成功。”黄袍尊者也感慨道。

当初他认识秦云时，秦云还是凡俗剑修，如今秦云却已经是天道境下最强的几个之一，是碧游宫的支柱了。

碧游宫众大拿，只希望秦师兄能够渡劫成功，能够长生。

这大殿中，最上方的一群大道圆满修行人彼此聊着，秦云也随意说着，他们各有各的派系，各有各的利益。若是真相信谁愿意为秦家出死力，那才是笑话。所以秦云也是给了后羿、祖龙足够的好处，而后再请他们帮忙。

“其实我更相信的，还是我人族的三皇啊。”秦云看了眼旁边的人族三皇。人族三皇都是悟出人道精神的，更值得信任，这是自己另一后手。

“玉罗。”秦云忽然开口道，声音响彻大殿。

顿时，众大拿都安静下来。

只见大殿外走进来一名女子，温和内敛，周身隐隐有剑道气息。

“诸位，这便是我外孙女秦玉罗。”秦云笑道，声音传遍大殿。

一旁的后羿也笑道：“我观这秦玉罗天资卓绝，起了收徒心思，和秦云兄商谈后，方才定下此事，今日便请诸位见证。”

“后羿收徒，还是秦剑仙的外孙女，这可是三界的一段佳话，今日，我等也是有幸能见证这样的大事。”木神句芒笑道。

一片附和声，没开口的人也都微微点头。

大家都是给秦剑仙、后羿面子。将来道祖、佛祖、魔祖他们一个个被迫离开三界后，秦剑仙若是渡劫成功得了长生，那以后的三界，虽然说会风起云涌，那些老家伙会冒出来，但是秦剑仙和后羿注定影响力更大。

于是，在一片赞叹声中，在众多大拿观礼下，后羿正式收了秦玉罗为徒。

拜师能如此有声势，秦玉罗算是三界历史上罕有了。

第358章

师父和徒弟

通过斩杀黄须，后羿收徒这两件事，三界都看得出秦剑仙背后的决心。

秦家是秦云的逆鳞，触之，必定会遭到秦云的报复。秦云如此不惜代价，三界的那些古老强者没有一个敢来招惹秦云，这也令秦云接下来的日子过得很平静。

秦云教导儿女、徒弟，耐心等待着渡劫之日的临近。

杀死黄须的三个月后，秦云的徒弟卞寒玉在静心准备后，便以烟雨一脉的剑修法门轻松一举凝聚出元神。

秦云很重视自己剑修法门唯一的传人，而且卞寒玉的资质的确很惊艳，是搜遍整个三界找出来的顶尖的剑道天才，若不是之前有心魔，恐怕她早就被太上剑修一脉的人给抢走了。而另一个没有心魔的剑道天才余孤峰，在秦云和太上剑修面前，最终选择了太上剑修一脉。

卞寒玉天赋卓绝，之前没有厉害的师父，也在短短数百年的时间里就达到天仙中期境界，论资质，她简直不亚于早期的秦云。

秦云是拜在灵宝道祖门下后，借助万法池，实力才突飞猛进，能在天仙境便越阶媲美大拿的。

最关键的是，面对大魔头灭星，秦云没有逃命，而是渡劫成了散仙，去最后一搏，反而使他悟出了大道。之后，他又顺其自然地悟出了天、地、人三条大道，方才成就三才大道，达到了大道圆满。他最根本的蜕变，就是渡劫成散仙那次进行的。

修行者的蜕变，就是在修行路上的一次次抉择中发生的，每一次抉择，都是对自身的一次磨炼，一次雕琢。

如果不像混沌神魔那样生来强大，想要靠一己之力修炼成大道圆满，真的很难。

“寒玉。”秦府花园内，秦云站在盆景面前。

“师尊。”卞寒玉恭敬地站在一旁。

“你看看这一盆景，想到什么了吗？”秦云说道。

卞寒玉疑惑地看着这盆景，犹豫了一下，回答道：“这一株松树，让弟子想到悬崖边的山松，历经磨难依旧生长。”

秦云一笑，道：“长成这样，是府内的下人用心修剪、精心呵护、刻意塑造的结果。”

卞寒玉点头。

盆景不都是如此吗？都是靠人工，用扎、剪等手段令它长成想要的样子。

“如果一株树，不经历任何修剪，任由生长，恐怕现在就不会是如此模样了。”秦云指着盆景，“寒玉，你的天赋资质，不亚于为师。”

“弟子还差得远。”卞寒玉赶紧说道，师父可是三界第一剑仙。

“你不必谦虚。你要知道，天赋卓绝的，三界多的是，就是如今这个时代，像那余孤峰，还有太上剑修一脉内也能找出几个弟子和你比肩。”秦云说道，“若是放眼三界过去的漫长岁月，天赋资质能和你媲美的修行人就更多了。他们很多都没能悟出大道，成为大拿，更别提达到为师这般境界。”

卞寒玉点头。

秦云看着卞寒玉：“为师当初面临最重要的抉择关口，面对家乡灭顶之灾，可以选择逃掉，可为师若是逃了，实力也绝不会提升这么快。或许为师也能自创天仙法门，将来或许也能成一位大拿，得了长生，可是放弃家乡逃离后有这一心结在，恐怕也成不了大道圆满。”

“修行路就是如此，不同的选择会导致不同的结果。就像这盆景，经过人工修剪，才塑造成了如此模样。它若是生长在野地，恐怕又会是另一番模样。所以，你能拜在为师门下固然好，可你将来到底能修炼成何等境界，还是要看你自己的抉择。”秦云说道，“不同的选择，会通往不同的结果，你一定要记住今天为师说的话。”

说完，秦云转头便走。

“弟子谨记。”卞寒玉心头一紧。

她拜在三界第一剑仙门下，大仇又报了，能翻阅大量剑道典籍，她曾觉得大道就在面前，一切都是坦途。

如今听师尊一说，她才警觉：当有勇猛精进之心，不可有丝毫懈怠，唯有秉持剑心，才有望成就大道。稍有偏差，离大道便远了！

卞寒玉虽然早达到天仙中期境界，但她没有着急，而是耐心地修炼。因为有诸多珍贵剑道典籍参考，又有秦云用心指点，在拜师后的第三十年，她再度突破，剑道境界提升到了天仙境后期。这让秦云很欣喜。

在拜师后第三十一年，卞寒玉终于开始渡天劫。

面对风火雷三大劫，没有任何意外，卞寒玉轻松渡过了天劫，在秦云、伊萧、孟欢、秦依依等人的关注下，她的元神肉身又成功合一，正式成为了一名天仙层次的剑仙。

“成功了，云哥，寒玉她成功了！”伊萧欢喜万分地道。

“灵肉合一，寒玉师妹成天仙了。”秦依依也满是喜色，“恭喜爹，我们烟雨一脉的剑仙法门，完全能修炼成天仙。”

“不但能成天仙，”一旁孟欢说道，“将来也一定能成金仙。”

秦云露出笑容，心中颇为畅快。

他自己修炼了一辈子，最自得最骄傲的原创剑仙法门，终于令弟子成天仙了，弥补了一大遗憾。

“金仙法门应该也有把握，只是，我在渡劫前是看不到了。”秦云想道。离渡劫只剩下最后几年，卞寒玉虽然很优秀，但离达到极致天仙境还差得远，更别说突破瓶颈成就大道了。

“我这法门唯有出一位金仙，才能证明不亚于太上剑修啊。”

秦云虽强，但他终究是散仙，他走的路，不一定适合弟子。

“师尊。”卞寒玉渡劫成功后，来到秦云身前。

“嗯。”秦云遥遥一指，将一缕法力渗透进卞寒玉体内，探察其法力，不由得点头，“很好，法力的确精纯。”

修炼烟雨一脉的剑仙法门能出天仙，秦云很开心，先是当天在府内庆贺，第二天又跑去找后羿饮酒。

时间流逝，秦云离渡劫之日越来越近，三界各方都开始谈论他了。

“三天后就是渡劫之日，有些事也得告诉你们。”秦云、伊萧在前面走着，孟欢、秦依依、秦玉罗三人跟在后面来到了秦家的藏宝阁。

秦依依、孟欢、秦玉罗彼此相视，都有些疑惑。

“我秦家藏宝阁，你们都很清楚。”秦云说着，“不过，这还有暗藏的一层楼阁，你们不知道。”

“我们不知道？”他们三位疑惑地问。

伊萧一挥手，眼前的空间分开，显现出一座隐藏的楼梯：“你们进来就知道了。”

众人顺着楼梯来到了另一层楼阁，这一层楼阁空间很大，足有万丈大，里面摆放了部分典籍，更有大量珍贵宝物，还有一件件先天灵宝，宝光耀眼夺目，让秦依依他们都看花了眼。

“这里有顶尖先天灵宝三件、普通先天灵宝七件。”秦云说道。

秦依依、孟欢、秦玉罗他们都震惊地看着。

“这些都是我在时空潮汐中得到的宝物。”秦云说道，“我斩杀那些异界修行者，还得到了好几具大道圆满强者的肉身，这些肉身的价值都不亚于顶尖先天灵宝。若是将这些肉身炼制成傀儡，恐怕都能有顶尖大拿实力，只是炼制起来也不容易。除此之外，还有一些奇珍奇物，这里的典籍，有部分也是异界修行者的。”

“还有异族天道境血脉之力、祖龙血晶、盘古血脉之力等物。”秦云说着，“不过，藏宝阁有藏宝阁的规矩，你们不可随意取宝。”

“孩儿明白。”孟欢和秦依依都说道，秦玉罗也乖巧应着。

“将来若是有麻烦，可请碧游宫、龙族祖龙、后羿、火云宫人族三皇帮忙。”秦云说着，“他们都会全力相助。”

碧游宫且不说，祖龙、后羿都对自己承诺过。

对火云宫人族三皇，自己也将送上一份大礼。一是为人族，二也是受此大礼，人族三皇定会更用心庇护秦家。

秦云暗暗感慨：我留下的这些，都不是我最重要的宝物啊。

博瀚岛岛主自身所乘坐的那艘飞舟，那一套时空盾牌，还有那一具半步天道境的肉身一脉的尸体，这些都是足以让三界古老强者眼红的。比如那具媲美祖龙的肉身，后羿、孔宣他们都是想要得到的。

可太珍贵之物，秦云都不敢留在秦家，没实力，只会招来麻烦。眼前留给秦家的宝物也够惊人了，如果不是要渡劫，他都不想急着告诉秦家的小辈。

当天，秦云又来到了火云宫。

“秦云。”燧人氏、伏羲氏、神农氏一同来迎，燧人氏询问道，“再过三天就是你渡劫之日了，你今天来找我们，不知有何事？”

“可是希望火云宫庇护你家人？”神农氏笑道，“你尽管放心，火云宫本就是庇护人族的，我等也会用心庇护你的家人。”

火云宫的人族大拿本就团结，庇护大拿的家人这也是正常的。

秦云拱手道：“今天我来，的确也希望火云宫能庇护我秦家一二，不过，这只是其一，第二件事则是关系宝物。”

“宝物？”他们三位疑惑。

“火云宫可有宽敞些的地方？”秦云询问。

“随我来。”燧人氏在前面引路，很快来到了一处火焰空间，空间广阔浩瀚足有千里范围，隐藏在火云宫中。

燧人氏笑道：“秦云，此处空间如何，可够宽敞？”

“这里是我火云宫最宽敞的地方了，再大的地方，可就没了。”神农氏也笑道。

“够了，够了。”秦云笑着一挥手，犹如连绵山脉的庞大肉身出现在了这火焰空间中，刚一出现，就吓了燧人氏他们一跳。

庞大的肉身散发的气息都开始影响火焰空间了。

燧人氏他们三位都感觉自身气息遭到了压制。

“好强的肉身！”神农氏惊叹地盯着，“这肉身之强，简直匪夷所思，怕是唯有祖龙才能与其相比。”

“这肉身散发的气息，如果是凡人，或者元神境修行者在这肉身周围，都会受这肉身影响，血脉都会发生改变，成为肉身强大的族群。”燧人氏也说道，“唯有元神肉身合一的天仙层次修行者，方能抵挡住影响。”

秦云点头。

肉身强到半步天道境层次，会具有很强的影响力。

如祖龙九子，个个了得，九子的后代也都是天龙。天龙和其他种族的后代，一般都是真龙境层次。真龙境层次的和其他种族的后代，一般也都会是龙族。普通龙族和其他种族的后代，都会成为蛟龙。

龙族血脉为什么会这么强？就因为龙族的源头是祖龙。即便隔了很多代，血脉的影响力都极恐怖。至于祖龙本身，即便长期居住在一地，他若是不刻意收敛，散发的气息都会改变周围种族，令周围种族向龙族转化。

而秦云拿出的这具肉身，是和祖龙肉身同层次的肉身。

“这是一个时空潮汐中的强者。”秦云说道，“当初我和后羿他们也花费不小力气才杀了他，今日便送给火云宫了。”

“送给我们？”神农氏忍不住道，“这肉身珍贵无比，便是最浪费的用法都能炼制成一具护法神将，拥有匹敌大道圆满的实力。”

将肉身炼制成护法神将，实力一般都会下降。

若是将大道圆满强者的肉身炼制成傀儡，又不懂大道，仅仅仗着肉身之力，一般只能发挥顶尖大拿实力。

而肉身一脉的半步天道境强者，因为肉身太强，成傀儡后也能有普通大道圆满实力，只比生前要弱一些。

“这是最浪费的用法，若是细致些，单单它的血液就能结合草药，炼制成辅助修炼肉身的丹药。我相信，靠它炼制出媲美祖龙血晶的丹药，也不是难事。”神农氏说道，“而且，这肉身即便损耗些血液，也能自然吸收外界天地之力缓慢恢复。”

“不死不灭，完全是一座宝藏。”神农氏看着秦云，“它的价值远在一件先天至宝之上，你真的要送给我火云宫？”

燧人氏、伏羲氏也看着秦云。这礼物太贵重了。

“即便是最简单的用法，炼制成傀儡，都不是容易事。”秦云笑道，“还是交给三皇你们来处理最好。”

“秦云，你若是渡劫成功，自然可以慢慢来使用它。”燧人氏说道。

“我若是渡劫成功，这等宝物对我就更不重要了。”秦云笑道，“我若是需要，只管去时空潮汐中取就是了。”

他的实力会越来越强，后羿以后也会服用启灵果，实力也定会有所进步。

若是自己渡劫功成，将来也会约后羿一同再闯一次时空潮汐，到那时，后羿即便达到天道境，自己也会请他暂时将元神法力停留在金仙境层次，不急着突破。他们俩联手，将比上次强横得多。就算再遇到博瀚岛岛主这层次的修行者，都能轻易碾压。

可那是以后的事了，是后羿服用启灵果后，是秦云渡劫成功以后……

“希望真有那一天。”秦云默默道。

“三皇，我很快就要渡劫，就不在这打扰了。”秦云笑道，“先告辞。”

伏羲氏三位面面相觑，不过他们也不再推辞，收了这大礼，送秦云离去。

火云宫宫门处，目送秦云离去后，三皇他们彼此相视。

“秦云这次送的礼物，可真够贵重的。”燧人氏感慨。

“即便请我们庇护秦家，也不必送如此重宝。”伏羲氏说道。

神农氏说道：“我们承了他这一人情，以后再慢慢还就是了。”

即便秦云渡劫真的失败了，等道祖他们离开了三界，若是有人为了报仇，为了宝物，敢对秦云家人下手，怕是祖龙、后羿、人族三皇都会以最快速度出手。到那个时候，这几位联手的威慑力怕是比魔道都要强得多。

“还有师尊。”秦云来到了碧游宫，来到了主殿，这是渡劫前他最后想要去见的。修行路上师尊也一直庇护着他。

“徒儿，进来吧。”主殿内传来师尊的声音。

秦云走了进去，看到那坐在云床上的灵宝道祖。

此刻他心情复杂，上前便跪拜下来道：“弟子拜见师尊。”

“痴儿，快快起来。”灵宝道祖催促道。成了大拿，弟子一般也无须跪拜，秦云这显然是渡劫之前最后来拜别师尊了。

若是渡劫失败，这就是他最后一次给师尊磕头。

秦云这才红着眼起身，声音低沉道：“弟子这次回去便会静心准备渡劫，无法再来见师尊，还请师尊见谅。”

“以你的实力，定会渡劫成功。”灵宝道祖说道。

“嗯。”秦云点头，一翻手掌心出现了一艘飞舟，“这飞舟是徒儿在时空潮汐中偶得的一件至宝，飞遁之速极快，师尊将来也要离开三界，这飞舟或许能帮到师尊。”说着，便将飞舟推向灵宝道祖。

灵宝道祖接过飞舟，看了一眼便微微一惊：“这飞舟当真不凡。”

的确不凡。同样境界上达到天道境的博瀚岛岛主，结合大量异界修行体系的奥妙后才创出炼制飞舟之法。这艘是他自己乘坐的飞舟，更是使用种种奇物不惜代价炼制而成的。论实力，元神法力早就蜕变的灵宝道祖是比博瀚岛岛主更强大，可论见识广博，灵宝道祖还真的不如博瀚岛岛主。

博瀚岛岛主为了复活妻子，疯狂地汲取其他修行体系，甚至活捉大量异界修行者，逼迫他们交出种种法门，兼修极多。

“我们三界还没这么快的飞舟。”灵宝道祖看着自己的徒弟，颇为感动，说道，“徒儿，你这件礼物，对为师的确有大帮助。”

“能帮到师尊就好了。”秦云露出笑容，“那弟子就告退了。”

“等一下。”灵宝道祖说着，一翻手，掌心出现了一个黑色圆盘，圆盘中飞出密密麻麻的飞剑，成千上万的飞剑悬浮当空。

“这是为师炼制的万剑阵。”灵宝道祖说道，“你回去后，将万剑阵布置在你雷啸山，可为你镇守雷啸山。”

“谢师尊。”秦云也满心感动。不谈别的，单单上万飞剑，每一柄飞剑表面的玄妙符文，炼制起来就很复杂，师尊显然早就开始炼制了。

“徒儿。”灵宝道祖看着秦云，郑重地道，“你若是渡劫成功得了长生，便是我碧游宫新任掌教！若是渡劫失败，为师也定会庇护你家人。这是为师对你的承诺，去吧！”

“是。”秦云眼睛泛红，恭敬行礼，随即退去。

灵宝道祖目送着徒弟跨出殿门，方才喃喃低语：“你是我最得意的弟子，最满意的弟子，可一定要渡劫成功啊。”

随即，他闭上眼，默默等待，等待秦云渡劫之日的到来。

第359章

天劫终临

秦云回到雷啸山后，先布置了万剑阵，又告诉妻儿施展这阵法的诀窍，随后便进入静室中静修，不见任何人。

“能为家人做的，我都做了。”秦云盘膝坐在蒲团上，“我不用再管了，各人有各人的缘法。现在，我只需一心渡劫。”

秦云闭上眼，将家人、师尊、好友等一切抛到一边，心中唯有修行，唯有剑道。他就这么平静地闭眼静修，细致地审视着自身的剑道，脑海中剑道奥妙不断闪过。

离渡劫只剩三天。

只剩两天。

只剩一天。

时间在逼近，秦云的内心越来越平静，在无比平静的内心深处，藏着的是犹如火山般的无尽战意，面对传说中的散仙之劫，他也想要攻破！

“嗯？”秦云缓缓睁开了眼，眼神锋芒内敛，“三天已过，天劫要来了吗？”

这三日平静的静修让他道心又进了一层，他此刻道心更加澄明，再无牵挂，再无担忧烦扰，一往无前，能破一切阻碍。

“轰隆隆——”

秦云起身出了静室，静室门开启，便看到外面早就聚集的一群人，妻子伊萧、秦烈虎夫妇、大哥秦安、依依、孟欢、玉罗，都是和秦云关系极近的人。

“云儿。”秦烈虎、常兰的眼睛泛红，他们俩如今都是逍遥天仙，可他们的儿子秦云要面临最恐怖的散仙之劫。

“爹，娘。大哥，你也来了。”秦云微笑着道。

“二弟，我相信，不管什么劫数，都难不住我二弟。”秦安也说道。

秦云点头，又将目光落在妻子身上。

妻子伊萧则伸手握住了秦云的手，彼此都感受到对方心意。妻子伊萧低声道：“今天还来了不少大拿，都是云哥你的至交好友。”

“我知道。”秦云点头，他一念就感应到了。

“云哥你不用管太多，一心渡劫吧。”伊萧看着丈夫，轻声说道，“你知道的，我最期望的就是你能渡劫成功。”

“嗯，时间差不多了，我该去渡劫了。”秦云笑着说道，目光又扫过旁边的秦依依、孟欢他们，跟着一迈步，便直接飞了起来，朝远处飞去。

“爹。”秦依依、孟欢都紧张万分。

大家连忙跟了过去。

不过，他们都只是飞到雷啸山的其中一处山顶，便没敢再跟过去。如此恐怖的天劫，若是靠得太近，就会被天劫波及，那就太可怕了。

“呼——”

秦云飞出了雷啸山范围，朝远处飞去。

他一眼看到了雷啸山其中一处聚集的众多大拿，伏羲氏、燧人氏、神农氏都来了，和秦云有过生死交情的孔宣、蓐收、句芒、后羿也都到了，大师姐黎山老母、早投入佛域的多宝也来了，还有祖龙、杨戬。

来的还有秦云在大昌世界的老友，像当初的大昌世界人皇、张祖师、洪九、朱八他们，还有黄袍尊者、萨许仙人等。

一大群和秦云颇有交情的，今天都来到了雷啸山。

秦云在看到他们的同时，也朝他们笑了笑。那些老友也都微笑以对，没上前来打扰秦云。

“呼——”

秦云飞出雷啸山范围，落在百余里外的一座山峰之巅。

他抬头看向苍穹，苍穹中已经开始有劫云在逐渐汇聚，怕是一盏茶时间之后，就是天劫降临之时。

“今天前来观看我渡劫的人可真多。”秦云何等境界，他能感应到众多大拿通过时空观看这里，像妖族的白泽妖皇，佛域的佛陀菩萨，天庭的帝君……整个三界，几乎所有大拿都在观看这里发生的一切。

“哼。”黑暗魔渊中，魔祖毁灭身遥遥看着那站在山顶上的秦云，“第十一次散仙之劫，就得大道圆满实力才能抵抗。第十二次散仙之劫，怕是得有天道境的实力才能扛过。这秦云一定会死，今天我就看着他死！他一死，我魔道就少了一大敌。接下来，许多事就更容易办了。”

秦云，绝对是对付魔道的一位急先锋，如果可能的话，魔祖宁愿付出一件先天至宝让秦云死。

可惜，他奈何不了秦云。

三界中，有灵宝道祖庇护，谁都杀不了秦云。魔祖也只能期盼秦云死在天劫之下了。

“我记得，当初白泽前世渡那第十二次散仙之劫时，被第八道天雷给击杀了。”八景宫中，须发皆白的太上道祖说道，“那第八道天雷威力就近乎天道境之威了。”

“估计第九道天雷，就能达到天道境。”元始道祖传音道，“只是不知道，这天雷到底有多少道。”

“散仙之劫若有尽头，定不会这般简单，毕竟这是混沌天道定下的劫数。”女娲娘娘说道，“之前的第十一次散仙之劫，是纯粹的火劫。再之前，也有纯粹的风劫。我觉得，若是有最终的散仙之劫，风、火、雷三劫都会很厉害。而白泽前世所经历的风劫和火劫的威力小了些，估计白泽前世渡劫所经历的那些，仅仅是最终散仙之劫的冰山一角。”

“女娲，你觉得会有第十三次散仙之劫吗？”灵宝道祖询问。

“这次，我猜是最终之劫。”女娲娘娘说道，“若是再有第十三次，那得是何等威力？混沌天道定下的劫数，总该留有一线生机。”

“女娲说得有理。”佛祖如来也赞同，“我也赞同这次便是最终之劫，白泽前世实力弱，我们没看到真正完整的第十二次散仙之劫，这次相信能看清。”

灵宝道祖俯瞰着一切，看着徒弟渡劫。诸位天道境强者中，他是最紧张的一个。

山顶上，秦云站在那儿，独自面对天劫。

“渡过天劫，就能逍遥自在，渡不过去就是死。后路已绝，只有拼出生路。”秦云默默看着劫云汇聚。

“呼——”

“起风了。”秦云感应到了，“风劫来了。”

风劫，先是体内阴风起。

阴风无可阻挡，连烟雨阵也没法挡，是在体内自然生成，扫过身体内部处处，秦云元神强大，法力精纯，完全能扛住阴风。

阴风不停，外风又来！一道道风劫接连而至。

“布阵。”

一柄烟雨剑飞了出来，瞬间一分为三。

烟雨阵笼罩四周，有蒙蒙细雨飘洒在空中，风劫一重重袭来，却完全被烟雨阵给挡住了。阴风一直在秦云的体内刮着，仿佛无数刀子在切割着元神，而且威力越来越大。

“这阴风威力可大多了，我这元神都被切割得损耗极大。”秦云感觉到自身损耗，可他发现，元神被无数刀子切割，仿佛是在洗练、打磨元神！经历了切割后，元神变得更纯粹，如百炼成钢，这元神被炼得越加精纯，只是也因此小了许多。

秦云一翻手拿出玉瓶，倒出一颗仙丹，立即服用下，补充法力。

小了一号、也更精纯的元神得了仙丹之力，又恢复到了原本大小，反而强了许多。

“嗯？”秦云忽然感觉风消散了，周围的温度急剧上涨，“火劫来了。”

风、火、雷三大天劫，现在，轮到火劫了。

秦云感觉到周围温度在急剧上升，也感觉到体内无比炽热，有无色火焰在体内灼烧。

“是心火。”秦云早有经验，这次，他遇到的是最恐怖的心火。

心火遍布元神处处，烧的是杂念，是欲望，是心魔。

念头越杂，心魔盘踞越深，这心火烧得就越旺。

在天地间修炼，即便道心再坚定，也会生出许多念头。或是求长生，或是求修炼到更高境界，或是求宝物……种种追求，都会在心火下成为木柴，心火燃烧得更加旺盛，欲望也会强烈百倍千倍，有可能令人癫狂。

“道心如刀，心火灼烧，只会淬炼得这柄刀更锋利。”秦云咬着牙，强行稳定元神，掌控着烟雨阵抵挡着天空劫云降下的一道道火焰。虽然在心火的攻击下，秦云只能分出部分念头去控制烟雨阵，但烟雨阵威力太强，轻轻松松就抵挡住外界火焰的侵袭。

秦云暗道：“之前的阴风，还有现如今的心火，都是直接出现在体内，任何法宝都帮不上忙。虽然有些难缠，但只要是正常修炼成大道圆满的强者，凭道心之坚定，应该都能挡得住。也就那些生来就是大道圆满的混沌神魔，可能道心不够，在阴风心火下才会癫狂吧。”

“风劫火劫，当初白泽前世都能挡下，对我同样不难。”秦云抬头看着天空，天空中庞大的劫云颜色越加深沉，倾斜而下的火焰终于停歇，“火劫结束，要开始雷劫了吗？”

劫云中开始隐隐有电蛇闪烁，雷霆力量在不断蓄积。

不远处的雷啸山上，伊萧、秦依依、孟欢、秦玉罗、秦烈虎夫妇他们都紧张地看着。

“雷劫要来了。”秦依依紧张道，“当初白泽前世就是在雷劫的第八道天雷下毙命的，而后转世投胎。”

“魔祖的力量能渗透进轮回，是不会让我们父亲安然转世的。”孟欢也担心道，“父亲想要活，只有渡劫成功。”

伊萧没有出声，只是默默地看着。

“雷劫来了。”在天界另一处的云雾深处，白泽妖皇遥遥观看着，他可曾经经历过第十二次散仙之劫，“我当初只扛到第八道天雷，后面还有第九道吗？还会有其他劫数吗？”

他在散仙道路上耗费很多心血，他很想要看看，这条路，能得长生吗？

“到雷劫了。”黑暗魔渊中，魔祖毁灭身遥遥看着，“秦云，你还是死在雷劫下吧。”

“散仙之劫一直以来最多分为风、火、雷三劫，雷劫应该就是最后的天劫了。”

“不知道雷劫会有多少道天雷。”

祖龙、后羿、孔宣、伏羲氏、神农氏、燧人氏他们都在一起，看着不远处那山峰上的身影。他们和秦云关系非凡，都希望秦云能渡劫成功。

火劫结束，过去约莫十余个呼吸的时间，天空中的劫云越加暗沉，无数雷霆汇聚其中，终于降下了第一道天雷。

“轰——”

天雷一闪，便劈在烟雨阵上，被阵法挡住。

“第一道天雷就有半步天道境的威力？”秦云平静地抬头看着，这等天雷威力对他可没威胁。

天雷轰鸣，一道道天雷，威力越来越大，威力也逐渐逼近天道境。

“第八道天雷了。”秦云全力以赴控制着烟雨阵，小心翼翼地抵抗着。

“轰！”

一道更强大的天雷轰击在烟雨阵上，烟雨阵依旧完全挡下了。

秦云在烟雨阵上造诣太深了，他又是以本命先天至宝、功劳至宝施展烟雨阵，这第八道天雷连让他燃烧元神的资格都没有。

秦云暗道：这第八道天雷，威力很接近天道境了，比后羿连射九箭的第八箭还强一些。不过我如今抵抗后羿的第九箭，也无须燃烧元神。

秦云虽然很轻松地挡下了第八道天雷，但他还是一翻手拿出了一枚金色的果子，正是珍贵性不亚于先天至宝的魂心果。他毫不犹豫地一口吞下，魂心果立即融化，一股神秘的力量开始充满他的体内。

秦云平静地看着天空中依旧恐怖的劫云：“这散仙之劫，第八道天雷之前会发生什么，还有前例可参照。可从第八道天雷开始会发生什么，谁也不知道。我先吃下魂心果，防止突然遭遇危机，来不及吃魂心果。”

面对天劫，怎么谨慎都不为过。若是能渡过散仙之劫，就是浪费了这一颗魂心果，秦云都不在乎。

“有第九道天雷吗？”在遥远处观看的白泽妖皇十分紧张。

“当初白泽前世到第八道天雷就失败了，后面会有什么劫数？”后羿也皱眉看着。

“轰！”

这时，第九道天雷降临。

这一道天雷的威力更强，轰击在广袤幽暗的烟雨阵上，烟雨阵汹涌地震荡起来，可依旧挡下了，秦云没有燃烧元神。

“这第九道天雷，和后羿第九箭威力相当，算是天道境层次，已经接近我正常的承受极限了。若是还有更强的天雷，我就必须燃烧元神了。”秦云自语。可是，天空中的劫云突然停歇了，没再降下天雷。

这一幕，让观战的各方大拿都有些惊愕。

第九道天雷就结束了吗？

“难道要结束了？我曾经离渡过散仙之劫，就差这么一点点？”白泽妖皇都有些疑惑，紧跟着就发现不对劲了，“这劫云怎么还没消散？既不降下天雷，又不消散，似乎还在酝酿。”

“这……散仙之劫，不是只有风、火、雷三劫吗？难道还有其他劫数？”其他大拿也都疑惑了。

第九道天雷结束后都过去十余个呼吸的时间了，幽暗的劫云依旧在运转着，就是不降下劫数。

“怎么回事？依依，欢儿，你们说这是怎么回事？”伊萧担忧无比。如今第九道天雷过去，迟迟不见新劫数降下，而劫云还在运转，这让她很不安。

“娘，”秦依依安慰道，“爹之前不也说了，这次很可能是散仙的最终之劫。既然是最终之劫，在风、火、雷三劫之外，又多了一重劫数也是正常的。而且，爹他看起来很轻松，前面三劫对爹没有任何威胁，至于这新出现的劫数，爹他也一定能平安渡过。”

伊萧点头，紧张地看着：“一定能渡过的，一定能。”

“还有新劫数？”秦云看着还在运转的劫云，知道新劫数正在酝酿，越加小心戒备。

高空中的劫云的确在酝酿，这次酝酿的时间很久，并且内部隐隐有声响传出，似风吼，似火啸，又似雷鸣。

第360章

分身之术

高空中的劫云，在酝酿许久后，终于有风火雷交缠着一同轰了下来。

风助火势，风火生雷，雷火相辅。三者交缠，威力再度攀升。

“燃烧元神。”秦云一念之间，燃烧元神法力，烟雨阵威力陡然大涨。任凭风火雷交缠着轰下，烟雨阵都犹如幽深的大海，承受住了一切攻击，都没掀起太多的波澜。那风火雷的轰击仅仅持续了一个呼吸的时间，也就停歇了。

“这风火雷仅仅比第九道天雷强上五成。”秦云很谨慎，燃烧了元神，可这也就相当于后羿燃烧元神连射九箭的第三箭的威力，抵挡起来还算轻松，他抬头看着劫云，“不过，劫云还没消散。”

“轰——”

劫云陡然塌陷缩小，缩小到了极点，化作了一道光，直接降下。

“嗖！”

这道光线一闪，贯穿了烟雨阵。即便是秦云燃烧元神施展烟雨阵，都没起到任何阻拦之效。那一道光线，仿佛是虚无的。

“不好！”秦云知道情况不妙，整个劫云塌陷，化作一道光，恐怕就是这散仙之劫最后一击了。可是，自己的烟雨阵竟然没起到任何作用。

秦云脑海中无数念头闪过，那一道光线就已经轰击在他的身上。

“轰隆隆——”

有似风吼、似火啸、似雷鸣的声音从秦云身体中传出，可他看不见任何攻击。在这无形攻击下，秦云的散仙之体直接崩溃了，身体粉碎，消失不见，只有青萍剑、储物器物等飘飞在空中。

这一幕场景让观看的三界各方强者都蒙了。之前的天劫，秦剑仙都轻松挡住了，可最后劫云塌陷化作一道光降下，无视一切阻碍，直接轰击在秦云的身体上，让秦云的身体完全消散了。

“爹！”秦依依、孟欢脸色大变。

伊萧脸色陡然煞白，毫无血色：“不，不可能！”

身为妻子，伊萧此刻都感觉到秦云的因果消失了，完全感应不到了，这让她隐隐明白，她的云哥，这次恐怕是真的死了。可是，这个结果是她怎么都无法接受的。

“云儿！”秦烈虎夫妇二人也蒙了。

秦玉罗、青霜、田晁、卞寒玉都难以置信地看着这一幕。

“秦云兄。”洪九、朱八、张祖师、萨许仙人他们也很惊讶。

关注秦云渡劫的人太多了，比如太上剑修一脉。巨大的水镜悬在半空中，大拿施展水镜术，令其显现秦云渡劫的场景，众多太上剑修一脉高手在一旁观看。当看到秦云在那一道光线下身体湮灭时，大家都唏嘘不已。

“秦剑仙竟然也失败了？”

“这散仙之路，当真是绝路。”

拜入太上一脉数十年的余孤峰也抬头看着，秦云曾经亲自要收他为徒，他却最终选择了太上剑修一脉。

“秦剑仙，真的渡劫失败了。”余孤峰见状轻轻摇头，心底却莫名感到一丝庆幸，庆幸自己选择了太上剑修一脉。

"哈哈，死了，死得好！"魔祖毁灭身遥遥看到秦云的身体被轰击得完全消散，不由得大喜过望，可下一刻，他的脸色就变了，"不对，他的因果怎么还在？"

"我徒儿的因果还在。"灵宝道祖也死死盯着那渡劫之地，"虽然我徒儿的因果一下子模糊了很多，连我感应起来都觉得困难，但是他的因果的确还在，他还没死！"

到了这番境地，还能感应到秦云存在的，也只有几位天道境强者了。

"因果如此模糊，恐怕只有我们几个能感应到。"太上道祖也疑惑地看着，"秦云他现在到底怎么样了？"

"劫云最后一击也很神秘。"女娲娘娘说道，"秦云的烟雨阵已经很厉害，以本命先天至宝功劳至宝去施展，便是我等要杀他都不是容易事。那最后一击竟然无视一切阻挡，直奔秦云的元神。"

劫云塌陷汇聚的一击，烟雨阵根本无法阻拦，秦云知道情况不妙，可他没有任何法子。当一道光线飞入身体后——

"轰！"

秦云只感觉意识近乎一片空白，无比剧烈的疼痛笼罩了元神，他的元神仿佛在被成千上万柄刀子切割着，一下子被切割成成千上万份；又仿佛在被无比炽热的火焰焚烧，都快要彻底湮灭；还好似在被恐怖的雷霆轰击，在雷霆的轰击下反复破碎。

这一刻，秦云完全没法思考。他只能感觉到痛，这是他修炼至今从未经历的痛苦！

"死吧，死去就解脱了，就能脱离这无尽的痛苦了。"秦云的脑海里浮现这个念头。

"不！"秦云的脑海里又有新的念头浮现，"我怎么会想死？我是谁？我在做什么？我……我是秦云！我是秦云！我在渡劫！"

伴随着自我认知的清醒，秦云活下来的渴望传遍元神的每一个碎片，十分强烈。他的元神碎片已经被焚烧、被轰击得很微小了，可在这一刻，每一片元神碎片都亮了起来。

任凭火焚雷击，秦云有了活下来的念头后，元神碎片便充满了韧性，并且，在被魂心果的力量滋养着。

“撑住，撑住，撑住！”秦云能清晰地感觉到，元神被分成了无数碎片，每一个元神碎片都在承受着神秘的火焚雷击，在火焚雷击下，他的元神碎片也在渐渐发生变化。

冥冥中，秦云明白，这才是真正的散仙之劫，是蜕变之劫！就像一块废铁，百炼才成钢。他的元神碎片在这种煎熬中，也在发生着从铁到钢的变化。

这种过程，才是最可怕的天劫。

熬过去了，散仙就能真正超脱，真正长生。

熬不过去，无数元神碎片都将湮灭，真正死去。

“撑下去。”无数元神碎片在承受着无边痛苦，秦云只有一个念头，“撑下去！”

渐渐地，伴随着元神碎片的蜕变，也不知过去多久，秦云忽然感觉痛苦开始减少，他感到轻松了一点，意识也更清醒，能思考更多了。

“熬过最难时刻了，这种感觉好美妙。”随着痛苦急剧降低，秦云感受到每一个元神碎片中开始有喜悦的情绪滋生，仿佛迎来新生。每一个元神碎片都迎来了新生。

“秦云兄真的死了？”后羿遥遥看着，都有些不敢相信。

一旁孔宣叹息道：“我连他的因果都感应不到了，那就是真死了。那劫云最后一击太诡异，秦云兄的烟雨阵根本没有任何用处。秦云兄又是散仙之体，身体脆弱，受到那一击后，他的身体就溃散湮灭了。”

“这天劫，连秦剑仙都渡不过去？”祖龙叹息。

秦云的好友在叹息，他的家人也无比伤心绝望，虽说在渡劫之前他们有心理准备，秦云也给秦家安排了很多后路，可当看到秦云的身体被轰击得湮灭，他们还是陷入了无边的痛苦中。

“那是？”一直呆呆看着渡劫之地的伊萧，忽然看到了在秦云渡劫的那片空间，有无数光点显现出来。

“那是什么？”众多大拿也注意到了。

远处的虚无中亮起光点，这无数的光点越来越亮，越来越大，每一个光点都在汲取力量，逐渐变得晶莹剔透，仿佛一颗颗珍贵的宝石，悬浮当空。

“空中有十二万九千六百颗宝石。”孔宣观察一番后说道，“一元之数？这么巧？”

只见悬浮在空中的无数宝石，每一颗摇身一变，个个变成了秦云模样，每一个秦云都是手指头大小。

十二万九千六百个秦云，彼此看着，面露笑意。

“分身万千，元神不灭。合！”

只见，无数微小的秦云陡然汇合，形成了秦云原先的模样。秦云一招手，又将一旁落在山头上的法宝奇物都收了起来。

秦云就这么站在那儿，看着劫云早已消散的天空，无比庆幸，暗道：“这散仙之劫，最后一击是对元神的考验，任何法宝都帮不上忙，元神被分裂成十二万九千六百份，分到极致，再受雷火之炼，熬过来非得有强大的毅力、强烈的决心不可。幸好，幸好我有逆天宝物魂心果，能滋养元神根本，在我受煎熬时滋养着元神。否则，我恐怕只有三成希望能熬过来吧。这魂心果让我有能力承受煎熬，熬过来的希望大了许多。看来，我之前去时空潮汐拼命，还是有些用处的。”

元神分裂成十二万九千六百份，依旧能觉醒自我，这就是一大难关。能否熬过来，便是第二大难关。魂心果的力量的确帮了秦云许多。

“不管做了多少，不管吃了多少苦，不管渡劫是何等的艰险，我，秦云，终于彻底地渡过了散仙之劫。”秦云满心欢喜。

这时，一道声音在秦云的脑海中响起：“徒儿，这一劫，可是散仙的最终之劫？”

一直遥遥观看秦云渡劫的灵宝道祖虽然很高兴，但他也怕，怕还有第十三次散仙之劫。

“禀师尊，这第十二次散仙之劫正是最终之劫。”秦云传音回道，“这一次真正考验的是元神，也是元神蜕变之劫，我渡过了，便从此元神不灭，得以长生。”

“元神不灭？之前我瞧你元神分成十二万九千六百份，是真的吗？”灵宝道祖也好奇询问，毕竟秦云是三界第一个得长生的散仙。

“是，散仙修的就是元神，元神和肉身不同。”秦云也不隐瞒师尊，“修炼到我这般境界后，元神聚散无常，可分出十二万九千六百个分身。”

“竟有如此多分身，哈哈，三界论分身之多，你当为第一。”灵宝道祖传音道。

秦云一笑。

的确，那黄须老祖算上本尊也就十个肉身，自己却有十二万九千六百个分身。当然，他的分身虽然很多，但是总的元神力量是有极限的。

“只是，我分出的分身越多，元神就会越虚弱。”秦云传音道。

“天道自有约束，能有如此多分身，已经真正称得上不灭了。”灵宝道祖说道。

碧游宫中，灵宝道祖心情极好。

他最得意的弟子渡劫功成，更多了诸多厉害手段。

“灵宝，这是散仙最终之劫了吧？”太上道祖询问。

“的确是最终之劫。”灵宝道祖笑眯眯的。

“恭喜恭喜。”元始道祖微笑着道。

“恭喜灵宝。”女娲娘娘也道。

“这秦云能功成，以他疾恶如仇的性子，当真是三界一幸事。”佛祖如来也笑呵呵地道。

过去，他们彼此之间是有过些争斗，如曾经佛道之争，如曾经道域三脉之争，可现如今他们关系越来越好。

因为他们都知道，将来，他们都会被迫离开三界，他们一要先联手杀魔祖，二更要相互扶持，在茫茫混沌中闯荡，自然也会更团结。

他们更希望三界安定，而有些混沌神魔希望三界混乱，将三界当作猎场，任由他们狩猎，这股邪魔的力量还很强。

只是道祖和佛祖他们在三界，这些邪魔才蛰伏起来而已。包括脱离封印的祝融神王都一直在蛰伏，将来可都会冒出来。

秦云显然是站在祝融等一些混沌神魔的对立面的。

秦云一迈步，回到了雷啸山。

“爹！”

“师尊！”

大群人迎来，大家都激动万分。之前他们都觉得天塌了，现在秦云回来了，他们的天还在。

秦云满面笑容，看向了妻子伊萧。

“云哥。”伊萧一把抱住秦云，声音有点哭腔，“刚才，我真的好担心，好担心……”

“不用担心了，以后我会一直陪着你，陪得你都会嫌我烦，因为，我也长生不老。”秦云传音笑道。

伊萧笑着，心里美滋滋的。

秦云只觉此刻心胸开阔，无比痛快。虽说他给妻子儿女，给整个秦家都留下了诸多安排，但是自己活着，才是更好的结果啊。有自己在，谁都不敢来雷啸山造次。

“恭喜恭喜！”

“恭喜秦师兄！”

黄袍尊者、萨许仙人、张祖师、洪九、朱八都走过来，祝贺秦云。

“哈哈。”秦云笑看着他们，“萨许兄，老张，黄袍，还有洪九，朱八，我们可都好久没见了。今日我渡劫功成，从此得长生，实属我秦云一大喜事，我雷啸山也会摆宴宴请诸位，诸位可都一定要赏脸啊！”

“秦云兄得长生，这宴席可不能少了我们。”孔宣笑呵呵地走来。

“恭喜秦云兄了！”后羿拱手。

祖龙、句芒、燧人氏、伏羲氏、神农氏、黎山老母等一个个也都走过来，大家都笑盈盈的。秦云不仅是人族的大拿，还是碧游宫的支柱，他能得长生，很多强者都很开心。

“今日大家可都别走，都在我雷啸山好好陪我喝喝酒。”秦云笑道。

“依依，快去安排宴席。”伊萧吩咐。

“是，娘！”秦依依美滋滋地飞去安排。

太上剑修一脉的人正通过水镜术遥遥看着，他们本以为秦剑仙死了，可忽然看到点点光点越来越显眼，化作一颗颗宝石。十二万九千六百颗宝石变成了一个又一个微小的秦云，最后，这些秦云合而为一。后来，秦云还去和后羿、祖龙他们谈笑。

这让太上剑修一脉的人都目瞪口呆，但毫无疑问，秦剑仙还活着！

“秦剑仙竟然活了？”

“这就是散仙之劫，先死后生？”

“也不知道秦剑仙还有没有第十三次散仙之劫。”

太上剑修一脉的人在议论着。

“从雷啸山传来的消息，那位秦剑仙亲口说了，已经得长生，要大宴宾客呢。”有剑修说道。

“秦剑仙亲口说的，那就没假了。”

“这散仙竟然也能得长生了，也对，天道终究留有一线生机。”

就在他们感叹唏嘘时，在角落的余孤峰抬头看着水镜中祖龙、后羿等一位位和秦云在谈笑着。

“余师弟，听说秦剑仙曾经要收你为徒？”旁边有同门笑道。

余孤峰微微点头，道：“是，秦前辈的确曾经很看重我，今日他能渡劫功成，也真是一件大喜事。”

秦云渡劫功成得长生的消息，在三界中迅速传播开去。

不同强者自然各有滋味，他们都很清楚一点，那就是，秦剑仙从此注定会成为三界中一位不可撼动的强者，天界雷啸山从此也将成为三界中一处真正的圣地！

之前，因为秦云是散仙，大家都在想，说不定什么时候秦云会渡劫身死，所以雷啸山的影响力一直不够，一直没有大拿去投靠秦云。

一般而言，大道圆满强者，大多都有些大拿手下的。有投靠的，也有拜师的。可之前以秦云那般强横实力，雷啸山却没有一个大拿去投靠，大家就是担心刚投靠了秦云，秦云就死了，再被魔道报复追杀。

现在秦云得了长生，自然一切都不同了。

“怎么会这样？”

黑暗魔渊，魔祖毁灭身难以置信地遥遥看着天界雷啸山，看着秦云在宴会上和后羿他们推杯换盏。

秦云成功渡劫都过去好一会儿了，魔祖依旧觉得难以置信。

“我都以为他要死了，他竟然渡劫成功了，还长生了？这下，我的计划就真的要改变了。他活着，在大拿这一方面，道域和佛域的实力顿时大涨。那些古老强者恐怕也不会轻易帮我。后羿应该不会掺和进来吧？他若和秦云联手，那在大世界就根本没法争了。”魔祖有些烦恼，“也罢也罢，大不了，就放弃大世界的争夺。毕竟这三界的生灵，绝大多数都是在小世界。”

魔祖眯着眼睛，自言自语：“秦云，我的确佩服你，在这等绝境下，还渡劫得长生了，了不起。可你终究是大拿，你进不了小世界，也阻止不了我。”

第361章 四字剑诀

既然渡劫成功，秦云自然按照约定，将一枚魂心果送给了后羿，换回了那套时空盾牌。

后羿倒是很乐意，毕竟上次在时空潮汐中，秦云前期都是索要异界强者肉身，后羿分了很多宝物，先天至宝数量之多，天道境以下，后羿恐怕是排第一的，还真不差这一套时空盾牌。相反，魂心果才是后羿格外在意的宝贝。

一个小世界里，河道中有一艘乌篷船在前行，秦云和伊萧正在一边饮酒，一边品尝着美食。

“夫人，按照你说的，我会陪你走遍无数小世界。”秦云无奈地笑道，“可我无法让真身进入小世界，只能化身进入。我这化身的实力可弱得很，连普通元神境层次的我都敌不过。若是遭欺负了，也只能靠夫人你出头了。”

“放心，我会庇护你周全，能庇护三界第一剑仙，这感觉还真不错。”伊萧端着酒杯抿了一口，颇为开心，她本就有半步大拿实力，加上拥有的先天灵宝等物，都能和大拿斗一斗，在小世界内自然是横着走。

秦云渡劫功成，得了长生，也答应陪妻子踏遍三界。而三界最多的地方，还是无数小世界。

于是，他就乖乖陪妻子来了。要踏遍无数小世界，如果走得慢，怕是千万年都不够啊。

“不过，你别担心，这小世界天地灵气稀薄，修炼到先天虚丹境就到顶了。”伊萧说道。

“天地灵气是很稀薄，再降下去，都快没法修炼了。”秦云点头。

而此刻，秦云他们这艘船所在的河道上方是险峻的山壁，在一处悬崖峭壁上，有一男子悲愤地道：“师尊，师兄，都是我的错，我无话可说！”

说着，这男子直接一跃而下。

“三师弟！”

“三师兄！”

“言舟！”

周围响起一片痛呼声。

这男子坠落悬崖，飞向云雾缭绕的深处。这一坠落，却是坠出了仙缘。

这悬崖最下方，河流的船只中，秦云和伊萧都抬头看去，看到坠落下的那个白衣青年。

“是一个凡人。”伊萧抬头说着，“从这么高的悬崖坠下来，即便下面是河，他也得摔死。”

秦云点头一笑：“不过很巧，我们如果任由船只前行，他刚好要摔到我们的船上。”

说着，秦云掐指一算。

“还真是个倒霉的小家伙。”秦云笑道，“不过我挺欣赏他的，至少，他疾恶如仇。”

他一念就算清了这坠崖青年从出生至今经历的一切，明白对方为什么跳下悬崖求死。

“呼——”

秦云一挥手，顿时有一股气流裹挟住了那坠落下来的白衣青年，白衣青年坠落的速度立即变缓，而后落在船只甲板上。

堂堂秦剑仙，一个化身在小世界的确被压得很惨，可他的境界终究极高，能发挥出媲美先天金丹境的实力，救人还是没问题的。

“嗯？”龚言舟愣愣地看着周围，又看看脚下的船只甲板。

“我从那般高的山崖之顶坠下，却轻飘飘落在这船上？”龚言舟看到了船舱内正在饮酒的一对神仙般的男女，知道自己遇到高人了。

“晚辈拜谢两位前辈救命之恩。”龚言舟恭敬地道，“只是晚辈无颜面对师门，更无法面对妻子，唯有一死，方才解脱。”

“身为铁剑门弟子，却和死敌百花门弟子结为夫妇，你不愿背叛师门，又不想去杀死妻子，于是就寻死。”坐在船舱中的秦云笑道，“你若是真的死了，那可真是憋屈了。”

龚言舟吃惊地道：“前辈怎么知道这么多？”这些事可都是秘密，连他也是刚知道没几天。

秦云一笑：“能瞒过我的事，可不多。”

这世界大多都是所谓的武林高手，修炼到先天虚丹境就是极致了，这是这小世界的天道所限。

至于所谓的破碎空间飞升，也是无比遥远的传说。在这个小世界里，只要以先天虚丹境，发挥出先天金丹境的实力，便能破碎空间飞升，在小世界天道的帮助下，前往大世界。

可成先天很难，以先天虚丹境之身，发挥先天金丹境实力，更是传说。

“让前辈笑话了。”龚言舟自嘲一笑。

“你真不如你妻子。”秦云说道，“你妻子明知道你是铁剑门弟子，却依旧嫁给你，还一心想要成为百花门门主，试图消除百花门和铁剑门的仇怨。而你知道了真相，反而寻死。”

龚言舟摇头道：“我铁剑门和百花门有血海深仇。我是个孤儿，师父和师母收留下我。师母却死在百花门手里，百花门和我们有大仇。我娶百花门弟子为妻，你要我如何面对师兄弟，如何面对师父？”

“你这蠢小子。”秦云说道，“杀你师母的，你报仇就是了，冤有头债有主，波及百花门其他人就没必要了。过去人的仇怨，难道还要波及后面百年千年的小辈吗？”

“这天下，之前各国相互厮杀，厮杀数百年，有仇的多了去了。可天下一统后，不一样亲如一家？”秦云笑道，“仇怨终可化解，报仇更不必牵连太多无辜之人。”

“你我今日能相见，便算有缘，送你几个字。”说着，秦云凌空写字。

一个个字在半空中放出光芒，有无尽剑道韵味藏在其中。秦云写了很简单的四个字——事在人为。

龚言舟看呆了，这四个字的每一笔、每一划都蕴含着匪夷所思的剑道奥妙，龚言舟只觉得，就是自家铁剑门的绝学典籍都不及这四个字的一星半点，他完全沉浸在其中，忘却了一切，时而手舞足蹈，时而手指比画。

待他被饿醒时，他已在河道旁的一块大石上待了两天。

“两位前辈？”龚言舟这才反应过来。

可秦云、伊萧的船已经离开了。

“谢前辈传我剑术。”龚言舟激动万分。

这悬崖下船上的奇遇，让龚言舟仅仅用两天就悟出了一套《四字剑诀》，实力迅速增长，他成了宗门第一人。

在接下来的岁月中，他行走江湖，继续参悟着秦云留给他的四字奥妙。《四字剑诀》逐渐完善，在这天下间的地位也越来越高，最终更成为破碎空间三大绝学之首。当然，这都是后话了。

秦云的化身陪着妻子在游历一个个小世界，真身则在天界雷啸山静修，参悟剑术。

之前为了渡劫，他都是参悟护身之术。可他身为剑仙，岂能缺失杀敌手段？如今他渡劫功成，自然用心参悟杀敌手段了，送给龚言舟的四个字“事在人为”，就蕴含着他参悟的些许杀敌剑术奥妙，即便是零星少许，也非同小可。

黑暗魔渊。

“祝融，你要反悔？”魔祖毁灭身脸色冰冷，看着眼前凝聚显现的祝融神王化身。

“我可没反悔，我之前说了，若是秦云真渡劫失败身死，到时候道魔之战再起，我、陆压道人还有几位老友会联手去杀了后羿。”祝融神王的化身摇头道，“可如今秦云还活着，他护身之术独步三界，以他和后羿的交情，他们俩一旦联手，我们不但杀不了后羿，反而可能白白送了性命。”

后羿虽然厉害，但是他燃烧元神连射九箭，也得一箭箭慢慢蓄势。祝融神王他们只要在前一两箭就杀了后羿，自然没事。他们本就有计划，还是有把握的。可现在多了秦云，当初的盟友自然就都退缩了。

“魔祖，秦云他渡劫成功了，还活着，所以我也无法再帮你了。”祝融神王化身说着，便消散无踪了。

魔祖毁灭身冰冷地看着这一幕。

“我就知道，他们一个个都怕死得很，当初觉得有把握，他们愿意出手，可一旦发现有危险，便都退缩了。”魔祖毁灭身摇头道，“道域、佛域，之前也仅有一个阿弥陀是半步天道境，波旬就足以牵制住。如今多了秦云，麻烦的确大太多了。”

“也罢也罢，我本就打算放弃大世界了，既然祝融他们这几个都退了，就彻底放弃吧。不用再拖延，道魔之战可以开始了。”魔祖毁灭身眼中有着无尽疯狂，这一次将比上次更疯狂，因为这次道魔之战的本质是为他魔祖争得一线生机。

另一边，秦云十分悠闲逍遥。

毕竟，秦云得了长生，再无死亡威胁，他可以和妻子二人惬意遨游三界一个个小世界。

如今是秦云渡劫后的第一百一十六年，这百余年时间，秦云他们夫妻俩也游历了数百个小世界，当然，离踏遍三界所有小世界还差得很远。

“云哥，按照我们游历小世界的速度，怕是上亿年也游历不完所有小世界。”伊萧和秦云捧着小吃，在街边一边吃东西，一边闲聊。

“每个小世界都各有特色，只是匆匆路过的话，那就太不值了，我们现在的游历速度也不算慢了。”秦云笑道，“怎么，你想要更快？”

“不不不，我可一点都不急。”伊萧笑着。

就在他们俩谈笑时，一场席卷三界的浩劫突然爆发了！

这场浩劫来得毫无征兆，秦云这等实力都没有丝毫察觉。毕竟，在黑暗魔渊中的布局，就是道祖和佛祖都休想窥视，魔祖更是亲自遮掩天机。

“轰轰轰……”

整个三界各大领地，无尽星空的每一处地方，都出现时空扭曲，一支支魔道修行者小队被送到一处处星空中。

“嗯？”这支魔道队伍，是由一个天魔境前期魔神、五位魔神境魔神组成的，他们在扭曲的时空中被送到了一个小世界的星空边缘。

“就是这个小世界，进去！”为首的天魔喝道。

“进去。”五个魔神境魔神也都急切万分。

这支魔道修行者小队嗖的一下就飞入了小世界内。在距离最近的另一处，是三个天魔组成的小队。

“我们到小世界了。”

“我们要征服这个小世界，快，进去！”

这三个天魔都迅速冲入小世界。

这次的大规模挪移，魔祖的三大分身都同时动手，他的每一个分身都能同时挪移数百万支队伍。

魔祖的三大分身全力以赴，能在同一时间里挪移上千万的队伍。

还有麾下的祖魔，他们也一个个倾尽全力，挪移着一支支队伍。血海老祖分出一道道分身。万魔之王波旬也是真身和六大分身都全力出手。他们各施手段，加起来也能同一时间挪移上千万的队伍。

这些魔道修行者小队，强的，有天魔境九重天，甚至极少数有半步祖魔的实力，乃至媲美祖魔的实力；弱的，则只是些魔神境一重天，因为在有些小世界，天地灵气稀薄，修炼到极致也只是先天极致。

比如秦云一梦百年去过的孟一秋的世界。这些小世界，派遣几位弱小魔神过去，就足以征服了。

上至天魔，下至魔神，队伍的数量非常多。

魔祖为了争一线生机，纡尊降贵，三大分身全力出手，在充足准备下，这大规模挪移传送速度极快。

“魔道在做什么？”道祖和佛祖他们都第一时间感应到了，许多大拿也都感应到了。

毕竟，这等大规模传送，目标是遍布三界处处的无数小世界。

“这是——”突然，秦云震惊万分。他手中捧着的小吃跌落在地，就在他感应到三界无数时空波动的工夫，有超过两千万支强弱不一的魔道队伍分别进入了众多小世界。

“云哥？”伊萧还有些困惑。

“发生大事了。”秦云郑重地道。

天界雷啸山。

原本正在闭关静修的秦云本尊也出关了。

“你想再一次掀起道魔战争？”秦云眼中闪烁着厉光。

“嗖嗖嗖……”

无数光芒从秦云的体表飞出，化成一个个和秦云一模一样的分身。

只见人山人海，足足十二万个秦云出现在雷啸山上空。跟着，这十二万个秦云，个个跨过时空离开了天界，分别前往一处处星空。

虽说极限下，秦云的元神能分出十二万九千六百个分身，但那样，他本尊就太虚弱了，会成为致命的弱点。如今他分出了十二万个分身，本尊的元神还残存近一成力量，仅仅在雷啸山内，有镇守大阵，又有烟雨阵、魂心果在手，还是有底气面对危险的。

“呼——”

秦云其中一个分身来到了一片星空中，此处，有一支魔道队伍正要冲进小世界。

“灭。”秦云一拂袖，那片空间都粉碎化作粒子流。

那一支魔道队伍绝望地叫道：“不——”

接着，他们都化作了齑粉。

“杀。”秦云的另一个分身也紧急地赶到一处星空，一挥手，无数剑气呼啸着将另一支魔道队伍给扫灭了。

秦云的分身也有慢了一步的。

“他们已经飞进小世界了，还是慢了一点。”秦云的分身看着一支魔道队伍飞入那小世界范围内，却是无可奈何。

他终究是天道境下最强的几位之一，即便是十二万个分身中的一个，力量很虚弱，可他境界极高，发挥出半步大拿实力并不难。

“灭。”

“杀！”

“慢了一步。”

秦云的十二万个分身一处处追杀。

因为是先感应到时空波动，知道敌人要抵达哪里，秦云再让分身赶去追杀，这跨过时空的距离也需要时间，敌人被传送的位置离他们各自去的小世界又非常近，都是以最快速度冲进去的，所以，他稍慢一步就追不上了。

“这些都是些较弱的队伍，我十二万分身已经成功截杀三万多支队伍，可最强的队伍，也仅仅是天魔境前期魔神率领的队伍。”秦云皱眉，“魔祖十分狡猾，那些天魔境九重天，最厉害的一群天魔，都是在第一时间被传送过来了，我都来不及拦截。”

第一批传送的魔道队伍几乎绝对安全，秦云他们都是来不及阻拦的。

从第二批开始，才有少数魔道队伍被秦云他们拦截下来。

可面对每批超过两千万支的队伍，三界的大拿也有些无奈，毕竟像秦云这样能派遣十二万分身的，也是三界独一个。这是秦云渡过最终散仙之劫才有的独有手段。当然，论拦截效果，秦云只能算是天道境下排第一，道祖、佛祖和女娲娘娘他们这次都亲自出手。

他们神通广大，能分心攻击处处，拦截魔道队伍比秦云还要厉害。

“魔道真是不死心，又要掀起大战！”佛域观世音俯瞰三界，素手挥动，道道流光降下，穿过时空分别袭击向各处。

“轰——”

很多魔道队伍都没看到敌人，就被跨过时空的威能扫过，直接化成虚无。

这也是大多数大拿阻拦魔道队伍的方式。他们没法像秦云那样分出十二万分身，可他们真身出手也能一心多用，同时攻击多处区域。

“道祖，如来，还有女娲，你们又能拦截多少？”黑暗魔渊中，魔祖毁灭身疯狂了。他周围有庞大阵法布置，女儿身和男儿身的周围也各有阵法。有阵法辅助，传送会轻松很多。

魔祖的三大分身全力以赴在传送着。

无目的地传送魔道队伍要容易得多，截杀魔道队伍则相对要更难。仅仅片刻，耗费百余年才悄然汇聚的海量魔道队伍，就全被魔祖传送出去了。

秦云十二万分身分散在三界一处处星空，肃容看向众多小世界。

“魔道这次派遣了足足六亿三千万支队伍，仅仅被拦截了八百万支队伍。大多是道祖和佛祖、女娲娘娘拦截的，我分身虽多，也只是拦截下三十万支队伍。”秦云面容郑重，“而拦截的这少许队伍，对魔道的影响微乎其微。”

跟着，秦云叹息一声，十二万分身全部离去，回归天界雷啸山。

无数流光飞入真身，秦云真身只感到心中沉甸甸的，他知道，三界无数小世界都将面临大浩劫，而他能做的，十分有限。

“徒儿，速来碧游宫。”一道声音在脑海中响起。

“是，师尊。”秦云立即应道，当即赶往碧游宫。

第362章

烟雨剑派

碧游宫，主殿。

灵宝道祖盘膝坐在云团上，大殿上则站着近百道身影，个个都是大拿，站在最前面的，便是秦云和黎山老母。

“拜见师尊。”众大拿恭敬地道。

灵宝道祖看着眼前这群弟子，叹息道：“魔祖又掀起了一场道魔之战，这一次虽然没有波及大世界，也没威胁到大拿的性命，但是实际上比上次道魔之战要更加恐怖，是一场真正影响三界根基的大浩劫。”

下方众大拿都一惊。

“比上次更恐怖？”

“派遣的都是些天魔、魔神罢了，根本影响不到我等大拿。我等不依旧能逍遥？”

有些弟子表面恭敬听着，实则并不在乎。自己能够逍遥自在，哪里需要管蝼蚁的死活？

灵宝道祖郑重地道：“三界的生灵，绝大多数都是在小世界。无数的小世界才是三界的根基！如今魔祖调动黑暗魔渊以及十个魔道领地的力量，彻底侵入无数小世界。我们若是袖手旁观，随着时间流逝，越来越多的小世界内会魔道大昌，甚至以后三界，绝大多数都是魔道修行者，整个三界都会沦为罪孽之地。

“你们虽然是大拿，能逍遥长生，但若是魔道大昌，魔道大拿会越来越多，在那样的环境下，你们日子只会变得悲惨。”灵宝道祖看着这些弟子。

他有教无类，对弟子颇为放纵，而且弟子中也有些混沌神魔，对小世界的弱小凡俗都是视作蝼蚁的，所以，灵宝道祖先恐吓弟子一番。

“师尊。”秦云作为如今的大师兄，当即开口，“我等现在该怎么办？”

灵宝道祖说道：“如今道域和佛域以及天庭，都在调遣天仙、元神、地仙，想要将他们一批批送往小世界。可这一来，需时间调遣；二来，许多天仙、元神和地仙逍遥自在，恐怕不愿意和天魔、魔神拼死搏杀。我们又无法像魔道那般强行逼迫，只能尽量引导，尽量约束，能调遣的天仙、地仙，论数量，怕是远不及魔道一方。”

黎山老母也道：“魔道宗派层层控制，规矩森严，胆敢违令者都将生不如死，而我道域对弟子宽松得多，想要凑出和魔道数量相当的天仙和地仙与魔道拼命，的确很难。”

“那我们只能以法门、神通秘术、宝物等引导了。”秦云皱眉说道，“那些普通天仙、地仙，也渴望得到厉害的神通秘术，为了一门神通，他们是愿意拼命的。”

“如今道域、佛域和天庭，也是如此定的。”灵宝道祖说道，“斩杀魔神，斩杀天魔，夺得一个小世界，种种功劳，都可以换得不同好处。可即便如此，靠他们自愿参加的话，终究不及魔道修行者数量多，所以，就需要你们出力了。”

“我们？”下方众弟子疑惑地道。

“我们的真身无法降临小世界，如何出力？”有弟子忍不住开口。

灵宝道祖看着下方，说道：“三界无数小世界，本就有很多道域修行者，只是他们或是修行法门粗糙，或是没有得到名师指点，修炼艰难。若是得遇名师，再得到顶尖法门，相信定能脱胎换骨，实力大进。小世界本土修行人变得强大，魔道想要占领也就难了。”

“在小世界拜的师父，再厉害也不及你们这些大拿，你们，就是名师！”灵宝道祖说道，“你们在小世界降下众多化身，选良才传授，令无数小世界的道域修行人更多更强，自然能抵挡魔道入侵。佛域也会做一样的事。”

“弟子明白。”秦云等众弟子都恭敬地道。

“赶紧去吧。”灵宝道祖挥手。

“是。”众弟子应命退下。

雷啸山。

秦云遥看苍茫大地，目光通过空间看到了无数小世界。

很多小世界，已经开始厮杀了。

魔道手段残酷，那无数魔道修行者早就习惯了弱肉强食，习惯了杀戮。在魔道领地，他们过的就是这样的日子。

“如此疯狂杀戮，道域、佛域，特别是得了长生的，又有多少人愿意去拼命？能有一成吗？”秦云轻轻叹息，“幸好魔道终究势弱，无数小世界还是道域、佛域占据主导，底蕴更深。只要挖掘本土修行人的潜力，还是有望击败魔道一方的。”

“只是，这场战争注定会持续很久。”跟着，秦云也分出化身，降临一个个小世界，开始在诸多小世界收弟子教导。

小世界实在太多了，浩如烟海，它们也是三界的根基，道域和佛域等各方自然不会拱手让给魔道。

于是，两方各出手段。夺舍、潜伏背叛、欲望引诱，简直是不择手段。

便是小世界顶尖强者，那些媲美大拿的天仙、天魔也在争斗，他们有的疯狂厮杀，有的装装样子罢了。毕竟，大家都想长生逍遥，在小世界近乎无敌的，何必真的拼命？即便是魔祖的命令，他们躲在小世界内也有底气抵抗。因此，表面上应下，实际上动用三成力气就差不多了。

大拿的化身，甚至道祖、魔祖、佛祖的化身都有降临。

总之，在这场旷日持久的战争中，什么样的场景都有。

小世界实在太多，双方的争斗渐渐陷入胶着。

一个小世界内。

“转眼道魔战争已过去三千年。”秦云的化身坐在一座酒楼内，有些感慨，“道域、佛域一方也不知道算是胜还是败……”

“经过这些年大量天仙、地仙拼命守护，众多大拿传道，我道域、佛域在无数小世界整体占据上风。”秦云说道，“可是，这些小世界原本就是我道域、佛域的地方。如今魔道的势力在这些小世界渗透极深，三千年下来，无数小世界都潜藏着魔道宗派，不同小世界相互呼应，即便消灭一个小世界的魔道，很快又是死灰复燃。”

“别说三千年，就是三万年，三十万年，恐怕都难以真正灭掉魔道。那我们这算胜，还是败？”

秦云也感到心累。

这三千年，他秦剑仙的名字响彻了无数小世界。

其他大拿一般能同时维持上千个化身降临小世界就不错了，而他有十二万九千六百个分身，能维持数十万个化身同时降临小世界。就是道祖、佛祖和秦云相比，在降临化身这方面都要略逊一筹。显然，术业有专攻，论分身化身，秦云的确很强。

这也让秦云三千年来，收了太多的记名弟子，他在很多小世界都留下了烟雨一脉剑修法门，烟雨剑修数量在三界也达到了一个惊人的数字。

“我在传道，道祖和佛祖在传道，可魔祖，还有波旬他们同样在传道。”秦云摇头，“这道魔之争，真不知何时是尽头。”

秦云坐在酒楼中，忽然有所感应，转头看向窗外。

窗外远处，有一道身影在仓皇遁逃，后面有三道身影在追杀她。

“美人儿，你是逃不掉的！”

“乖乖束手就擒，还能少吃些苦头！”

后面追杀的三道身影散发着魔气，暗红色的魔气弥漫周围，令周围空间都暗了些，论威势，比秦云年轻时遇到的广凌郡郡守公冶丙还要恐怖许多。

逃跑的是一个仙衣飘飘的女修行人，她脸色苍白，眼中有着绝望之色：“我若是落到这些魔修手里，就真的生不如死了。”

“去！”后面的三个魔修，其中一个扔出了黑色圆环，黑色圆环划过幻影便砸向女修行人。

女修行人一拂袖，衣袖变大，直接挡住了黑色圆环。可在这次碰撞下，她的衣袖还是炸裂开来，划破了她那皓白的手臂。

“再尝尝我宝贝的厉害。”另一个魔修张口一吐，有六条紫红色大蜈蚣飞出，这六条蜈蚣在空间中爬行速度极快，直奔女修行人。

“若是逃不掉，我便是一死，也不能落到他们手里。”女修行人心中主意已定。

就在关键之时，远处有一艘飞舟在逼近，飞舟上站着一个布衣汉子，飞舟上还有一群少年，他们紧张地看着。

布衣汉子怒斥一声：“魔道的小崽子们，受死吧！”

“嗖！”

一道耀眼的剑光从那汉子手中飞出，一瞬间，剑光分化，上千道剑光呼啸着完全笼罩了那三个魔修。

“不好。”这三个魔修见状，脸色顿时大变。

“是烟雨剑派的剑疯子。”

“碰到剑疯子了。”

三个魔修联手全力抵挡那上千道剑光围攻，一时间，倒也勉强挡住了。

远处飞舟上的布衣男子见状，冷笑一声，道：“小崽子们还有几分本事嘛。”说着，那上千道剑光竟然又合而为一，汇聚成一道恐怖的剑光，在三个魔修惊恐的眼神中，剑光瞬间破开了重重阻挡，贯穿了三个魔修的身体，灭杀了他们的魂魄。

“呼——”

剑光裹挟着那三个魔修遗留的物品，飞到了布衣男子身旁，布衣男子一挥手，将物品收起。

“缥缈宫罗绮，谢王师兄救命之恩。”那女子连忙感激万分地道。

“哈哈，罗绮妹子，我等道域弟子守望相助是应该的。”布衣汉子笑道，“我如今要返回宗派，罗绮妹子也可与我一道，我捎带你回缥缈宫。”

“谢王师兄了。”女修行人大喜过望，她伤势颇重，有这位王师兄帮忙，一路上倒是安全许多。

当即，她飞上了那飞舟。飞舟继续破空前进。

“哈哈，你们这些小子看到了吧？”布衣男子对飞舟上的那群少年笑着道，“我烟雨剑派的剑修独步天下，杀那些魔修犹如砍瓜切菜。”

这群少年都眼睛放光。

旁边的女修行人罗绮也点头笑道：“小家伙们，剑修可是出了名的善战，都能越阶而战！王师兄已经达到先天金丹境，都能和魔神搏杀了。你们能拜入烟雨剑派，可是你们的幸运。”

“他们是周围十八郡城选出的好苗子，一共就这二十个，可要成为剑仙？哼，剑仙修炼也几乎是道域各脉中最难的。”布衣男子看着这群少年说道，“入不了先天，在这天下间不值一提。你们若是修炼到先天金丹境，才算拿得出手。若是真正要横行天下，那得入元神地仙境。”

“嗯嗯。”这些少年都点头，他们早就盼望着成金仙后，可以纵横天地间斩杀妖魔的日子了。

“王大叔，你之前说我们烟雨剑派祖师秦剑仙斩杀了很多魔道大拿，还没说完呢。”有少年说道。

布衣汉子笑道：“我们烟雨剑派的祖师，斩杀了许多魔道大拿。至于天魔，祖师更是杀了百万千万，简直难以计数，这让魔道也只敢侵入我等小世界，根本不敢去大世界。所以，小家伙们，你们记住，在我们烟雨剑派修炼，前途无量。”

“魔道只敢进小世界，不敢去大世界，是因为我们祖师秦剑仙吗？”这些少年听得震撼激动。

旁边的罗绮听了，也只能羡慕。大拿化身降临一处处小世界传道，所以在小世界内，很多宗派背后都有大拿的身影。

缥缈宫也是在一个普通大拿化身降临、传授弟子后逐渐形成的，手段也颇为厉害。

可烟雨剑派是秦云亲自创建的，秦云为了对付魔道，琢磨出了很多在低层次能施展的强大剑诀。烟雨剑派的弟子，也让魔修都惊恐不已，被魔修称作剑疯子，是魔修最忌惮的敌人。烟雨剑派的剑修，都是在厮杀中成长，在战斗中崛起的。弟子数量虽然不多，但战斗力是这小世界内诸多宗派之首。

秦云在酒楼中看着这一幕，三千年时间，他数十万个化身早已踏遍三界每一个小世界，许多小世界内都有烟雨剑派。

烟雨剑派虽然修炼起来很艰难，每个小世界的弟子数量都较少，但是无数小世界的弟子累加起来，是一个非常庞大的数字。烟雨剑派如今已经成为三界都非常重要的一个派系。

太上剑修一脉虽然也开始放宽收徒门槛，但他们没有秦云这般广为传播，影响力自然要比烟雨剑派低很多。

三界的无数修行人，说剑疯子，一般指的都是烟雨剑派。

“嗯，寒玉悟出大道了？”突然，秦云露出喜色。

雷啸山，如今是整个三界烟雨剑派无数弟子的圣地所在。

“师尊，弟子已经悟出天机之道。”卞寒玉恭敬地道。

“天机？普通大道？”秦云有些欢喜，又有些失望。

欢喜，是自己弟子能成金仙，真不容易；失望，是因为没能成顶尖大道。

如今整个三界，很需要一名悟出顶尖大道的天仙。因为大拿以下的修行人才能让真身进入小世界。悟出顶尖大道的天仙，在道魔之争中，可以发挥很大的作用。特别是卞寒玉，她还是剑修。秦云他们在不惜代价的情况下可以帮卞寒玉修炼出极强的本命飞剑。

悟出顶尖大道的天仙，在道魔之争中作用很大。而悟出顶尖大道的天仙剑仙，更是可以重现当初秦云横扫小世界的事迹，彻底取得胜利。

只是，从弱小一步步修炼，要成顶尖大拿，何等艰难？茫茫三界无尽岁月才多少顶尖大拿？其中，很多还都是混沌神魔。

就算靠自己从弱小修炼成顶尖大拿的，大多也是先成为普通大拿，再经过漫长岁月达到顶尖大拿的。直接悟出顶尖大道的修行人太罕见了，也就多宝、秦云、杨戬等极少数人做到过。

“弟子没用。”卞寒玉低声说道。

“悟道之事不可强求。寒玉，你现在便突破到金仙。”秦云说道。

“若是突破，弟子就没法再进入小世界参战了。”卞寒玉说道。

秦云摇头：“战力媲美大拿的天仙、菩萨有数百位，魔道一方也有过百位，就是多一位掌握顶尖大道的天仙，也无法彻底改变局势。多你一个，少你一个，影响并不大。可你若是能成金仙，对我烟雨剑派在三界传播的力度是有大用处的。”

烟雨剑派在小世界传播得很广，根基极深，可在大世界以及天界没那么强。就是因为大世界和天界没有魔道的威胁，修行人更看重法门能修炼到何等境界。烟雨剑派里若是一个金仙都没有，那还怎么在大世界、天界发展？秦云自身实力是强，可他是散仙，放眼整个三界，无尽岁月里走通这条路的就秦云一个而已。

“是。”卞寒玉恭敬地道，“弟子现在便突破。”

“我为你护法。”秦云点头。

烟雨剑修的剑仙法门，是秦云一遍遍完善过的，以他的眼光来看，没有任何问题，只是从无成功者，他自然没底气。

卞寒玉盘膝而坐。既然成就了大道，那么让元神突破，是很容易的事。

“嗡——”

只见，盘膝坐着的卞寒玉，体表开始出现毫光，每一道毫光都是锋利无比的剑气。法力和大道相合，她开始凝聚新的元神。

“元神形成没任何问题。”秦云看着弟子突破的过程，颇为紧张，“快了，快了，成了！”

卞寒玉突破的过程很短暂，却让秦云看得激动又欢喜。

卞寒玉成功突破后，便开始疯狂吞吸着周围的天地灵气。

秦云满脸笑容，扔出一颗仙丹给弟子：“寒玉，服下这颗仙丹。”

“是，师尊。”卞寒玉也满是喜色，服下仙丹。她的法力已经完全蜕变到了新的层次，只是量上稀少，如今有了仙丹补充，很快便达到了自身极限。

“师尊，弟子突破后只觉得无比轻松，没出现任何波折。”卞寒玉说道。

“好，好。”秦云无比开心。

秦云一直怕出现意外，那他就真的愧对无数小世界的烟雨剑派弟子了。虽说对小世界的修行人而言，成金仙是很遥远的事，他们拜入烟雨剑派也并不在乎这些，但是秦云还是很在乎这些徒子徒孙的未来的，这无数弟子中，还会诞生些极优秀的、能悟出大道的弟子。

弟子能悟出大道，却没有金仙法门，那他这个祖师就真丢人了。

现在，卞寒玉功成了。这代表烟雨剑修一脉乃一条通天大道，烟雨剑派在三界也将真正成为一大剑修派系。

第363章

参悟

西方极乐大世界，一株菩提树下，阿弥陀正盘膝而坐。

在这里，时间都仿佛静止了，没有任何生灵来这里打扰。阿弥陀是在秦云渡第十一次散仙之劫那一天起，就开始进入深层次修炼的，他和外界隔绝一切联系，唯有佛祖如来才能联系到他。

秦云渡了第十二次散仙之劫，得以长生。接着，魔祖便发动了道魔之战。这些事情，佛祖如来都没有告诉阿弥陀。毕竟道魔之战是魔道侵入无数小世界，阿弥陀就算出关，也最多让化身降临小世界罢了。

如今三界中，道祖、佛祖，还有众多大拿都有化身降临小世界进行传道，多一个阿弥陀，影响并不大。

“唔——”阿弥陀伸了个懒腰，仿佛刚睡醒般，面带笑容，睁开了眼。

“天地如一大苦海，我在苦海中渡众生，可到今日，我才真正得见苦海真面目。”阿弥陀心中大喜过望，过去总觉得天道境如在雾里看花，看起来很近了，可又模模糊糊，总是差了一点。如今他真正顿悟后，才有豁然开朗之感。

天道自然，万物运转，再无困惑。一切都如掌中纹，清晰可见。

“这次闭关竟然过去了六万余年。”阿弥陀目光看向三界处处，“秦云小友还活着，看来他也渡劫功成了。嗯，三界无数小世界都有魔道渗透？”

“道魔战争，竟然已持续了过六万年。”阿弥陀略一推算，都有些吃惊，“不过，这是发生在无数小世界的战争，难怪如来没有唤醒我。”

他站了起来，一迈步便跨过无尽空间，抵达了天界的灵山。

天界，灵山。

佛祖如来正盘膝坐在功劳金莲上，忽然，他有所察觉抬头看去，只见阿弥陀跨过空间到来，走到近处微微行礼：“见过佛祖。”

“阿弥陀……”佛祖如来也是有些吃惊，他看阿弥陀的体表散发光芒，光芒中隐隐有世界生灭，问道，“你已悟出天地万物运转的奥妙？”

“我此次闭关，终于悟出来了。”阿弥陀微笑着道，“我打算在灵山中进行突破，突破到天道境。”

“你能悟出天道万物奥妙，当真是我三界一大幸事。”佛祖如来大喜，微笑着道，“如此一来，将来对付魔祖的天道境强者又多了一位，魔祖定难逃脱此劫。”

阿弥陀微微一笑。

“你且在这里突破，我为你护法。”佛祖如来说道。

“谢佛祖。”阿弥陀在一旁盘膝坐下，开始突破。他之前的西方极乐大世界也是大世界，天道境真身无法降临。所以他要突破，也只能选择在星空、天界或者三界之外。自然是待在天界的灵山突破最安全。

佛祖如来笑看着，佛域又多一个天道境层次的强者，根基将更深。

随着阿弥陀的突破，他的体表有无量光芒绽放，无形威能几乎一瞬间就扫过整个三界。

这一刻，三界的大拿都能感应到那明明看不见、却在他们心中闪耀着的光芒，那是照耀三界的光！

“无量光！”这些大拿都豁然明悟。

佛域的阿弥陀也跨出了那一步，达到了这天地间至尊的位置。

黑暗魔渊。

魔祖的心情很不错，道魔战争持续了六万余年，虽然魔道处于下风，但魔祖的目标早就达到了。

“无数小世界，道魔厮杀，修行人死去无数。不管是我魔道，还是道域和佛域，死去的都很多。如此一来，他们的力量都回归天地。”魔祖心中极开心，“我能感觉到三界的天地运转更加轻松，我相信，逼迫我等天道境强者离开三界的日子也会更晚。”

三界承受的负担越大，损耗越大，就会越虚弱，到一定程度，三界必定会逼迫几位天道境强者离去。而如今，三界承受的负担反而在减轻。

“血海，这是最近一千年的名单？”魔祖翻看着卷轴上的记载，笑着问一旁的血海老祖分身。

“是。”血海老祖点头道，“都是立下大功的我魔道修行者。”

“嗯，该怎么奖励就怎么奖励，对于立下大功劳的，不可有丝毫亏待。”魔祖继续看着卷轴，眼睛一亮，“这排在第一位的血狮魔尊，竟然已经献祭了七个小世界的生灵？”

血海老祖点头道：“是，他还是我血海一脉的。”

血海一脉虽然不怕罪孽，甚至以罪孽为资源来修炼，但他们实力太低，也不敢杀戮太多，否则，因杀戮形成的业火足以烧死他们。就像人，虽然以粮食为生，但是能吃多少粮食，也得看胃口有多大，吃得太多，就会被撑死。

血狮魔尊，一个媲美大拿的天魔境九重天，血海一脉的修行者，献祭七个小世界生灵近乎是他能承受的极限。在道域和佛域阻止下，他还能做到这个地步，的确够惊人了。

“你麾下的这个血狮，六万余年算起来，对魔道的功劳都能排在前三。”魔祖微笑着道，“很好，传我的命令，普通先天灵宝让他任意挑选两件。”

“是。”血海老祖说道。

“血海，你的功劳我也看在眼里。”魔祖道，“将来我还是要离开三界的，到时候，这黑暗魔渊我会交给你掌管，你将是黑暗魔渊之主。”

“魔祖，此次乃道魔之争，我尽力也是应该的。”血海老祖道，“对了，玉虚宫的那位二郎真君杨戬突破到大道圆满后，也开始让化身降临小世界传道。”

“杨戬？”魔祖冷哼一声，“当初我差点就能得到他的毁灭神眼，可惜让秦云坏了事！杨戬他突破到大道圆满也不必在意，虽然他是修炼肉身成圣一脉的，但他毕竟刚突破没多久，和祖龙比起来，还是要差上一大截的。他还影响不了此次的道魔战争。”

“嗯。”血海老祖点头。

杨戬突破，血海老祖还是很介意的。

将来，魔祖拍拍屁股走了，离开三界，他血海老祖很可能就是将来三界的魔道领袖。他之前差点就杀了杨戬，杨戬作为肉身一脉的大道圆满强者，战力也是极强横的，相信积累些时日，就能达到半步天道境。

“你继续去做吧，希望下次有资格记载在上面的名字能更多。”魔祖一挥手将卷轴扔给了血海老祖。

血海老祖接过卷轴，当即要告退。

可忽然，他们俩都脸色一变，立即转头看向天界方向。

他们都感应到了在意识中照耀了整个三界的光，虽然不像秦云成就功劳至宝那般动静大，但是这无量光更加超然，笼罩了整个三界。

“阿弥陀突破了？”魔祖脸色难看。

“佛域的阿弥陀。”血海老祖也有些吃惊，“天道境，这三界又多了一位天道境强者！”

“哼。”魔祖无比恼怒。

原本魔祖以为离开三界，要遭到灵宝道祖、如来、女娲娘娘他们等人的合力追杀，如今发现又多了一人。

“嗯？”恼怒的魔祖，皱眉感应着整个三界。

达到天道境，对三界感应是很敏锐的，他清晰感应到，伴随着阿弥陀突破成新的天道境强者，整个三界似乎都受到了某种触动，也开始发生变化。

天界，雷啸山。

这里是秦云的洞府所在，也是烟雨剑派弟子心目中的圣地。无数烟雨剑派弟子最渴望的，就是有机会能来到雷啸山，得到秦剑仙的指点。

这道魔之战持续了过六万年，而烟雨剑派也发展了六万年，因为剑派渗透进无数小世界，剑派的弟子数量非常惊人，六万年的时间下来，烟雨剑派一脉成天仙的都过百万，达到天仙境后期的，都有数百位。这数百位达到天仙境后期的许多都有半步大拿的实力。

其中，还有十余位天仙达到了极致，有媲美大拿的战力。烟雨剑派在整个三界也算颇有些积累了。

“他们的天资都不错，可惜都只差了最后的临门一脚。至今我烟雨剑派成金仙的，只有寒玉一人罢了。”秦云指点完后辈弟子后，便和妻子伊萧一边散步，一边闲聊。

伊萧笑道：“云哥，如今我烟雨剑派，不管是在小世界，还是在大世界，乃至在天界，都是大宗派了。提到剑修，十有八九就是我烟雨剑派弟子。这底层弟子如此多，相信在大拿行列，我烟雨剑派弟子数量也不会少。只是这需要时间，毕竟，烟雨剑派发展至今也才六万年。”

“嗯。”秦云点头。

剑修，在三界已经是很主流的修行派系了，以善战出名。

论搏杀，诸多派系，当属剑修第一。当然，像肉身成圣一脉、符箓一脉等也会出一些天才。可从平均水准来看，剑修的确是最善战的，自然愿意学的修行人有很多。像太上剑修一脉入门都很难，修行艰难，想要广为传播剑道自然更难。秦云的烟雨一脉，在他成为大道圆满后，不断完善法门，令元神法门、天仙法门修炼起来越加容易。

烟雨一脉的入门难度，比太上剑修一脉的要低许多。

太上道祖毕竟自己没修炼，他的剑道是纯粹凭空推演出的，元神都是呈剑形，修行法门的确艰涩。

“我碧游宫有近百位金仙。”秦云笑道，“说不定过上百万年，就能多上几个烟雨一脉的金仙了。”

“一定会有那么一天的。”伊萧也很相信。秦云是烟雨剑派祖师，而她是祖师夫人，她自然希望烟雨剑派越来越兴盛。

“当然，我还是更期待，这些后辈弟子中有谁能悟出顶尖大道！”秦云感慨道，“掌握顶尖大道的天仙剑仙，再有一柄极强的本命飞剑，便有机会横扫无数小世界，彻底终结道魔之战了。”

“这得看机缘，魔道一方也是想要培养出掌握顶尖大道的天魔的。”伊萧说道。

“嗯。”秦云点头。

道魔之战，他这一层次的存在，也只能尽量出一份力罢了。

就在夫妻二人边走边闲聊时，忽然，秦云脸色一变。

“这是……”秦云一念就能感应整个三界，自然感应到了那不可思议的光芒，那照耀整个三界的光芒！

“无量光……阿弥陀？”秦云心中一震，“阿弥陀突破到天道境了？”

三界历史上，先是女娲成天道境，后来是道域灵宝道祖他们成就天道境，再后来是佛祖如来，最后是魔祖黑莲。

“三界历史上第七个天道境强者。”秦云又震撼又羡慕，虽然他如今战力惊人，但那是因为他有本命先天至宝功劳至宝在手。要是论道的境界，他也就跟孔宣、句芒他们是同一层次的，离祖龙、后羿、阿弥陀这些半步天道境层次的还是有差距的。

如今，阿弥陀又跨出了一步，达到了另一个层次。

“云哥，云哥，怎么了？”伊萧询问，她看到秦云竟然走神了。

“发生大事了。”秦云说道。

“大事？”伊萧疑惑，“道魔之战要结束了？”

“不是，是佛域的阿弥陀，他已经突破达到了天道境。”秦云说着，忽然眉头微皱，“这三界……”

他的境界虽然比魔祖要低些，但终究能一念感应三界，所以，他很快就发现三界正在悄然地发生变化。

“嗖——”

秦云一迈步，便直接来到雷啸山山顶边缘。他俯瞰着远处苍茫大地，看着整个天界的气机变化。

三界在变！三界的核心天界自然也在变。气机汹涌变幻，如群龙游走。

“太阳星。”秦云陡然抬头，天空中的太阳星原本耀眼无比，肆意释放着光和热，太阳之力遍洒三界各地。可此刻在秦云眼中，这太阳星的光芒正在缓缓收敛，在凡人看来，太阳好像只是暗了一些，对他们而言是再正常不过的事，毕竟，云雾遮挡都会令太阳暗下来。

可秦云明白，这不是云雾遮挡，而是整个三界运转的变化，很可能，这种变化是永久的。

“天地万物运转，一变，会引万变。更别说是太阳星的变化了，还有太阴星。”秦云一眼又看向遥远处，那是另一颗无比庞大的星辰太阴星。太阴星本就是极寒蛰伏的地方，此刻威势收敛，变化却更轻微。连秦云这等悟出太阳之道、太阴之道的，也只勉强能察觉太阴星深沉的气机正在变化。

“当初盘古开天地分阴阳，阴阳二气交感，才有雷霆、狂风、雨露等一切自然变化。甚至连人类男女也是阴阳二气交感所分化而成的。此次三界发生变化，三界的阴阳源头太阴星、太阳星先变，那对三界的影响就太大了。”秦云隐隐有些预感。

此次三界之变，恐怕比他预料的还要惊人。

虽然震撼，但秦云也知道，这是一次难得的参悟机会。

天地万物之道，平常参悟艰难。而如今，三界发生变化，诸多大道变得清晰得多，特别是阴阳之变。他早就悟出了太阴之道、太阳之道，离真正的阴阳两仪大道只差阴阳变化之法。

“句芒兄，蓐收兄，速来三界。”秦云通过因果遥遥传音，他知道，这两位平常都是在混沌中的。

“萧萧，我要在这里待些日子，别让任何人来打扰我。”秦云叮嘱之后，便全身心观看着整个三界各地的变化。

“好。”伊萧也应道，她知道，自家夫君修炼到了关键之时。

“呼——”

一片星空中，句芒、蓐收破空而来。

“阿弥陀突破到天道境了？”蓐收先感应到了那照耀三界的光，“秦云兄传音给你我，让我们来三界，却又语焉不详。不对，这三界……”

“三界发生变化了。”木神句芒也感应到了。

他们俩都是生来就掌握圆满大道的强者，漫长岁月里，积累得都很浑厚，能清晰感应到三界的变化。

“三界天道运转发生变化，我等都能窥伺到天地万物运转的奥妙了。”蓐收有些难以置信，“三界怎么会发生如此大的变化？”

“你休要管那么多，先细心参悟。”木神句芒一迈步，到了旁边一颗荒芜的星球上，盘膝坐下。

蓐收也来到一旁盘膝坐下，开始参悟。

一个大世界内。

“整个三界都在缓慢变化。”

突然，蜿蜒庞大的巨龙睁开了眼睛。

他的双眼仿佛太阳星，使原本陷入黑夜的大世界变成了白昼，周围一片耀眼通明。

“如今连阿弥陀都突破成天道境了，黑莲那小辈也早成天道境，都骑到我头上了。我修炼如此久，或许，借此三界之变，也能参悟出天地万物之道。”

烛龙从出生开始就是站在巅峰的强者之一，虽然不屑争霸三界，但他骨子里也是很骄傲的。

三界有几位天道境强者，所以他就宁愿一直蛰伏在大世界内。

他不愿听那些天道境强者调遣，不愿向他们低头。

其实，三界中蛰伏的古老强者，不止他烛龙一个，只是烛龙是其中最强的几个之一。

新天道境强者诞生，使得三界中天道境下最强的那一群大道圆满强者都开始静心参悟，参悟这三界之变。三界万道变幻，是难寻的机缘。

第364章 阴阳大道

雷啸山顶，秦云在这里参悟。

秦云观看着三界之变，看着那阴阳变化导致的天地万物变化，仔细琢磨其中的奥妙。

当他看了半个月后，陡然福至心灵，多年修炼积累终于一朝突破。

“阴阳本为万物之两面，阴阳之变，乃万物变化之根本道理。”秦云心中充满了喜悦。当在这一刻悟出阴阳变化之道时，他就自然将之与太阴、太阳之道相结合。三条大道融合一体，形成了一条圆满大道——阴阳大道！

阴阳大道，又称阴阳两仪大道，代表了天道下的一种极致，也代表了天道的核心道理。

朝闻道，夕死可矣。

对天地万物，能一眼看透其某种本质，这的确会让修行人有无尽的喜悦。

加上秦云之前就掌握了三才大道，二者一结合，这让秦云对天地万物的理解达到了一个更深的层次。

“到了今日，我悟出阴阳大道，加上之前的三才大道，我在境界上，才能真正和祖龙、后羿他们几个半步天道境相媲美。”秦云默默道，“第一次，这是我第一次感觉自己离天道境也不是太远。”

天地万物看似玄妙无比，可每一条圆满大道都是直指其本质的。掌握的圆满大道越多，对天地万物领悟就越多。当掌握两条圆满大道，战力离天道境就很接近了，掌握三条圆满大道更是会发生质变，三生万物，彻底通晓天地万物之道，达到天道境。

“不过，我能悟出阴阳大道，也有运气好的原因。一来，我靠启灵果，才在短时间里悟出太阴之道和太阳之道。之后又经过数万年积累，加上三界之变，我才悟出阴阳变化之道。”秦云道，“若是没有启灵果，没有此次三界之变，怕是百万年、千万年过去了，我都不一定能悟出来。”

秦云暗叹：所以师尊他们，还有如今刚突破不久的阿弥陀，的确都很了不起，他们历经艰辛，修炼了漫长岁月才达到了天道境。

后羿能那般厉害，一是因为境界极高，不亚于祖龙等；二是因为他自创了心力一脉，也修炼到了极高的境界，种种手段结合起来，他才能越阶发挥出那般恐怖实力。

其实，每一个强者，都没有侥幸一说。

秦云当初在散仙之劫逼迫下，短短万余年必须修炼到极强地步，否则就只有死路一条。他甚至开辟出了一条剑仙流派。元神呈人形和呈剑形是有本质区别的。不同的修行法门会对心性产生不同的影响，就像魔道修行者都会越加疯狂，不择手段。

呈剑形的元神和呈人形的元神到底有多大的区别，秦云说不太清楚，但从三界的诸多派系经验来看，毫无疑问，呈人形的元神才是正统。

道域的灵宝道祖他们个个都是如此。太上道祖虽然凭空创出了剑修一脉，可他自己没修炼，他的元神依旧是人形。

“阴阳三才结合，只需巩固一番，相信我的杀敌招数达到天道境威力也不难了。”秦云道。之前数万年，他虽然也参悟攻杀之术，又有本命先天至宝功劳至宝，攻杀招数威力的确进步不少，离天道境都很近了，但始终还是差那么一些。显然，要突破瓶颈是一件很难的事。

此次悟出阴阳大道，秦云却很自信。

他相信，自己的攻杀之术定能达到天道境威力。若是燃烧元神，怕是能媲美后羿燃烧元神的第五箭、甚至第六箭的水准。

在攻杀方面，秦云还是得承认，即便自己是剑仙，但和融合心力手段于一身的后羿相比，还是逊了一筹。而且在时空潮汐中，后羿也得到了很多宝贝，比如博瀚岛岛主的那三柄凶刃，比如启灵果、混沌源果。只要后羿服用启灵果闭关，他的实力就会再增，突破到天道境都有可能。

“我虽进步不少，但想要达到天道境，恐怕还要修炼很久很久。”秦云闭上眼，继续修炼。

阴阳三才的结合，在烟雨阵上的运用，如何抵挡敌人？如何杀敌？如何困敌？这些，还需要他继续参悟。

必须得承认，秦云从年少时的周天剑光开始，对护身之术就颇有心得，加上成散仙以来万余年一门心思参悟护身手段，他在护身之术上是真的有天赋，如今将阴阳大道融入烟雨阵，烟雨阵迅速提升着。

“我一个剑仙，参悟护身手段的速度很快，参悟杀敌招数却慢了许多。”秦云嘀咕。

转眼，阿弥陀已经突破了一个月。

秦云也修炼了一个月，他悟出阴阳大道的消息，外界自然谁也不知。

“娘，三界到底怎么了？”雷啸山上，秦依依有些焦急，“无数小世界的天地灵气都在减少，甚至连天界的天地灵气也稀薄了许多，都只有过去的一半了，我甚至感觉得到，天界的天地灵气还在变少。这减少的程度我都能感觉到，这也太可怕了。”

“天界，大世界，小世界，处处天地灵气都在变得稀少。修行，天地灵气乃根本。天地灵气越少，修行人就越难修炼。很多小世界，过去最多修炼到元神境就能飞升。如今灵气稀薄，大家都修炼不了元神了，都只能达到先天金丹境，飞升也难了十倍百倍。”秦依依问道，“娘，三界到底发生什么事了？”

“我也不知。”伊萧摇头道，“我只知道你爹他一个月前就开始修炼，禁止我们去打扰。”

“我问过玉罗。”秦依依也道，“玉罗她师尊后羿前辈也是一个月前开始修炼的，禁止弟子前去打扰。”

伊萧说道：“我猜，你爹，还有后羿他们应该知道三界发生了什么。别急，等他们出关吧。”

“嗯，只能这样了。”秦依依点头，“只是如今处处都人心惶惶，唉。”

烟雨剑派遍布无数小世界，无数小世界的天地灵气都在减少，诸多弟子一交流发现整个三界，连天界都不例外，自然闹得人心惶惶。

可惜，他们祖师秦剑仙在闭关，谁也不好打扰。

天界，一个湖泊旁。

黑袍黑发老者灵宝道祖正默默地站在湖泊旁，看着茂盛的杂草和湖中的鱼儿，感应着天地间气机的变化。

他很重视这次三界的变化，总觉得这次变化的影响会非常深远，如今天界灵气稀薄到只有原先一半，他觉得，这只是开始罢了。

“嗯？”灵宝道祖脸色陡然一变，他感应到了，“这三界天地……终于要逼我们离开了吗？这么快？”

自共工撞断不周山以来，虽然经女娲娘娘补天，但是三界一直处于虚弱状态，道祖和佛祖他们早就预料到，三界会逼他们离开。只是他们预估还有百万年之久。

可这次阿弥陀突破后，三界变化急剧加速，如今已开始逼他们离开了。

“呼——”

突然，旁边出现了一个须发皆白的老者。

“老君，你也感应到了？”灵宝道祖询问。

“你我都感应到了。”太上道祖点头道，“阿弥陀突破，让三界加速变化，而且每一天变化都很大，现在我们感应到整个三界在逼迫我们。或许要不了太久，我们不走，整个三界也会直接将我们排斥出去。就像我们的真身无法进入大世界那样，将来，我们的真身都无法进入整个三界了。”

元始道祖也从一旁的空间中走了出来，说道：“我们早就料到会有这么一天了，只是这一天来得确实有些快。”

“不管早晚，我们终究得离开。”灵宝道祖笑道，“对我们而言，早上百万年也没什么，倒是那黑莲，恐怕是真的急了。”

“嗯。”元始道祖赞同道，“他掀起道魔之战，战争在无数小世界中发生，不管是道域、佛域，还是魔道，都死伤无数。这些年，三界负担的确轻了很多。他怕是以为，离开三界的日子能多拖延百万年。他哪里想得到，阿弥陀一突破就引起三界之变，三界就逼迫我们离去了。他多年的谋划都成了空。”

“既然要离开三界了，大家就回去准备吧。”灵宝道祖说道，转身离去。

太上道祖、元始道祖也都离去。

秦云还坐在雷啸山山顶修炼，忽然，有一道声音在脑海中响起：“徒儿，速来碧游宫。”

“师尊？”秦云睁开眼。

这次参悟三界之变，关键就是悟出了阴阳大道。最近半个月他都在巩固自身实力，将阴阳大道融入烟雨阵，来提升护身、困敌、杀敌等手段，自然随时可以停下。

“师尊突然召我，应该是和这次三界之变有关吧。”秦云道。当即，一道分身飞出，前往碧游宫。

碧游宫。

秦云刚抵达，就感应到了师尊的位置，在碧游宫悬浮陆地的边缘，灵宝道祖正站在那儿，平静地看着云雾翻滚。

“师尊。”秦云走过去，恭敬行礼。

“为师要离开三界了。”灵宝道祖说道。

秦云心中一震。

“师尊，你怎么突然要离开三界？”秦云想起三界之变，询问道，“难道是因为这次三界之变？”

灵宝道祖点头道：“魔祖黑莲掀起道魔之战，令无数小世界的道域、佛域以及魔道修行者死伤无数，死后力量回归天地，却让三界的负担少了很多。本来我们几个老家伙还能在三界多待上几百万年，只是阿弥陀他突破了，他的突破让这三界中有了足足七位天道境强者，三界要承受的负担急剧增加，直接引起这次三界之变。”

“三界天道运转，也知道拖延不得，便直接进行改变。它减少三界中的天地灵气，会让三界的修行人大量减少，在很多小世界干脆就没法修炼了。”灵宝道祖说道，“并且还将我们七个天道境老家伙都赶出去。如此一来，三界的负担会轻松很多，甚至有可能因此形成真正的自我循环，那就是一件幸事了。”

秦云微微点头。

三界本身也在时刻吞吸着混沌中的力量，吸收混沌之力为自身的力量，供应着三界内无数生灵。若是吸收能抵得上消耗，三界不再继续衰弱，那的确是三界内无数生灵的幸事。

“天道运转，也会追求平衡。”秦云说道，“相信此次三界之变后，三界定能永久存在。”

“嗯。”灵宝道祖点头道，“此次三界变化很快，短短一个月，三界内的天地灵气就已经减少了不少。为师今天感应到三界开始逼迫我们几个老家伙，而且这排斥力是在逐渐增强的，若是为师推测得不错，只要七天时间，我们几个老家伙不肯走，三界也会将我们完全排斥出去。”

“七天？”秦云吃惊，这也太仓促了。

“七天的时间也足够了。”灵宝道祖说道，“为师修炼至今，最放心不下的就是一众弟子。不过，秦云你的出现，让为师放心许多。有你在，碧游宫塌不下来。”

“弟子定当用心。”秦云连忙道。

“为师说过，会让你担任碧游宫新任掌教。”灵宝道祖说道，“如今时机已到，今天为师会通知诸多弟子，明天便召开新任掌教接任大典，由你来接任我碧游宫掌教的位置。”

秦云虽然觉得事情来得太快，但还是恭敬地应道：“是，弟子定不让师尊失望。”

“还要看那魔祖黑莲。”灵宝道祖说道，“魔祖黑莲肯定也感应到三界的逼迫排斥，仅剩七天时间，若是他今天就立即逃离三界，我等今天也得立即离开三界去追杀他。那样的话，为师就没法为你主持这掌教接任大典了。你放心，为师会将消息告知每一个弟子。”

“还有，这是碧游宫掌教符令。”灵宝道祖翻手取出一块青色令牌，“炼化此令牌，可掌控整个碧游宫，也便成了碧游宫的掌教。我现在，便将这符令给你。”

说着，灵宝道祖将令牌递给秦云。

这令牌其实是新炼制出来的，灵宝道祖控制碧游宫可不需要令牌，但后来者还是需要的。

“接令吧。”灵宝道祖看着秦云。

秦云看着令牌，明白这代表着权力，同时也是责任。

拿了这令牌，就担负着守护道域三脉之一的碧游宫一脉无数弟子的责任，也担负着守护三界的责任。道域、佛域和天庭，一直都是要守护三界的。魔道以及一些肆意妄为的混沌神魔，才想要将三界当作猎场。

“弟子接令。”秦云恭敬地接下符令。

灵宝道祖欣慰地看着这一幕。这是传承，责任的传承！

“你先炼化了符令，为师再给你好好说说这碧游宫。”灵宝道祖说道。

师徒俩，一个说，一个听。

碧游宫是灵宝道祖的道场，也是碧游宫一脉的核心，这里有万法池、群星殿、分宝岩、十绝阵等诸多地方。种种阵法，重重守护，连诛仙阵图也仅仅是碧游宫庞大的阵法的一部分罢了。

秦云借助这里，就是天道境强者都难以攻破。

至于天道境以下的其他人？境界不到，他们都找不到碧游宫。

当天，灵宝道祖就传消息给门下众弟子，上至黎山老母，下至些普通天仙弟子。大家都得到了消息——师尊想要将掌教之位传给秦云，秦云的掌教接任大典，明天在碧游宫举行！

“秦师兄接任掌教之位，也是应该。可师尊离开三界应该还有百万年之久，怎么这么急着就传位了？”

“早些传也好，也让我众多师兄弟安心。如今碧游宫内，秦师兄不接位，其他人谁接位，我们都不服。”

碧游宫众多弟子议论纷纷。

不过，秦云接任掌教之位，大家都是服气的。

毕竟，秦云是公认的半步天道境实力，人脉又广，连后羿都和这位秦师兄关系极好。加上秦云如今自己开辟的烟雨剑派一脉也越来越兴盛，秦云的影响力自然不用多说。

碧游宫弟子太多了，这个消息迅速传播开来。

雷啸山得到了消息，一片欢腾。

雷啸山的秦家弟子都很激动，显然，看到老祖宗秦剑仙能够成为碧游宫掌教，他们也与有荣焉。

“云哥，最近一个月整个三界处处天地灵气都在减少，连天界都减少一半了。”伊萧说道，“如今道祖突然让你接任掌教之位，可和这有关联？”

“是有关联，三界变化，道祖他们数日之内，必须离开三界。”秦云叹息道，“三界这是强行令道祖他们离去。”

“数日之内就离开？”伊萧吃惊地道，“那魔祖也得走了？”

“他也得走。”秦云点头，“不过，道祖和佛祖他们是不会放过魔祖黑莲的。嗯？”

突然，秦云眉毛一挑。

“怎么了？”伊萧看着他。

秦云说道：“刚刚，玉虚宫也传出消息，玉虚宫掌教位置，将由杨戬接任。同样是在明天举行掌教接任大典。”

碧游宫由秦云接任掌教之位。

玉虚宫，将由杨戬接任掌教之位。

两个消息一前一后，迅速在三界传播，引起了无数修行人的关注。

秦云接任能服众，而杨戬接任引起了些小风波，毕竟杨戬是玉虚宫三代弟子，二代弟子都是他的师叔、师伯。加上广成子也同样早就达到大道圆满，手持番天印，战力也极强，和现如今的杨戬相差无几。

当然，只是些小风波罢了，玉虚宫还是很团结的。而且大拿都知道，杨戬乃肉身成圣的大道圆满强者，刚突破就能和广成子相当。相信他多多积累，就能超越自我，达到半步天道境。

不过，这两则消息还是引起了一些恐慌。

“秦剑仙要接任碧游宫掌教，杨戬要接任玉虚宫掌教。而且都是在同一天传出的消息，又都是明天立即举行接任大典。如今三界之变如此剧烈，这背后，定有许多秘密是我们不知道的。”

“我们这些小人物，只能随波逐流罢了，在这三界剧变之时，低调些，小心些，别一不小心就丢了性命。”

“我是打算回去关闭山门，万年内不出来了。”

“有理，关闭山门，暂时断绝和外界接触，不掺和纷争。”

三界的诸多修行人都感觉到，一场大风暴将要到来。

魔祖黑莲没有立即逃离，倒是让道祖能够亲自主持掌教接任大典。

第二天，碧游宫主殿。

数万弟子都在主殿内，秦云站在众弟子最前面。灵宝道祖笑看着下方。

在众弟子注视下，秦云正式从道祖手里接任新任掌教之位。

“拜见掌教。”碧游宫数万弟子齐齐恭敬行礼。

玉虚宫。

“拜见掌教。”玉虚宫众多弟子恭敬地向杨戬行礼。

这一天，秦云、杨戬分别接任了碧游宫、玉虚宫掌教的位置。

三界也进入了一个新的时代。

第365章

魔祖黑莲

灵宝道祖、秦云这师徒俩闲走着，周围云雾缭绕。

“你接任了掌教之位，以后这碧游宫大大小小的事可都要你来做主了。”灵宝道祖说道。他对碧游宫的感情很深，毕竟，这是他从无到有一步步创建的，直至今天成为了三界显赫的势力。

“弟子定不会让师尊失望。”秦云恭敬地道。

“嗯。”灵宝道祖说道，“魔祖黑莲如今还躲在三界内，不过三界对我们的逼迫感越来越强，六天之内，他必定得逃。他逃走之时，就是我们老家伙离开三界之时。我们离开三界后，先杀魔祖黑莲，之后我等就会结伴在混沌中闯荡探索，探索更广阔区域。”

“师尊一定要小心。”秦云连忙道。

“哈哈，为师当年未成天道境时，也闯过时空潮汐。”灵宝道祖笑道，“知晓在其他地方，天道境也是罕有的。我们几位结伴闯荡，还是很安全的。而且，我们几个老家伙都会留有分身在三界外的混沌中。”

秦云眼睛一亮。

他一个散仙，分身众多。天道境强者都是有些分身之术的。如魔祖黑莲有男儿身、女儿身、毁灭身，太上道祖更是能一气化三身，分化出三大分身。佛祖如来也有法身、报身、应身……像女娲娘娘、元始道祖、灵宝道祖也个个有类似的手段。

他们离开三界，要探索充满未知的茫茫混沌，留下分身在三界外混沌中，庇护家乡三界，也是给自己留有后路。

“我和老君、元始，会在三界外混沌中建一洞府，名为三清殿。我们留下的分身便会居住在那儿。”灵宝道祖说道，“你若是有事，可去那里见我。”

“是。”秦云应道。

“探索混沌，是我们早就想做的事了。”灵宝道祖说道，“我们想要寻找天道境之后的道路，也想找出开天辟地的法子。当初盘古牺牲自己才开辟了三界，不知道我们能否在没有牺牲的情况下，开辟出类似三界的世界。”

“当初共工的破坏，让三界比过去虚弱太多。我们也担心，三界发展下去，最终会迎来毁灭。”灵宝道祖说道，“若是那样，我们就必须得为三界无数生灵创造出新世界。”

秦云听了，越加钦佩师尊。

和那些只知道狩猎、为所欲为的混沌神魔相比，女娲娘娘、师尊他们才是真的将三界当成家乡，想要护住三界众生的人。

“当初女娲补天，也只是延长了三界寿命。”灵宝道祖说道，“这次三界之变，也是三界的自救。而你等也务必顺应天道，让三界能维持更久。”

“弟子明白。”秦云恭敬地道。

守护众生，维持三界，这些担子都要秦云他去担起来。杨戬、祖龙他们也算是他的盟友。

黑暗魔渊。

魔祖女儿身和血海老祖踏着空间，来到了一个神秘之地。

“这里难道就是……”血海老祖吃惊地看着前方，前方有一汪黑色潭水，黑色潭水看不到源头，仿佛从虚无中来。这汪潭水汩汩翻滚着，黏稠无比，潭水中能看到三界过去发生的种种仇恨、杀戮、罪孽。

“这就是传说中的魔渊之潭，整个黑暗魔渊的源头。”魔祖女儿身平静地道，“谁掌握了它，谁就掌握了整个黑暗魔渊，成为黑暗魔渊的主人。”

血海老祖眼热地看着黑色潭水。

早期的黑莲，也是造化莲子所化的强者，盘古开天辟地后，才悄然成了黑暗魔渊主人。

黑莲掌握黑暗魔渊后，在黑暗魔渊内就是无敌的，就是道祖、佛祖他们也不敢随便闯进来。

即便在外界，有黑暗魔渊力量加持，也是实力大增。

“我答应过你的，让你成为黑暗魔渊的主人。”魔祖女儿身说道，“进去吧，掌控整个黑暗魔渊。”

血海老祖心都在发颤。他虽然早听到过魔祖的许诺，但那都是有诸多条件的，哪里想到，魔祖今天就将黑暗魔渊送给他了。

“你的血海之身不死不灭，可分化出众多分身。你再拥有了黑暗魔渊的力量，也能护佑我魔道了。”魔祖女儿身说道，“倒是那波旬，一心想要修炼到天道境，对我魔道也不会像你这般尽心尽力。”

“魔祖放心，我自然为魔道尽心尽力。”血海老祖连忙说道。

“你的真身血海就在黑暗魔渊内，我当然信你，赶紧进去。”魔祖女儿身催促道。

“是。”血海老祖也不犹豫，当即直接迈步，步入那黑色潭水中。

血海老祖的身体渐渐没入潭水中，那些潭水开始朝他体内钻去，种种仇恨、杀戮、罪孽开始影响他，让血海老祖脸色微变：“魔祖，这是……”

“你以为谁都能掌握黑暗魔渊？你首先得在整个三界的怨气罪孽下依旧维持本心。”魔祖女儿身说了句，“若是乱了本心，你这分身只会化作潭水的一部分。当然，我相信你能做到。”

魔祖本是黑莲之体，一株黑莲在这潭水中是不会被侵蚀的。

血海老祖同样非凡，他悟出的本就是圆满的罪孽大道，以罪孽为资源，底蕴颇深，岂会轻易被罪孽同化？

魔祖女儿身在一旁站了半个时辰，才感应到自己对黑暗魔渊的控制渐渐被剥夺，知道对方快成功炼化了，这才微微点头。

“最后一件事也做完了。”魔祖女儿身抬头看着空间，“我的积累比他们几个老家伙要薄弱，我一直想要拖延，能在三界内多修炼一些时间，多获得一颗造化莲子，多获得造化青莲所化的宝物。可惜我算计再多，也不如天算！如今只剩下六天时间，到时候，三界都会强行排斥，直到天道境强者离开。”

“也罢，也罢。我做了那么多，算计了那么多，本来觉得面对五个老家伙有三成逃命把握。可又多了一个阿弥陀，他们六个联手追杀我，我就只有一成的逃命把握。试试吧，我黑莲发誓，若是这次能逃掉，如来，道祖，女娲，阿弥陀，你们一个个对我做的所有事，我定会百倍千倍奉还。”魔祖女儿身眼中有着厉光。

“走！”一个念头，魔祖的女儿身、男儿身、毁灭身一瞬间就跨过时空窜出了三界，快到极致。

魔祖毫不犹豫就离开三界，开始逃亡。

“嗯？”在八景宫内静修的太上道祖陡然睁开眼，过往平和的他，此刻眼神却很凌厉，他感应到魔祖的气机一分为三，三道气机窜出了三界，分别朝不同方向遁逃。

“魔祖的女儿身、男儿身、毁灭身都逃出了三界，而且是分开朝不同方向遁逃的。

“你逃得倒是干脆，可是，你逃得掉吗？”太上道祖瞬间也出了三界。

“这黑莲为一己之私祸乱整个三界，罪孽滔天，现在倒想一走了之了，真是笑话。”碧游宫中的灵宝道祖眼中尽是杀意，瞬间出了三界。

“杨戬，玉虚宫就交给你了。”元始道祖传音说了句，就离开了三界。

“阿弥陀，我们走。”如来佛祖、阿弥陀也一同离开了三界。

女娲娘娘同样一迈步，离开三界。

他们早就准备好了，闯荡探索混沌是以后漫长岁月里要做的事，可眼下的第一件事就是要除掉魔祖黑莲。

天界雷啸山，秦云抬头遥看无尽苍穹，通过因果感应着师尊的位置，师尊已经出了三界，眨眼的工夫就已经消失在秦云能感应的范围外。

“师尊他们都走了，这一次，他们恐怕是永远离开三界了。”秦云心中颇为复杂。

从此，他与师尊走的将是不同的道路。

师尊杀魔祖，探索混沌，寻找开辟崭新世界的法子。

秦云则是留在三界，管理三界，庇护三界。

“天尊。”玉虚宫中，杨戬也睁开第三只眼，遥看三界之外。

“佛祖。”弥勒佛、观世音也遥看着，弥勒佛是现如今佛域的领袖，老一辈的燃灯、药师佛则在一心潜修。

三界道域、佛域新一代领袖此刻都心潮激荡。

杀魔祖黑莲是大事，可道祖和佛祖他们永远离开三界，更是影响深远，相信很快，过去漫长岁月蛰伏的老家伙便会一一现身。到时候，他们还能像道祖和佛祖那般强势吗？

三界外，混沌茫茫。

七位天道境强者既然离开了三界，便将三界暂且抛之脑后了，以后的事情自然有小辈操心。

“呼——”

魔祖女儿身一身白衣、紫色长发，赤着脚踏着空间，每一步都跨过遥远时空，眨眼的工夫，就已经逃离三界很远了。

“黑莲，你逃不掉的。”女娲娘娘的声音在周围响起，周围时空都凝固了，这让魔祖女儿身无法再穿梭时空，只能飞行。

魔祖女儿身脸色一变，看向后方，只见后方女娲娘娘现身走来。

女娲娘娘身材颇高，平静地看着魔祖：“你是自杀，还是要我动手？”

“三界最古老的天道境，”魔祖女儿身冷笑道，“你要来对付我最弱的一个分身？看来我这个分身是必死无疑了。可我黑莲从来没有自杀的习惯，想杀我，还是靠真本事吧。让我瞧瞧，你女娲到底有多厉害。”

“黑莲，你原本执掌黑暗魔渊，吸纳三界罪孽污秽，让三界变成清净世界，如此也算有大功劳。”女娲娘娘说道，“可你呢？主动将罪孽污秽的法门传入三界处处，令三界内厮杀纷争不但不平息，反而强上百倍，三界变得一片污浊，因为你，死去的生灵简直不计其数。整个三界，当属你罪孽最深。”

“哈哈，凭什么要我老老实实吸纳罪孽，给你们清扫三界？”魔祖女儿身嗤笑道，“我就是要颠倒世间黑白，要让这魔道的天道笼罩整个三界，我要成为三界真正的主人！”

“欲望之火太甚，只会将你自己烧死。”说着，女娲娘娘一拂袖，五彩光芒瞬间笼罩四面八方，也笼罩向魔祖女儿身。

“黑莲。”伴随着响彻处处的声音，两道身影并肩出现追上了往另一处逃跑的魔祖男儿身。

魔祖男儿身回头一看：“是你们两个秃驴，阿弥陀，你倒是厉害，能在我掀起道魔战争期间顿悟突破达到天道境，坏了我的计划，逼得我早早就得离开三界。”

“你之前所做之因，便是今日之果。”阿弥陀说道，“你若是顺应天道，善待众生，我等也不会联手要对付你。”

“哼，来吧，让我瞧瞧你们佛域的手段。”魔祖男儿身嗤笑一声。

论速度，女娲娘娘积累极深，她是最先追上的魔祖的。

如来佛祖和阿弥陀一边，阿弥陀虽然刚成天道境不久，但他悟出的根本大道无量光速度极快，所以两人是第二个追上魔祖分身的。

倒是魔祖最强的毁灭身，穿梭时空速度还在另两个分身之上。

“这么快，我的那两个分身就被他们追上了？”魔祖毁灭身在沿着另一个方向极速遁逃着，可后面有一道虚无缥缈的气息在迅速接近，比他跨过时空的速度更快。

“我这毁灭身也无法甩脱他们。我修炼的时间终究太短，虽然也苦苦参悟时空法门，但还是不如他们。”魔祖毁灭身很是愤怒不甘，看着背后一道身影出现，那是须发皆白的老者，正是太上道祖。

太上道祖一拂袖，周围天地间就显现出巨大的黑白太极图。黑白太极图一出现，时空镇压，魔祖毁灭身再也无法穿梭时空，只能飞行。

“嗖！嗖！”

元始道祖、灵宝道祖也紧跟着出现。

“你这毁灭身逃得还挺快。”灵宝道祖身后有诛仙四剑悬浮，笑着道，“幸好老君时空一道造诣极深，能追得上你。”

“你们三个联手来对付我的毁灭身，可真瞧得起我。”魔祖毁灭身看着眼前三位。

太上、元始、灵宝三位道祖合力开辟出道域。在成天道境之前，他们三位就经常联手，联手闯荡时空潮汐也是纵横无敌。

他们三位个个手段强大，配合起来的确可怕，所以按照计划来对付这最难缠的魔祖毁灭身。

“我们可不敢小瞧你这毁灭身。”元始道祖笑道，“击败你不难，一对一我便能击败你这毁灭身。可要彻底斩杀你，还是得我们三个一起。”

“我们三个一起，便有十足把握。”灵宝道祖说道，“黑莲，受死吧！”

说着，四道恐怖的剑光瞬间切割了混沌，冲向魔祖毁灭身。

“三个联手，你们也休想杀我！”魔祖毁灭身的眉心第三只眼睁开，恐怖毁灭气息爆发，一道黑色光芒射出，和那四道剑光碰撞在一起。代表大毁灭的毁灭神眼这一击勉强挡下了诛仙四剑。

远处的元始道祖手持一布幡，那布幡乃传说中盘古斧开天辟地碎裂后的主体——盘古幡。

即便只是盘古斧残余的主体，依旧是如今三界一等一的先天至宝。

“轰——”

元始道祖轻轻摇动布幡，魔祖毁灭身所在的这片空间立即遭到恐怖力量碾压。这力量粉碎一切，也想要粉碎魔祖毁灭身。

若说灵宝道祖的出招锋利无匹，杀伐恐怖，那元始道祖的招式，却是堂堂正正，从正面碾压。

魔祖毁灭身刚刚才施展毁灭神眼，倾力一击，阻挡了诛仙四剑，此刻只能挥动四臂，蒙蒙青光笼罩身体周围，竭力抵挡盘古幡的这一击。

“嘭——”

魔祖毁灭身周围的空间被粉碎了，他的身上同样出现了许多伤口，不过，他还是挡下了攻击。

“你这黑莲的功力倒是精进了不少。”元始道祖惊讶地道。

“这黑莲的毁灭身的确厉害，将一颗造化莲子炼成毁灭神眼。一对一，我们谁都杀不了他。”太上道祖笑道，“依我看，我们三个联手，直接除掉他就是了。”

“好，便依老君的。”灵宝道祖、元始道祖也都说道，他们刚才都试过，不联手恐怕真的对付不了。

魔祖毁灭身小心戒备。

“起。”巨大的黑白太极图笼罩周围上亿里的范围，混沌开始分解，分为阴阳二气，魔祖毁灭身完全被困在黑白太极图世界。

“我被困住了。”魔祖毁灭身困在其中，又焦急，又无奈。

“去。”灵宝道祖一挥手，四柄神剑飞出，分别落在黑白太极图的四周。

“灭！”老君一声令下。

只见元始道祖挥动盘古幡，倾力一击，直接轰向太极图中央。

黑白太极图用阴阳二气绞杀，诛仙四剑的威力汇聚太极图中央。

魔祖毁灭身就被困在阵法里，只能承受这恐怖的灭顶之灾，他癫狂地抵挡，眉心神眼更有大量黑光笼罩全身。

“轰——”

三位道祖合力一击，待得一切恢复平静，魔祖毁灭身早就化作齑粉，只有毁灭神眼以及部分物品残留。

魔祖毁灭身，死！

“我们的合击第一式，他就没能扛住。”元始道祖说道。

“能让我们三个合击出招，已经算难得了，毕竟他达到天道境比我们晚，积累也浅薄，只是仗着毁灭神眼的威力胡作非为罢了。”太上道祖说道。

“魔祖一共有三个分身，我们这边是最先杀掉的。”灵宝道祖略一感应后，笑着道。

“倒是比他们慢了一步。”女娲娘娘看着被五彩流光层层束缚住的魔祖女儿身，魔祖女儿身在艰难挣扎着。

“灭。”女娲娘娘轻声喝道。

有无形波动传出，直接渗透进魔祖女儿身的脑海中，一时间，魔祖女儿身元神震荡，抵挡五彩流光的力量弱了许多。五彩流光陡然一收缩，将魔祖女儿身碾压成了齑粉。

魔祖女儿身也殒命了。

第366章

结盟，发动！

“如今，那魔祖黑莲只剩下男儿身了。”女娲娘娘遥遥看向另一方向，那一方向，如来佛祖和阿弥陀正在对付魔祖男儿身。

“嗯？”女娲娘娘脸色陡然一变，“不好！”

她能够遥遥感应到如来佛祖、阿弥陀和魔祖男儿身的气息。可是，魔祖男儿身的气息中突然又出现了另一道魔祖的气息，那道气息更加强大。

“两道魔祖气息，魔祖还有第四分身？”女娲娘娘急了，连忙穿梭时空朝那儿赶去。

只是当初魔祖逃跑时，三大分身是分三个方向逃跑，这使得如今三处战场距离都很遥远。

女娲娘娘和三清虽然都感应到变化，连忙赶去，可显然，他们要抵达那一处战场也需数个呼吸的时间。

以天道境强者的实力，数个呼吸的时间，实在太久了。

天界，雷啸山。

自从师尊他们离去追杀魔祖，秦云就在等待结果，不管是追杀成功还是失败，师尊他们都会告知三界的。

毕竟魔祖若是活着，秦云他们进入混沌中都得小心戒备。

“嗯？”盘膝坐在草地上的秦云生出感应，抬头看去。

一道意志遥遥降临，降临在雷啸山上空，凝聚成一个黑袍黑发老者的虚影，正是灵宝道祖的化身。

秦云连忙起身：“师尊。”

“此番追杀魔祖黑莲，出了意外。”灵宝道祖脸色颇为郑重。

“意外？”秦云一惊。

“魔祖黑莲的三个分身，分别往三个方向逃窜。”灵宝道祖说道，“我跟两位道祖联手灭杀了他最强的毁灭身，女娲灭杀了魔祖女儿身，如来和阿弥陀联手去灭杀魔祖男儿身，可让我们没想到的是，关键之时，魔祖男儿身体内又飞出了第四道分身。这第四道分身实力极强，近乎媲美毁灭身，遁逃的能力更是了得。魔祖两个分身不求对敌，只求逃命，如来和阿弥陀也无法完全阻止，他们俩不惜一切代价也只是杀了魔祖的男儿身，让魔祖第四分身给逃了。”

秦云忍不住道：“魔祖怎么会有第四分身？”

“据我们猜测，”灵宝道祖说道，“魔祖黑莲从祝融手中得到了一枚造化莲子，魔祖的真身本就是一颗造化莲子孕育出的黑莲。他只要愿意，完全可以用一枚造化莲子再孕育出一个身体来。当初的黑莲真身，他一分为三，分为女儿身、男儿身、毁灭身。而他用新的造化莲子孕育出来的应该是最擅长遁逃的身体，穿梭时空的速度极快，连刚突破的阿弥陀都追不上，我们当中只有老君的速度能勉强追得上。”

“那老君能追上吗？”秦云询问。

“他这一肉身，应该是他专门为了逃命孕育的肉身，擅长隐匿气息，擅长穿梭空间，更能分化气息迷惑我们。”灵宝道祖说道，“只要距离一远，我们都无法感应到他的气息。幸好如来之前不惜代价重伤他，力量渗透其肉身。我估摸着，他要完全驱逐如来的力量，得数年的工夫。”

“数年之内，我们都能感应到他的位置。只是他现在已经逃得很远了，他的逃命本事很了得。如今如来、阿弥陀和我们都已汇合，我们正在追。”灵宝道祖说道，“若是在他驱逐完如来的力量之前追上，他就死定了。可若是他先一步驱逐了如来的力量，那他就真的逃之夭夭了。”

秦云微微点头。用一颗造化莲子，专门孕育逃命的分身，可见魔祖为了活命，真是想尽了法子。

“放心，我们都有分身留在三界外。”灵宝道祖说道，“他不敢回来，他若是敢靠近三界，那就是自投罗网。”

“师尊，你们追杀那魔祖第四分身，也务必小心。那魔祖为了活命，怕是混沌中一些危险之地，他也会主动往里面钻。”秦云说道。

“哈哈，我们几个老家伙战斗的经验可比你多。”灵宝道祖笑着，“好了，以后有要事，可去混沌中的三清殿找为师。”

说完，灵宝道祖降临的这个化身就消散了。

不但他，其实元始道祖、太上道祖，以及如来他们都将消息传回了三界。

时间一天天过去，三界还在持续发生着变化，而且，几乎每一个修行人都察觉到了变化。

“天界的天地灵气减少的速度还算慢，小世界的天地灵气减少的速度才叫快。”秦云站在茫茫星空中，俯瞰着下方一个小世界，“可是和星空比起来，又都不值一提了，星空的天地灵气减少速度比小世界都快了上百倍，到今天，星空中的天地灵气已经完全消失，彻底成为修行绝地了。如此一来，天仙想要在星空中流浪闯荡，已是不可能了。”

星空浩瀚，赶路是非常麻烦的，要么是有大挪移之术，要么是有碧游宫等圣地接引。单纯靠自己在星空中赶路，那耗费的时间是很久的。

天仙之前还能慢慢流浪闯荡，可从今往后，在星空中无法吸收天地灵气补充自身，那么在星空中长期闯荡，只会法力耗尽。

秦云暗道："三界此次变化，真的很彻底，星空中都没有一丝天地灵气。不过，这样也的确会让三界的负担轻了很多。"

秦云行走三界，观察着三界一处处变化。

天地灵气的变化，影响是方方面面的，花草树木、野兽鸟虫，乃至人类自身，都会在新的环境下发生变化。

"嗯？"秦云在星空中，眉头微皱，他感应着冥冥中天道的限制，"师尊推测得没错，在他们离开三界的第六天，三界能承受的极限就是大圆满金仙，若是要成天道境，必须离开三界，在混沌中进行突破，而且，天道境真身无法进入三界。"

过去的大世界，天道境就真身无法进入。

如今整个三界，天道境真身都无法进入，三界显然降低了自身承受极限。

负担越轻，三界就越稳定。三界之前那样勉强支撑着，只会让自身越来越虚弱。

"哈哈哈，三界大变！这天地间，天道境的老家伙都没法再进来了。"在一个大世界内，有一条全身满是鳞甲的庞大肥硕生物，有着足足百条小短腿，面目狰狞，嘴巴巨大，此刻正大笑着。

突然，这生物身体一变，变为一个披着铠甲的青发壮汉，抬头看天："女娲、三清他们一个个都太狠，说我有大罪孽，整天喊打喊杀的。他们实力强大，宝物多，像太乙、勾陈、后土、孔宣、紫微他们一群大道圆满强者也站在他们那边，我惹不起，只能忍了。"

"哈哈，如今他们走了，没了那几个老家伙，又有什么好怕的？这三界，终究是我们混沌神魔的天下。"这个青发壮汉畅快地大笑着。

"三界彻底变了。"蜿蜒庞大的巨龙又一次睁开了眼，他在的这个大世界又进入白昼。

“哼，没了那几个达到天道境的，道域和佛域的几个小辈还想继续耀武扬威？天庭还想继续统领三界？真是笑话！”烛龙庞大躯体一变，变成了一个紫袍的阴冷男子，“这三界的规矩，也得改改了。”

当初，女娲娘娘、道祖、佛祖如来威震三界时，定下三界秩序，由天庭统领三界。一个个古老强者惹不起他们，就只能低头，躲在大世界中。

而达到天道境后他们无法让真身进入大世界，想派遣孔宣、紫微大帝、后土娘娘、太乙天尊、阿弥陀他们持宝物前去追杀这些古老强者也不现实。毕竟，投靠过来的大道圆满强者，也是大世界之主，和天道境强者也是以平辈论交的。

丢性命的事，又有几个愿意去？

那些古老强者也不敢挑衅得太过分，惹急了女娲和道祖，那后果也是他们不愿承受的。

如今那几个老家伙都被迫离去了，这些忍了漫长岁月的古老强者当然觉得痛快。甚至有些憋得太狠了的古老强者，如今只想百倍千倍地报复回来。

“如今三界，也得换我们来定规矩了。”他们蠢蠢欲动。

黑暗魔渊，一座巍峨殿厅内。

殿厅之上正坐着一个白袍老者，他正悠然等待着。

忽然，三道意念从黑暗魔渊之外降临，凝聚出三个化身，分别是万魔之王波旬、祝融神王以及一个紫袍阴冷男子。

“哈哈，这位就是烛龙了吧，上次见面，还是妖族天庭统领三界之时。”血海老祖笑道，“转眼三界大变，那些达到天道境的都得离开三界了。”

“我倒是没想到，那黑莲离开三界后，你血海成了黑暗魔渊的主人。”紫袍阴冷男子说道，他正是烛龙。

“波旬，你堂堂万魔之王都没争过血海？”祝融神王也笑着打趣。

波旬淡然笑道："血海乖乖听命于黑莲，为黑莲征战三界，而我一心修行，懒得理会黑莲。他将黑暗魔渊传给血海，也很正常。"

"我也是运气好。"血海老祖谦逊道。

"传给血海，对我魔道也有利。"波旬又道，"血海乃不死之身，有黑暗魔渊之力加持，他实力将提升到半步天道境。一个分身众多，且拥有不死之身的半步天道境强者，对我魔道帮助很大。我虽然有六欲分身，但是论不死之身的本事，还是远不及血海的。甚至就是那有十二万九千六百个分身的秦云，论不死之身，也要比血海弱一筹。"

"血海不灭，便为不死。"祝融神王点头赞许道，"血海本就在黑暗魔渊深处，便是天道境强者都不敢擅闯黑暗魔渊，谁能威胁血海兄？"

血海老祖笑眯眯地听着。

过去，他以不死之身独步三界，可是因为在外的都是凝聚出的分身，战力在大道圆满中都很靠后。如今，有整个黑暗魔渊力量加持，他一举就达到了半步天道境，成为三界中巅峰的几位强者之一，自然豪气万丈。

"我们来这里，是谈如何掌控三界的！"烛龙开口道。

"对，我们谈正事。"血海笑道，"我们四位只要同心协力，掌控三界也指日可待。"

烛龙说道："来之前，祝融和我说了，你们魔道只要占领原本的十个领地，其他五十个领地和天界，你们都不掺和。"

"我们不掺和，只要能保住魔道十个领地，我们就心满意足了。"血海微笑着道。

"可惜，道域、佛域、天庭太过贪婪，连我魔道最后这十个领地他们也要抢夺。"波旬皱着眉说道，"在三界，我暗中控制了好些大拿傀儡，听闻秦云、杨戬、弥勒他们已经开始商议，随时可能率领大拿攻打我魔道领地。"

祝融神王笑道："普通大拿不值一提，这三界争夺，主要还是靠大道圆满强者，特别是几位半步天道境的。如今三界已知的半步天道境强者，算上低调修炼的，一共有七位。分别是我们在场四位，还有那秦云、后羿、祖龙。”

“虽然已知有七位，”烛龙说道，“但说不准，其他大道圆满中也将有突破的。听说人族三皇个个不凡，孔宣、后土他们的积累也都极深。”

“他们对我们魔道的威胁都不大。”祝融神王摇头道，“我们四位联手，放眼三界，真正对我们有威胁的，只有后羿！”

“后羿？”血海老祖、波旬、烛龙听到这里，都不禁郑重了几分。

后羿燃烧元神连射九箭的威势，光是想想都觉得恐怖。威力大是一方面，另一方面是躲无可躲。

正常交手搏杀，一方出招，另一方可以抵挡。可是后羿融入心力的箭是没法躲的，只能用肉身去挡。

博瀚岛岛主面对后羿燃烧元神的第八箭、第九箭，都是只能靠身体硬扛。兵器都是碰不到箭的。若是兵器能阻挡住，他就不会死在后羿手里了。

“后羿可以交给我来对付。”血海老祖说道，“我已经暗中派遣分身，潜入明耀大世界，随时可以引动黑暗魔渊力量。后羿是厉害，可他近身搏杀本事弱。我乃不死之身，最能克制他。”

“你必须要小心，千万不能让他和秦云联手。他们一联手，那就麻烦了。”波旬说道。

“后羿正在闭关，一直没出明耀大世界。”血海老祖说道，“道域、佛域攻打我魔道十个领地，后羿不一定会参加。他一直不喜欢掺和三界纷争。”

“嗯。”烛龙点头，“只要他不掺和，我们四个联手就有把握灭杀秦云，夺得他的烟雨剑。就算他秦云有十二万九千六百个分身，可烟雨剑被夺走，他就是个废物。”

“我们将他们逐个击破。”波旬点头，“先解决秦云，剩下的后羿就容易解决了。”

“没了这两个绊脚石，这三界便是我们魔道的天下了。”祝融神王说道。在场他是最积极的，毕竟他曾经遭到后羿偷袭，那次后羿燃烧元神连射两箭，祝融就吓得逃了，变得低调起来。

此次就是祝融神王牵线搭桥，令他们四位组成联盟。

天界，雷啸山。

秦云和黑袍男子祖龙相对而坐。

“如今三界变化，达到天道境的强者都被迫离去，魔祖再也无法庇护魔道领地。”秦云说道，“我和杨戬、弥勒都已经商谈定下，将魔道十个领地夺回来。我今天请祖龙你来，便是希望祖龙你和我们一同动手，夺回那十个领地，令整个三界所有地方都重归原本的天道。”

“邀请我一同动手？”祖龙有些犹豫。

后羿是因为他的性子，懒得掺和三界纷争。祖龙却是因为龙族。在没把握的情况下，他不愿和魔道彻底撕破脸，给龙族带来灾祸。

“你放心，到时候夺回的魔道十个领地，我可以做主，将一个领地归在龙族麾下，如何？”秦云说道，作为碧游宫掌教，他如今自然权力颇大。

三界的地盘划分，也是道域、佛域和天庭定下的。

“一个领地？”祖龙眼睛一亮，龙族如今也只是占据一个领地而已。

三界都没有达到天道境的强者了。

祖龙是修炼肉身成圣一脉的半步天道境强者，在三界中影响力也比过去大得多。龙族仅仅占据一个领地，的确少了些。

祖龙想到了秦云，想到了后羿，当即笑道：“好，魔道残忍邪恶，那十个领地内无数生灵犹如在地狱中。令这十个领地重归三界天道，也是拯救众生的的事。此等有功之事，便算我一个。”

秦云点头。至于龙族的其他大拿，他倒是没在意，只要有祖龙帮忙就够了。道域、佛域和天庭里的普通大拿还是很多的。

“既然如此，那我们就这么说好了。”秦云微笑着道，“日子就定在明天，我们一起出发，去夺回魔道领地。”

“好，就听秦云兄的。”祖龙微笑，当然是让道域、佛域冲在前面，他是帮忙的。

很快，祖龙离去，秦云独自一人坐着思索着。

他很久以前就想要夺回魔道十个领地，只是有魔祖在，他一直没法动手。如今自然该动手了。

“这次的计划，没什么问题。”秦云反思着，这是道域、佛域和天庭联手定下的计划，没什么破绽。

“只可惜，自从三界发生变化，后羿就开始闭关修炼。”秦云道，“他没出关，我也不好打扰。不过，这次我们准备得很充分，我道域、佛域和天庭的大道圆满强者都有一群，我前些时日也悟出阴阳大道，实力大增，还是有十足把握的。”

第367章 被追上了

秦云就这么枯坐了一夜。

征战魔道领地，影响深远。这是秦云师尊他们离开三界后，道域、佛域和天庭第一次对魔道征战，这一次征战的结果，会决定以后漫长岁月三界的形势，影响着三界众生。

“此战，只许胜，不许败。”秦云默默道。

待得天亮，太阳星又一次从地平线冒出头时，秦云便离开雷啸山，前往碧游宫。

碧游宫中，众大拿早就聚集在一起了。

秦云出现在大殿之上。

“拜见掌教。”众大拿个个行礼，黎山老母站在最前面。

“黎山师姐。”秦云郑重地道，“这次征战魔道领地，也要小心提防魔道反扑攻打天界。守护诸多重地的重任，便交给师姐了。”

“碧游宫过半大拿听我调遣，仅仅守护诸多重地，我还是有把握的。”黎山老母笑道，“倒是掌教得更加小心了，那魔道领地被魔道天道笼罩，在那里，魔道一方占据绝对的地利，他们也一定早就布置了守护大阵。而且魔道天道会压制掌教师兄你们，你们无法调动天地之力，只能发挥出部分实力。”

“嗯。”秦云微微点头，“黎山师姐，只管听我们的好消息就是了。”

黎山老母微微点头。

秦云还是很依仗黎山老母的。黎山老母终究是碧游宫中他之外，唯一达到大道圆满的弟子。

“出发！”秦云随即下令。

星空中。

道域三脉、佛域、天庭的强者都汇聚于此，龙族祖龙也现身了，当然，他是单独前来的。

“哈哈，当初秦剑仙以一己之力镇压三界魔道，只是魔祖阻挠，秦剑仙才无法攻打魔道领地。”弥勒佛笑呵呵地道，“如今我等齐聚，我相信，踏平魔道领地也是轻而易举的事。”

一旁的观世音、孔宣、紫微大帝、王母娘娘、杨戬、秦云、祖龙都笑了，身后两百多位大拿也都信心十足。

这次征战的大道圆满强者，仅仅是部分罢了。

像人族三皇、药师佛、燃灯、黎山老母等都是负责留守的。毕竟他们各方本就占领了三界大多地盘，他们也得警惕魔道反过来攻打他们。

当然，最强的战力，两位半步天道境强者，秦剑仙和祖龙都是参战的。

“我们还得小心。”秦云说道，“把魔道逼急了，他们也会反扑的。”

“一切按照事先所定，当不会有意外。”王母娘娘微笑着道。

“嗯。”秦云点头道，“那我们出发！”

道域虽说分为三脉，但太上一脉一位大道圆满弟子都没有。玉虚一脉的杨戬刚突破没多久，和几位半步天道境还有些差距，所以，道域三脉暂时以秦云为领头者。佛域自然是以如今的弥勒为首，天庭一方则是以王母为首，不过，她也很敬重紫微大帝。

“呼——”

大军浩浩荡荡出发，前往魔道领地。

他们第一个目标，就是魔道领地的函风大世界。

就在秦云他们大军征战魔道领地的时候，遥远的混沌中，另一场惊险的战斗正在紧张地进行着。

“黑莲，你逃不掉的！”须发皆白的太上道祖喝道，周围混沌中显现出一张巨大的黑白太极图，阴阳二气交缠着，想要缠绕住那道模糊的身影。

“太上，我也无法再回三界，威胁不到三界了。我们如今都进入混沌，开始探索这无边混沌，何必打打杀杀？说起来，我们都是源自三界的天道境强者，在无边混沌中，我们应该相互扶持才对。你们不扶持，还追杀我，这是何苦呢？”那遁逃的身影传来声音。

“你罪孽滔天，三界之罪孽，你一个便犯下大半！你离开三界就想把过去的事一笔勾销，真是做梦！”太上道祖的声音也在魔祖黑莲的脑海中响起。

二者神通广大，他们之间的传音也只是一瞬罢了。

此刻的魔祖黑莲焦急万分。他用从祝融那里得到的造化莲子，专门孕育出这最擅长隐匿遁逃的第四分身。然而，论时空中潜行遁逃的能力，这具分身虽然能胜过其他几位天道境，但还是不如太上道祖。

一开始魔祖就逃了很远，因而前几天还算安稳，但如今还是被追上了。

“这才几天的工夫，就被这太上道祖给追上了，只要他拖延我一二，道域的其他两位道祖，还有如来、女娲、阿弥陀都会追上来。”魔祖黑莲燃烧着元神法力，猛然一蹿，就摆脱太极图影响范围，继续穿梭时空。

太上道祖也同样跨过时空追着：“你逃不掉的。”

太上道祖穿梭时空的速度更快，魔祖黑莲即便以分化气息的法门迷惑太上道祖，但是也只能迷惑刹那，太上道祖很快又会追上来。

双方不断斗法，太上道祖施展诸多神通法术，想要阻拦魔祖。魔祖每次被追上，都是立即燃烧元神法力，拼命遁逃，同时也施展种种秘术来阻挠太上道祖。

“嗖！”

灵宝道祖、元始道祖、女娲娘娘、如来、阿弥陀他们五位则慢了一步，在后面努力追赶着。

“魔祖黑莲已经被老君给缠上了，他逃不掉的。”灵宝道祖笑道。

“可老君也无法阻止他，每次他都能摆脱。”元始道祖说道。

女娲娘娘则道：“那黑莲每次都能瞬间摆脱老君，是因为他一发现危险，就立即燃烧元神法力拼命。他一次次燃烧元神法力，要不了半个月，他的元神就会承受不住。”

“看来，我们总算要除掉这三界最大的魔头了。”如来佛祖微笑着道。

“且让他再挣扎一时。”灵宝道祖冷笑。

三界内。

魔道领地，函风大世界。

这是秦云他们选定的第一个攻打的大世界。

“呼——”

秦云他们跨过时空而来，浩浩荡荡两百多位大拿出现在函风大世界上空。

“嗯？”观世音目光一扫，惊讶地道，“这函风大世界里，竟然一位魔道大拿都没有，甚至连天魔都少得可怜。”

“他们放弃了这函风大世界？”杨戬疑惑地道。

“总不会魔道十个大世界，他们都放弃吧。”王母娘娘说道。

“螳臂当车，他们可能觉得抵挡就是送死，所以彻底放弃了。”孔宣微笑着道。

一旁的紫微大帝却闭上双眼，仔细推算起来。

周围其他几位都看向他，紫微大帝睁开眼，皱眉说道：“这函风大世界的确没有任何危险，不过，魔道领地中，我能算出隐藏着危险。”

“看来魔道一方也没打算彻底放弃。”秦云笑道，“他们只是因为力量不够，所以舍弃了部分大世界。甭管他们舍弃了哪些大世界，我们一个个来。我们先将函风大世界彻底夺回。”

“那我们就在函风大世界布置第一个世界转化大阵了？”弥勒说道。

“开始吧。”秦云点头。

王母娘娘朝身后一群大拿微微点头。

哪吒三太子为首的十二位大拿立即开始布阵，他们是负责第一个世界转化大阵的。

夺回一个大世界，是要将这一个大世界从原先的魔道天道彻底转为三界的天道。转化小世界的天道较为容易，转化大世界的天道相对就麻烦些。

道域、佛域和天庭各方准备得很充分，阵法都是事先准备好的，如今只须布置即可。

哪吒三太子他们十二位大拿，有三位顶尖大拿、九位普通大拿，同时操纵阵法。

仅仅一盏茶的工夫——

“轰！”

天空中出现了巨大的空间旋涡，空间旋涡连接着三界天道，三界天道开始渗透进来，借助阵法之威开始朝四面八方逐渐侵蚀，转化着魔道天道。原本函风大世界处处都是魔道气息，此刻，那包容清新的天地灵气却沿着空间旋涡传递进来，蔓延处处。

魔道气息退避，天地灵气扩张。整个函风大世界都在逐渐发生改变。

“我们去下一个大世界吧。”祖龙见状说道。

一众大拿当即跨过时空前往魔道领地另一个大世界。

“布阵！”弥勒吩咐。

佛域便有十二位大拿领命，前去布置世界转化大阵。

秦云、祖龙、杨戬、弥勒、王母娘娘等一众大拿便在一旁负责守护，等阵法布置成功后，他们就立即前往下一个大世界。

只要阵法布置成功，他们便可以借助阵法封印一个大世界时空，令敌人无法穿梭空间直接抵达这个世界。魔道一方就算要攻打，也得从大世界外空飞进去。这个时间，足够秦云他们返回支援了。

更何况，十二位大拿借助大阵，都足以抵挡住大道圆满强者了。

“这个大世界，魔道竟然也放弃了。”

“还以为会留些魔道大拿主持阵法，封印时空呢。”

“除非魔道合力抵抗，否则留下几位魔道大拿主持阵法，也只是送死罢了，封印时空，我们一样能飞进来。就为了拖延片刻时间而葬送大拿，魔道才不会这么干。”

“就算血海老祖亲自下令，白白送死的事，也没有魔道大拿会听命的。”

道域、佛域和天庭的一众大拿很轻松，还在悠然地闲谈着。

“十个大世界，只有六欲大世界难以探测，其他大世界都没有魔道大拿。”紫微大帝笑道。

“那六欲大世界，我感应到了一群老家伙的因果。”祖龙说道，“之前道祖和佛祖在的时候，这些老家伙都缩起来了。如今，他们一个个都出来了，想联手来挑衅道祖和佛祖定下的规矩。祝融神王也同样在六欲大世界内，也站在他们那边。”

“哼。”王母娘娘冷哼道，“他们都信奉弱肉强食！将无数弱小生灵视作蝼蚁，随意杀戮，随意蹂躏。祝融被女娲娘娘封印漫长岁月，还是本性不改。当初女娲娘娘就不该心慈手软，就该像对付共工一样，直接杀掉他。”

“共工撞破不周山，罪有应得。”祖龙说道，“对于祝融，女娲娘娘也是心怀慈悲，才给他悔改的机会。”

“那我们现在怎么办？”杨戬询问道，“魔道一方还有祝融等一些古老强者，既然同时聚集在六欲大世界，相信他们一定已利用地利优势，布置好了一些厉害大阵，就等我们进去。”

“我们不能急着进去。”观世音笑道，“慢慢来，继续占领其他大世界，至于这六欲大世界，且先放在一边，看他们能忍到何时。”

“对，就这么办。”秦云也点头赞同。

六欲大世界内。

有大阵早已布置，更有魔气汹涌弥漫，有一群古老强者聚集在这里，为首的是祝融神王、波旬以及烛龙，剩下的也都达到大道圆满了。

那些古老的混沌神魔，大多都将无数弱小当作蝼蚁。即便在道祖和佛祖的影响下，部分投靠道域、佛域，部分中立，改了性子，可还有很多桀骜不驯的。甚至连中立的那些神魔中，也有好些是不得已在大势下暂且隐忍，故作伪装。道祖和佛祖离开三界后，他们就露出了真面目。

“祝融，道域、佛域的那群大拿正在转化大世界，九个大世界他们都布置好阵法，可就是不来六欲大世界。我们就在这里傻等吗？”一个披着铠甲的青发壮汉说道。

“依我看，直接杀出去，和他们斗上一场。在这六欲大世界内，魔道天道笼罩，可我们又不是修炼魔道法门的，同样无法调动天地之力。”另一个肥胖的光头男子说道。

“只知道杀杀杀。”一个妖媚女子撇嘴嗤笑道，“在这里有阵法相助，我们胜算便大了三成。而且，我们和道域、佛域和天庭的大拿在这里都无法调动天地之力，但波旬是可以的，他的实力也能大增，他的胜算又大了两成。此次一战，关系我等将来，我们岂能放弃如此大的优势？”

“说不定，他们不来呢。”肥胖光头男子说道。

“老毒虫，耐心点。”梼杌皱眉道。

波旬、祝融、烛龙都没理会，只是默默等待。

即便是他们，也没法完全约束这群老家伙，毕竟这群老家伙的实力只是比他们略逊，而且都是掌握一条圆满大道的，各有各的手段。

像混沌三凶能活到今天，哪个好惹？当初被列为宇内十圣的也来了七位，至于其他三位，一位是黄须世界之主，被秦云和后羿杀了。一位就是魔祖黑莲，魔祖黑莲早期很低调，论名气声势，都不及波旬，更别说和祝融他们比了。还有一位，便是为祸四方的九婴，也死在了后羿手里。这宇内十圣可是个个都不好惹的。

还有十六位在三界漫长岁月中达到大道圆满的，此刻也联手，显然要合力斗一斗。如今他们再不联手，只会被秦云他们逐个击破。这十六位，和祝融、烛龙、波旬他们也只是联盟，并非他们手下，只是有共同目标才走到一起。

秦云他们看着世界转化大阵布置完成，三界天道侵入，逐渐扩大渗透的范围。眼前这个大世界，已经有三分之一范围都被三界的天道覆盖了。

“我们已经等了一天，祝融他们依旧在六欲大世界内没出来。”杨戬说道，“我们还要继续等下去吗？”

“有两个选择。”紫微大帝说道，“一是视而不见，我们占领三界中的其他五十九个大世界，那六欲大世界就留给他们。可是他们肯定不会甘心，一旦我们散去，他们定会寻找其他机会，偷袭反扑，后果难料；二就是我们干脆趁此机会，堂堂正正杀过去。可这么做也有些危险，他们一定在六欲大世界内布置了阵法，而且那是被魔道天道笼罩的世界，波旬在那儿，可以调动天地之力，我们却没法调动。”

祖龙看向秦云：“秦云，你看呢？”

在场的一个个都看向秦云，不管是天庭还是佛域的强者此刻都看向秦云，因为在场的半步天道境强者只有两个，一个是秦云，一个是祖龙。

祖龙这次只是来帮忙的，此刻也在询问秦云。

“那里虽然被魔道的天道笼罩，波旬能发挥出极强实力。可祝融他们一个个修炼的都不是魔道，和我们一样无法调动天地之力。”秦云说道，“至于阵法，我会布置下烟雨阵护住我等，可立于不败之地。”

“立于不败之地？”王母娘娘、观世音等众多大拿彼此相视。

有秦云这话，他们就更倾向于一战了。

“你可不能小觑他们。”祖龙说道。

“护住我方周全，我还是有把握的。”秦云说道。他有本命飞剑在手，如今又悟出了第二条圆满大道——阴阳大道，对于护身本事，他是很自信的。也就后羿燃烧元神的九箭让他没把握，毕竟那是能斩杀博瀚岛岛主分身的本事。不过，真的一对一的话，三界也没人会任由后羿连射九箭。

秦云眼中闪着寒光，暗道：“道魔之战的数万年间，我可是耗费了许多心思在修炼杀敌招数上。趁此机会，彻底定下三界规矩，最好能除掉那些凶魔。”

“好！那我也赞同，直接杀进那六欲大世界。”祖龙说道，他是修炼肉身成圣一脉的，达到了半步天道境，自然谁都不怕。

“我也赞同。”杨戬浑身散发着战意，作为八九玄功达到极致的强者，他正要借此机会证明自己。

“既然如此，我们便一同前往，除掉那些魔头。”弥勒微笑着道。

很快，一群浩浩荡荡的道域、佛域和天庭的大拿，跨过时空，来到了六欲大世界。

“他们竟然没封印时空。”

“恐怕是故意放我们进来的。”

接着，秦云他们直接来到了六欲大世界深处，突然感应到时空封印了。如今想要再离开，就需要慢慢飞出去了。

“好浓郁的魔气。”观世音微微皱眉。

秦云也微微点头：“六欲大世界的魔气的确远超过去，应该是如今的黑暗魔渊之主血海老祖直接引下大量的魔气笼罩这里，令这里成了魔道修行的圣地。那波旬在这里，发挥的实力也能强上许多。”

"哈哈，你们这群道士秃驴，还真颇有些胆气，还以为你们会故意在外面等上一年半载。"

"老毒虫，你还是小瞧了他们，他们还是敢进来的。"

伴随着谈笑声，远处飞来一片巨大的黑云，黑云上站着一众身影。

秦云他们仔细一看，为首的是祝融、波旬和紫袍阴冷男子，一旁还有十六个大道圆满强者，气息迥异。

"如今三界的大道圆满强者，怕是大半都汇聚于此。"祖龙和秦云笑道。

"那个紫袍人是谁？"秦云传音问道。

"是烛龙，不过他变化很大，过去他的气息霸道而强势，如今倒是内敛了些。"祖龙传音道。

"这样霸道的气息也叫内敛？"秦云有些惊诧，他只觉得烛龙十分孤傲，气息也有些阴冷。

"那是你没看到他过去的模样，过去的他，真正是天地间唯他独尊。"祖龙传音道。

秦云微微点头。

远处的那群混沌神魔，祝融站在最前面的中间位置，他如火的头发披散着，目光扫过秦云他们，笑着道："今日我们来，不想打打杀杀，只想造福三界众生。"

第368章

秦云出手

“不想打打杀杀，只想造福三界众生？”秦云他们听了都很惊诧，这群古老混沌神魔竟然说他们要造福众生？

祝融看着道域、佛域和天庭的一众大拿，轻声笑道：“如果我们两方真的拼杀下去，战火遍布三界，因此死去的三界生灵将不计其数。可如果我们罢手言和，三界也将一片祥和，这才是造福三界之事。”

秦云、弥勒、杨戬、观世音、王母娘娘等一个个彼此相视。

“罢手言和？”弥勒开口说道，“你们能承诺，从此不再随意屠戮无数弱小生灵吗？”

“老虎要吃肉，猫要吃老鼠。弱肉强食，这才是天道！”祝融神王说道，“我等都早就成就大道圆满，是三界中最强大的生灵。让我们和弱小的生灵平起平坐，那才是笑话吧。”

弥勒笑道：“祝融神王，我们可没让你和弱小生灵平起平坐，只是让你怜悯弱小。”

“老虎吃的肉本就比人吃的肉要多。我等混沌神魔为了修炼才杀了他们，不是很正常的事吗？”祝融神王说道，“三界生灵不计其数，我们杀他们的速度，还没他们繁衍得快，你们怕什么？任由他们繁衍下去，反而会给三界带来很大的负担，还不如我们帮忙呢，反而让三界负担更轻。我们是在帮三界，有功于三界。”

“谬论！”秦云冷喝道，“一方世界的土地是有限的，能养活的生灵也是有限的。人类不可能无限繁衍，他们也会奋斗，会修炼，会诞生出人杰，诞生出修行人。便是我秦云，也是从凡人修炼过来的。倒是你们，以弱肉强食的理由，肆意杀戮。天道早就有所限制，修行人禁止肆意屠戮凡俗，就是针对你们此等行为。你们仗着神通广大，不惧业火缠身，肆意为恶。天道压不住你们，我等也会替天行道，除掉你们！”

“哈哈，秦剑仙，你杀不了我们。”祝融神王笑道，“当初杀一个黄须世界之主，你和后羿联手都耗费了很大力气吧。我们这么多达到大道圆满的强者在这里，可比杀黄须世界之主难多了。”

“是吗？”秦云眼中有着寒光，“我们可以试试。”

“别生气，真斗起来，可就是三界的灾祸了。”祝融神王笑道，“你就不听听我们的条件？”

秦云“哼”了一声。

一旁的弥勒佛则开口：“祝融神王且说来听听。”

祝融神王看了看自己身边，又看了看对面秦云他们一众大拿，笑道：“我们这边，我、波旬、烛龙还有如今的黑暗魔渊之主血海，加起来就是四位半步天道境强者。三界如今有七位，我们这边可占了四位。而且，我身边还有其他十六位达到大道圆满的……”

秦云他们都听着。

“论达到半步天道境、大道圆满的，我们这边在三界也占了差不多一半了吧。”祝融神王笑道，“既然如此，三界六十个领地，我们占一半，也是应该的。”

“占一半？”杨戬冷笑道，“如今三界被我道域、佛域和天庭统领，你的意思是，我们要让出一半的领地给你？”

“如今的三界，可没有完全被你们统领。”祝融神王说道，“像混沌三凶，像宇内七圣，他们好些都是大世界之主。只是过去给你们道域、佛域面子，允许你们传道，可实际上，他们才是大世界之主。如今我说占一半领地，也是合情合理的。”

“你们允许传道是给我们面子？”孔宣说道，“之前道祖和佛祖在三界的时候，你们是不敢阻止吧。”

“道祖和佛祖他们都已离开三界。”祝融神王说道，“我说的也是为了三界众生，我们划定下来，三界领地，我们双方一方一半。如此便免去战争，我们也可以承诺，我方领地的生灵总数不会少于你方领地的八成。如此一来，你们也无须担心我们屠戮太甚了。”

生灵繁衍本就快。稍稍控制些被他们祸害的生灵总数，便足够了。

实际上，这些混沌神魔如果能和秦云他们达成协议，彼此承诺，他们还是很满意的。毕竟秦剑仙和后羿的联手，还是让他们无比畏惧的。这次他们也是抓住机会，分开来面对秦剑仙、后羿，才有足够的底气。

“让三界一半领地的生灵成为你们的羔羊，任凭你们杀戮？”秦云冷笑，“你们可真是痴人说梦。”

“祝融神王，你被女娲娘娘镇压如此久，没想到还是恶性不改。”观世音也摇头道。

“我们不可能答应。”紫微大帝也开口道。

“不可能？”祝融神王说道，“你们真的要掀起更大的道魔战争？”

波旬、烛龙以及其他十六个大道圆满神魔也都看着秦云他们。

“这话该是我问你们。”秦云平静地道，“你们准备好了像吞灵老祖、黄须老祖一样被斩杀吗？”

魔道的那些古老强者一听，不少脸色都微变。

“祝融。”烛龙皱眉道，“既然和他们好好说没用，那就动手吧，让整个三界都成为我们的领地。”

“你说得有理，还是杀了他们更好。”波旬说着，气息陡然大涨。

“轰——”

波旬他们早就不惜代价布置下的恐怖阵法爆发，此时，有奇异气息开始弥漫处处。

道域、佛域和天庭一方的修行人面前出现了无数幻影。有无数的美食琼浆，各种各样的美人儿，难忘的青梅竹马，痴迷的梦中情人，以及偶遇的魅惑女子。有修行路上的艰辛，得到法门的狂喜，剑斩妖魔的痛快，还有金钱珠宝，天地奇珍，先天灵宝……

有修行人面前出现了心魔爆发法力暴乱、大敌杀来陷入绝境的场景，死亡在逼近，在死亡面前，他们只想活命。

有坐在皇帝宝座上，看无数人跪拜的场景。还有成为一派老祖，看无数修行人跪伏的场景。言出法随，天地变色，这是何等的权势。

还有人看到倾力栽培自己的师父，生死兄弟，家中的父母，奔跑的儿女，笑着织衣的妻子……

“不，不！师父，我不甘心，真的不甘心，成佛又如何，长生又如何？”

无形气息渗透处处。一时间，秦云他们这边的众多大拿都受到了这股气息的影响，特别是些普通大拿，有些痛哭流涕，有些开始癫狂，眼看着就要入魔。便是达到大道圆满的强者也都受到了影响，在竭力抵抗着。

“念清心咒。”观世音盘膝而坐，开口说道。佛域大拿能维持清醒的都立即念起了咒，可普通大拿都无法控制自己了。

“定！”秦云是在场之人中最轻松的。

秦云经历过散仙最终之劫，元神受尽煎熬，撑过来后发生了蜕变，能分十二万九千六百份，是如今三界元神最强大者。

这股无形的奇异气息在元神的抵挡下，对秦云只有少许影响，让秦云想到了年少的过去，想到了尘霜，想到了少年时的伙伴，想到了离开三界的师尊灵宝道祖。

虽然这股气息引起了秦云的一些思绪，但他很平静，实力并未受到影响。

看到场上形势，秦云一个念头，烟雨阵威力爆发。

“嗡——”

烟雨阵笼罩周围，庇护住众多大拿，抵挡着外界那神秘气息的侵袭。

“没用的，阵法可挡不住我的七情六欲大道。”波旬笑着，自信十足。

可跟着，波旬的脸色就变了。

只见烟雨阵蒙蒙，笼罩四方。神秘的七情六欲气息虽然勉强渗透烟雨阵，但被削弱得连一成都没有了，只有少许气息渗透，连普通大拿都睁开眼，恢复了正常。

“好可怕的万魔之王。”

“不愧是以一己之力，就祸乱整个佛域的波旬。佛域的诸多佛陀都畏惧他，他全力施展七情六欲大道实在可怕。”

那些恢复正常的大拿都后怕得很。

普通大拿在波旬面前简直毫无反抗之力。

“这波旬，早先悟出六欲大道，看来这些年又悟出了七情大道。”观世音郑重道，“两条圆满大道结合，形成七情六欲之道。现在的他比当初的他要强多了，就是我们大道圆满境界，在他面前，也只能发挥出三四成实力而已。”

“当初他可是魔道领袖，和佛祖如来斗了漫长岁月，佛祖如来突破后，他便蛰伏了，很少再出手。”紫微大帝也说道，“以他的资历，三界都认为他很可能达到了半步天道境。如今一看，果真如大家所料。而且他悟出的还是和六欲大道非常契合的七情大道。”

“你这烟雨阵，竟然能阻我七情六欲之气？”波旬震惊地看着秦云，有些不敢相信。

七情六欲之气很神秘，一般的阵法、领域都是无法阻挡的。

波旬不知道，秦云同样悟出两条圆满大道，阴阳大道和三才大道同样很契合，二者结合，以烟雨剑施展，烟雨阵世界更加完美。

“怎么，你真以为你这七情六欲大道无敌了？”秦云嗤笑。

“哈哈……”波旬跟着大笑，“真不愧是秦剑仙，的确是有几分本事。不过，你们如今躲在烟雨阵内不敢出来，怎么和我们斗？你们这些大拿，敢将法力渗透到烟雨阵之外吗？怕是一碰触我的七情六欲之气，轻则实力大损，重则走火入魔。”

秦云身后的一百多位大拿都脸色微变。

元神法力，每一份法力都是元神的一部分，若被七情六欲气息沾染上，对他们而言就太可怕了。

“秦剑仙。”王母娘娘开口道，“波旬当初以一己之力影响佛域，如今更加神通广大，我们在场的大拿，便是达到大道圆满的，一旦法力接触到七情六欲之气，也只剩下三四成实力，此战，都帮不上多大忙了。”

秦云目光一扫众人。

之前诸多大拿还有结阵等手段，如今一下子能帮忙的只有寥寥几个了。

“秦云，光靠烟雨阵保命，是没资格统领三界的。”波旬笑道，“想要击败敌人，还是得靠杀敌手段。你们这么多大拿尽管出手，可以联手对付我一个，若有本事击败我，我倒是能佩服你们几分。”

“哈哈，波旬兄对付你们一群大拿，你们怕是都赢不了。”

“就这点实力，还想统领三界，真是笑话！”

波旬他们这边信心十足。

道域、佛域和天庭这边一众大拿，听了这些话，又气又急。可这位万魔之王波旬的确太可怕了。

“波旬，我倒要瞧瞧你有何本事！”杨戬怒喝一声，持着三尖两刃枪便要杀出去。

“别急。”祖龙伸手阻止。

杨戬看向他：“祖龙，波旬还奈何不得我。”

“你我同是修炼肉身成圣一脉的，我知道你的手段，可你终究突破到大道圆满不久。”祖龙说道，“这次的事关系到整个三界的归属，波旬、祝融他们可不会真的规规矩矩地和你一对一公平交手，抓住机会，他们就会对你下黑手。他们可都修炼已久，达到了半步天道境，若是真的暗算你，恐怕我们都来不及救你。”

杨戬犹豫了。祖龙说的没错，肉身成圣一脉战力极强，保命也厉害，可若是祝融、烛龙也下黑手，那他真的就一点把握都没有了。

“让我先去试试他们的手段。”祖龙笑道，又看向一旁秦云，“秦云兄，还请照看一二。”

“好。”秦云点头。

“呼——”

祖龙直接飞出了烟雨阵，站在半空看着波旬他们一众古老强者，哈哈笑道：“波旬，我也不欺负你，一对一，让我看看你有几分手段。”

“哼。”波旬冷哼一声。

突然，浓郁的七情六欲之气在没有烟雨阵阻挠的情况下，完全侵入祖龙的身体。祖龙在整个三界的大拿中，论修心也是排在前列的。七情六欲之气也只是让他分出三成念头去抵挡。修炼肉身成圣一脉的都擅长近战，只需部分念头就足以发挥出这具肉身的所有实力。

“你这七情六欲之气，只能吓吓那些小家伙。”祖龙笑道。

“去。”波旬体表有一道道分身飞出，七情分身、六欲分身，足足十三个分身融合为一体，化作一个披着红色铠甲的六臂战士。

“这是我的七情六欲分身，第一次拿出来对敌，你且试试威力。”波旬颇为自信。

秦云、杨戬、孔宣他们都遥遥看着。

孔宣说道：“过去的波旬凝聚出六欲分身，贪欲、色欲、情欲、求生欲、享乐欲、心意欲诸多分身都有极强力量，汇聚一体，以力量著称。如今又多了七情分身，汇聚一体，实力恐怕更强。”

“能掌控七情六欲，又颇擅近战，这波旬的确有些手段。”秦云点头。

“轰隆——”

远处半空中，祖龙已经身体一幻，现出真身。

一条巨大神龙蜿蜒在空中，面对那披着铠甲的六臂战士，神龙游动的同时，尾巴一甩，顿时天地崩裂，恐怖的威势席卷向那六臂战士。

只听嘭的一声，六臂战士竟然硬生生地扛住了攻击，后退了几步。

神龙游动，利爪抓来，爪法看似直接，却精妙无比。就是一些普通大道圆满强者面对这一爪，也只能逃命，不敢硬扛。

“哼。”可是这六臂战士不怕，他的每一条手臂上都持有一件兵器，分别是刀、剑、锤、斧、鞭、枪。

一时间，或是锤斧怒砸怒劈，或是刀剑精妙抵挡，竟然完全挡下了这一爪的攻击。

“轰轰轰……”

双方搏杀在一起。

七情六欲分身力大无穷，近战技艺也厉害，而祖龙则是三界近战强者中数一数二的。

“他们竟然不相上下。”祝融神王见状微微皱眉，“波旬，你有阵法之利，更能调动天地之力，可你竟然只是和他斗个不相上下。”

波旬脸色也难看，他也没想到，他自信无比的七情六欲分身首次出手，占据阵法、天地之力的优势竟然都没能获胜。

“道祖他们在的时候，这条老龙就很低调，只是没想到竟然都修炼到如此境界了。”波旬郑重道。

“他毕竟是天道境之下肉身最强的。”烛龙悠然地道。

波旬脸色阴沉：“我本以为他在这里不能调动天地之力，只能发挥巅峰时五成实力，我能击败他的。还是小瞧他了。”

“我来助你一臂之力。”烛龙说道。

“哗——”

有奇异波动瞬间侵袭四面八方，在这些波动的环绕下，正在厮杀的祖龙只觉得自己仿佛陷入泥沼，一根无形的绳索捆着他。他想要抵抗，可这根绳索又碰不到，摸不着。就像是凡人从陆地掉进水里，他只觉得难受得很。

“这是什么领域？”祖龙脸色变了，在这诡异的领域下，强横如他，也只能发挥出五六成的实力。

“他还真下黑手。”远处的杨戬脸色一变。

“领域？”孔宣眉头一皱，立即释放出五色神光领域。

五色神光领域释放出去，当它碰触到那散发奇异波动的领域时，却完全被压制了。

“这三界，竟然有人的领域比我的更强？”孔宣震惊地道。

远处的烛龙似笑非笑地瞥了一眼孔宣，在烛龙眼中，孔宣也只是小辈罢了。他在混沌中纵横的时候，孔宣还没出生呢。

“轰轰轰……”

祖龙本就无法调动天地之力，又遭烛龙的领域压制实力，他此刻完全被那七情六欲分身给压着打。

“祖龙兄，小心！”秦云立即扩大烟雨阵范围。

祖龙的肉身也很强横，扛下七情六欲分身数十招后也只是受了些许轻伤，跟着，他一蹿便回到了烟雨阵内。

“这烛龙领域，比上次强多了。”祖龙有些狼狈地逃回，对秦云、杨戬等一众大拿说道，“大道圆满强者在这烛龙领域内怕只能发挥三四成实力。若是大拿出手，都只能束手就擒。”

“这么厉害？”弥勒他们吃惊地道。

“很厉害。”祖龙郑重地道，“我能感觉到，他的领域将阴阳大道和四季轮转大道完美融为一体，领域不但影响空间，更影响到了时间，我被这领域压制得极难受。”

“影响空间和时间？”诸多大拿惊骇出声。

如此可怕的领域，实在是让他们心惊。

“如果是在外面，能调动天地之力，即便遭到领域压制，我也能和波旬斗一斗。”祖龙说道，“可在这魔道的大世界，我没办法。秦云，我们在这里还是太吃亏了，他们占据地利优势。实在没办法，我们就先退出去吧。”

在场之人都看向秦云。

己方仅有两位达到半步天道境的，祖龙斗不过对方，便只剩秦剑仙了。

“我这七情六欲分身就在这里，你们这群道域、佛域和天庭的大拿，连我这一个分身都降服不了，还想统治三界？”波旬笑着。

“波旬，你也接我一招。”秦云开口。

“哦，秦剑仙？”波旬轻声笑着，“祖龙奈何不得我，你们这边也只剩下秦剑仙了。你尽管来，别说一招，就是千招、万招，我都受得住。”

秦云微微点头，一个念头，只见烟雨阵中有无数剑光飞起，飞出了烟雨阵，汇聚成了一道恐怖的剑光风暴，看似有些乱，实际上，无数剑光都是有秩序的。

每一道剑光都是阵法的一部分，无数剑光汇聚在一起，形成了流动的剑阵，将阴阳大道、三才大道甚至盘古血脉中的部分奥妙都融入其中。

这剑光风暴刚形成，便让大世界膜壁震颤不已，开始破碎。

“这威力……”

波旬、烛龙、祝融以及身后的十六个大道圆满神魔都脸色一变，这剑光风暴仅仅是汇聚就如此恐怖？

“镇。”烛龙施展着领域，努力去压制。

可这剑光风暴太狂暴，烛龙的领域也只能影响其少许威能。

“我倒要看看，你到底有多强。”波旬的七情六欲分身却没有躲，他有阵法加持，又有天地之力优势，更有烛龙领域相助，如果这还要躲，那他波旬就没脸见人了。

“破！”那披着红色铠甲的六臂战士，正面迎上剑光风暴。

剑光风暴席卷而来，刚一碰撞，在恐怖的剑光风暴下，那六臂战士瞬间就被轰击得支离破碎。

剑光风暴继续以恐怖威势扫向波旬他们。

“一招都没挡住？”祝融他们都惊住了。

第369章

新的三界

“他这一招有近乎天道境之威！”波旬脸色难看，立即传音道。

“什么？”

“他在魔道大世界没法调动天地之力，都有近乎天道境之威？”

“怎么会这么强？这秦云都没有燃烧元神法力！”

“不是说，秦云只擅长护身剑阵吗？”

那些古老强者有些被吓住了。

他们一眼就能看出，秦云都没有燃烧元神法力，只是正常出招。而整个三界，天道境以下的强者中，在不燃烧元神法力的情况下，只有后羿连射九箭，在第九箭时才能爆发出天道境之威。

其他强者就算燃烧元神法力，离达到天道境的威力都还差一线。所以，后羿的箭是出了名的可怕，而之前秦云杀敌手段并不强。

秦云杀一个吞灵老祖，都炼化了数百年之久，而如今，秦云正常出招，若是在外界能调动天地之力，怕就有天道境之威了。

“我来瞧一瞧。”祝融神王红发飞舞，气势大涨，他陡然上前轰出一拳。

他的拳头快到极致，犹如一块陨石，带着炽热的火焰。

一拳轰出，粉碎一切！

“轰——”

他的拳头直接轰击在那汹涌的剑光风暴上，伴随着恐怖巨响，剑光风暴崩溃湮灭，祝融神王脸色微变，看向烟雨阵中的秦云。

“真不愧是祝融神王。”烟雨阵中的秦云笑道，“燃烧元神法力的一击，竟有天道境之威。整个三界，除了我和后羿兄，如今你也能使出天道境威力的招数了。”

“哼。”祝融神王脸色冰冷。

他是谁?

他是曾经碾压一个时代的祝融神王！曾战败共工，让当初的祖龙退避。

他的肉身强横无匹，后羿当初燃烧元神法力的一箭，虽然吓住了刚刚脱离封印的祝融神王，让祝融神王立即逃命，但是后羿真要杀了他，还要再射出几箭才行。他这肉身之强，三界中也就祖龙比他略胜一筹。

然而，肉身强大并不是他最厉害的地方。他最厉害的是火焰。在早期，他才是三界攻击力最可怕的强者。

祝融被封印漫长岁月，一直在修炼，实力也大有提升。他又得薪火火种参悟，虽然没能完全悟出，但也汲取了部分奥妙，令他手段更强。

他燃烧元神法力，完全能爆发出天道境之威。

“没想到，这么多年过去了，小辈当中先是冒出个后羿，又冒出了你秦云。”祝融神王冷冷地道，“不过，我们这些老家伙可不是那么好对付的，刚才那一拳，是我的第一招，你再接我几招。”

说着，祝融神王身体一晃，化作高大的火焰神灵，比太阳星还要炽热，还要耀眼。

“秦云，务必小心，这祝融论攻杀力，当初就是三界第一，而且他悟出的两条圆满大道都是火焰一类的。他如今在参悟你们人族燧人氏的不灭薪火，也是火焰类圆满大道。他专心于火焰，招数十分可怕。”祖龙提醒。

“我知道。”秦云点头。

大拿都有自己的道路。祝融就是专一，只修炼火焰先天神火和太阳神火，如今，他似乎参悟不灭薪火也有收获。

秦云有预感，若是祝融真的完全悟出不灭薪火，那他将拥有三条火焰类圆满大道，怕是会直接成就天道境。

即便是如今，这祝融的杀敌手段依旧可怕。

“轰——”

秦云心中想着，突然见那火焰神灵仅仅迈出一步，便再一拳轰出，时空都扭曲了。

火焰神灵的手臂如天柱，拳头如大山，一拳就砸在了烟雨阵上。

“哧哧哧……”

那恐怖的冲击力是其次，可怕的是火焰。火焰似乎无物不焚，并且还有恐怖的破坏性力量渗透进烟雨阵，想要摧毁烟雨阵。

“焚灭、渗透、生生不息……”秦云感觉到这火焰的可怕之处。天道境威力的纯粹火焰，比散仙最终之劫的火焰还要可怕得多。不过，烟雨阵十分稳固，任凭火焰在其表面灼烧，火焰依旧无法侵入丝毫。

“给我破开！碎裂！”祝融神王狂暴异常。

他每一击都地动山摇，仿佛直接扔出一颗太阳星砸过去。正是这般威势，祝融神王当初才能称霸三界。

然而，秦云的烟雨阵无比稳固，完全扛住了。

“真是可怕。”

“祝融很可怕，秦剑仙更深不可测。”

道域、佛域和天庭一方的大拿看得惊叹不已。

观世音微笑着道：“秦剑仙正常一招，若是调动天地之力都有天道境之威了。这样的实力，可比祝融强多了。”

周围大拿都点头承认。

秦云的强大，让他们欢喜。毕竟，这位秦剑仙的行事风格他们都清楚。

“别拖延了，一起上！”祝融神王传音喝道，“联手破掉烟雨阵，夺走烟雨剑。”

“一起上。”

“动手。”

箭在弦上，不得不发。

祝融神王、波旬、烛龙以及其他十六个大道圆满强者，他们早有计划，要先解决掉秦云，再去对付后羿。

后羿的杀敌手段虽然恐怖，但他的护身手段的确要弱不少，相对秦云而言，杀后羿其实要更容易些，他们几个联手是有把握做到的。

可如今后羿在闭关，有洞府阵法相助，只要后羿不出来，他们就难以直接攻破。

既然秦云杀到了魔道领地的大世界，他们占据地利优势，倒是可以趁机对付他。

只是没想到，秦云的实力比他们预料的要强太多了。

“破了那烟雨阵。”波旬一边再度凝聚出七情六欲分身，一边操纵着阵法，借助阵法来帮助己方强者。

“哈哈哈，杀。”

“以后我们是称霸三界，还是只能躲在黑暗魔渊，就看这一战了。”

“大家都燃烧元神法力，成败在此一举！”

混沌三凶、宇内七圣等个个气息爆发，都燃烧了元神法力，开始倾尽全力出手。

燃烧法力战斗太久他们都受不了，可短时间内还是能忍受的。

一时间，天昏地暗。

波旬和十六个大道圆满强者，同时攻打烟雨阵。

祝融神王和烛龙是主力。波旬虽然也是半步天道境，但他终究是修炼七情六欲大道的，凝聚出的七情六欲分身也只是力大无穷，真正在攻杀方面的能力就弱太多了。

可另两位不同。烛龙身体一变，化作了一条蜿蜒庞大的巨龙，丝毫不逊祖龙。它同样燃烧元神法力，冲向了烟雨阵。

“阴阳神光！破！”

周围时间空间都发生了扭曲。

那龙爪一抓，空间便开始阴阳分化。四季轮回，时光流转！

阴阳二气融入四季轮回的时光奥妙，形成了阴阳神光。这是烛龙在漫长岁月中悟出的一招，堪称无物不破。便是先天至宝，若是无主去控制，都会被阴阳神光分裂开来。

“哧！”

这龙爪一抓，阴阳神光威力下，烟雨阵被迫裂开了。

而那祝融神王化作的火焰神灵，也是凶猛一拳砸了过来。若是砸在已经裂开的烟雨阵上，还真有希望一拳轰破开来。

“嗯？”秦云脸色一变。

“轰——”

秦云的元神法力陡然燃烧起来。在燃烧元神法力的情况下，烟雨阵威力大涨，原本裂开的裂缝立即合拢。

秦云暗道：“看来要横扫这些魑魅魍魉，我还是得燃烧元神法力。”

他本以为如今护身手段无敌于三界，不燃烧元神法力都能横着走。谁承想，冒出个烛龙，烛龙即便燃烧元神法力，威力也没到天道境，没祝融神王霸道强势，可那每一爪都隐隐有着无物不破、分裂万物的威力，最擅长破除一切防御。

只是，秦云同样燃烧了元神法力，以他如今的境界，天道境的想要攻破烟雨阵都很艰难。祝融神王、波旬、烛龙他们就更是一点希望都没有了。

“秦云也燃烧元神法力了，烟雨阵威力大涨，根本破不开。”烛龙焦急传音道，他能感觉到，除了第一下攻击令烟雨阵出现裂缝，之后的攻击就没有什么作用了，烟雨阵无比稳固，他根本无法撼动。

“这烟雨阵比预料的强太多。”祝融也道。

“祝融兄，我们现在怎么办？”波旬询问。

其他十六个大道圆满强者有些惊慌失措。

“这秦云实力超出我们意料，撤，赶紧撤！”祝融神王传音做出决断。

“好，撤。”

“我们走。”

他们立即要逃。

“今天，你们一个都逃不掉。”秦云声音响彻天地间，他目光扫过那些惊慌的古老魔神，烟雨阵早就影响周围时空，封印时空，“我既然来了这魔道领地大世界，就要将你们一网打尽。”

只见烟雨阵中一柄柄飞剑开始凝聚，燃烧元神法力的情况下，这每一柄凝聚出的飞剑都仿佛真实的飞剑，隐隐蕴含恐怖威能。

足足一万柄飞剑，悬浮当空。

这是秦云悟出的最强的杀敌招数——万剑杀阵，一万柄飞剑以阴阳三才大道，形成一个整体。

“杀！”秦云一声叱喝。

一万柄飞剑齐刷刷破空飞出，让波旬、祝融神王、烛龙他们脸色变得十分难看，至于混沌三凶、宇内七圣，他们更是又惊恐，又后悔。

“早知道就不掺和了。”

“这秦云实力怎么这么强？他一个就打得我们扛不住了。”

“幸好我还有两个分身在外界。”

这些古老魔神毫不犹豫地开始逃命，他们能活到如今，或许杀敌本事一般，可保命手段都很了得，其中有些保命手段都不亚于黄须世界之主。

可万剑杀阵速度极快，远超他们飞遁之速，他们还没飞出多远，便被这一万柄飞剑笼罩了。

“血海！”祝融神王看着笼罩四面八方的上万柄飞剑，不由得急切地传音怒喝。

大道圆满强者中，有些是没有分身的，他祝融神王就没有。若是死在这里，那他就真的彻底死了。过去他实力强横，女娲娘娘比他强，可也只能短暂镇压他。后羿燃烧元神法力射出的九箭是很可怕，可刚射出第一箭，第二箭还没射出就遭到陆压道人的偷袭。那次，他也逃掉了。

然而，这次没有陆压来帮忙，秦云显然也不会心慈手软，祝融自然有些着急了。

“秦剑仙。”整个六欲大世界中忽然响起了一道声音，一张巨大面孔出现在高空中，正是血海老祖的面孔，他俯瞰着下方，“你想要杀他们，问过我没有？”

说着，一股汹涌而黑暗的力量涌入六欲大世界，仿佛黑色的洪水浪潮，冲向那万剑杀阵。

“血海老祖？”秦云眉毛一挑。

“血海老祖如今掌控黑暗魔渊，魔道天道笼罩的地方就是他的领地，他能轻易降下黑暗魔渊之力。”一旁祖龙说道。

秦云当然明白，不过，他依旧没将血海老祖放在眼里。

血海老祖得黑暗魔渊之力加持，也只是半步天道境罢了。和祝融、烛龙他们相比，血海老祖的境界更低，招数更粗糙。

他的厉害之处在于，黑暗魔渊之力无穷无尽，不怕消耗。不过，总的来说，他对秦云的威胁还不及祝融、烛龙他们。

“受死！”秦云燃烧着元神法力，怒喝着。

在秦云的控制下，那上万柄飞剑全部爆发出恐怖威势，撕裂长空，飞行间就自然将那些黑暗魔渊之力给阻挡住了。上万柄飞剑构成了巨大的椭圆形球体，波旬他们全部被笼罩在这椭圆形球体中。

“嗖嗖嗖……”

上万柄飞剑构成种种阵型，绞杀着这群古老魔神。

“快，快逃。”

“快！”

这些古老魔神都惊恐万分地四处逃窜。

祝融神王化作一道火焰流光，速度极快，只顾自己逃命。而烛龙一边释放着领域影响着四面八方，尽力削弱剑阵威力，一边也游动飞遁。他的身体表面环绕着阴阳神光，周围时空都发生变化，秦云的那一柄柄飞剑每次都从他身边飞过，总是差了一点。

波旬相对就弱了，只能将七情六欲分身收回真身体内，一次次劈开那一柄柄飞剑。七情六欲分身和真身汇聚一体，才是波旬近战最强大之时。不过，以他的性子，不到绝境，他是不会让真身跟敌人近战的。

“祝融，救救我们。”

“波旬，帮我们一把。”

另外十六个大道圆满魔神的实力相对就弱了，其中感觉到死亡威胁的，更是焦急地求救。

此刻大家各自逃命，谁又会来帮他们?

秦云虽然用上万柄飞剑笼罩这一群古老魔神，但是对祝融他们只是尽量阻挠，令他们飞行遁逃速度慢上许多，更多的力量被用来对付那十六个魔神。那十六个魔神的实力更弱，对付起来更容易。

“嗖嗖嗖。”

上万柄飞剑，足足有三千柄飞剑全部围攻向混沌三凶之一的浑敦，还有三千柄飞剑围攻向那个青发壮汉。

秦云先选他们两个，一是因为这两位罪孽深重，二是因为他们没有分身，保命本事相对而言较弱。

“秦剑仙，我愿投降，愿投降！”浑敦见状，连忙惊恐地通过因果传音，同时一条锁链飞出环绕左右，竭力抵挡那一柄柄飞剑。

可汹涌的三千柄飞剑一起杀来，浑敦勉强抵挡数百柄飞剑后，他的锁链便被抛飞到一旁，再也挡不住了。

“秦云怎么这么强？”浑敦绝望了。

即便是上万飞剑中的三千柄飞剑，在秦云燃烧元神法力的情况下，也有天道境之威，哪里是他能抵挡的？

只见，密密麻麻的飞剑化作流光，接连贯穿浑敦的身体。

“噗噗噗……”

浑敦元神湮灭，显现出原形来，蚯蚓形状的庞大怪物再也没了气息。

混沌三凶之一浑敦殒命！

另一边，同样遭到三千柄飞剑围攻的青发壮汉，手持一柄长戟，力大无穷，长戟竭力抵挡着一柄柄飞剑。即便接连有数百柄飞剑刺入他的身体，他的身体也在迅速恢复着。

显然，他的生命力顽强许多。可是，现在有足足三千柄飞剑呢！他露出焦急之色，连忙传音吼道：“秦剑仙，我老猪服了，服了！”

他肉身强横，力大无穷，恢复力惊人，半步天道境强者想要杀他都很难。

可是此刻，秦云三千柄飞剑爆发出天道境之威。即便这青发壮汉的身体在疯狂恢复，但眨眼的工夫，他就扛不住了。

“我愿臣服，臣服！”青发壮汉急切传音道。

然而，远处的秦云根本没有留情。

这些罪孽滔天之辈，有机会杀，就该杀个干净。杀一个，便是在拯救亿万无辜的生灵。

接着，又是上千柄飞剑贯穿了青发壮汉的身体，披着鳞甲的青发壮汉气息湮灭，显现出原形，成了满身鳞甲的庞大的生物。

万剑杀阵笼罩着这群古老强者，秦云等一众道域、佛域和天庭的大拿也在后面飞行跟着。

“秦云这一出手，眨眼工夫就死了两个大道圆满强者了。”

“秦剑仙也太强了。”

“这等手段，简直不亚于后羿。”

道域、佛域和天庭的大拿都震惊万分。

秦云自己很清楚，他的攻击手段比之后羿还弱些，即便燃烧元神法力，万剑杀阵也只有后羿燃烧元神的第五箭之威。后羿那第九箭，秦云可是亲眼见过的。只是，后羿耗尽所有心力也只能发出那一箭，而秦云能较为持久地搏杀。

在六欲大世界，没有天地之力调动，秦云的万剑杀阵威力还得弱一些。不过，烛龙、祝融他们同样无法调动天地之力。

“杀。”秦云又转而去攻击其他魔神。

“这秦云太强了，比之前我们猜测的要强太多。幸好我有分身之术，战死在这里，最多损失一个分身。”

“烛龙兄，烛龙兄！帮我将先天至宝带出去！”

“祝融神王，帮帮忙，帮我将先天至宝带出去。”

那些有分身之术的魔神，这次参战也是想着爆发出自身最强的实力，不少都带着先天至宝。

分身死了也就罢了，他们还能修炼回来。可要是损失了先天至宝，那他们就心疼了。

“哼。”祝融神王、烛龙都在疯狂遁逃，根本没工夫理会他们。

他们俩很清楚，如今秦云在疯狂对付那些普通大道圆满魔神，一旦全力对付他们俩，他们的飞遁之速将大大减慢，能不能逃出去都难说。

祝融和烛龙可都是没分身的。

三界中，因为修行法门的不同，达到大道圆满的强者中，有过一半都是没分身的。比如祝融神王，他若是刻意分裂元神，修炼分身，只会让悟性和潜力大减。就像秦云，刚开始也是一直没有分身的，是后来经历了散仙最终之劫，那天劫令秦云的元神分成十二万九千六百份，才令他拥有了如此多分身。

这是修行体系缘故，不影响悟性潜力，还可以拥有分身。道祖和佛祖他们都是如此。

“噗噗噗……”

飞剑接连贯穿一个白衣长发老者的身体。

“长谷世界之主也死了。”剩下的那些有的兔死狐悲，有些则只剩绝望。

“夕，你有分身之术，救救我，救救我！”

“这秦云剑阵太厉害，我哪里能救得了你？”

“唉，我死就罢了，我的先天至宝也要被那秦云给夺走了。”

一个又一个大道圆满魔神死去，道道剑光将遗留宝物卷走。

燃烧元神法力下，秦云杀这些普通大道圆满魔神，完全是碾压。若是当初的吞灵老祖在，同样也是如此的下场。

“快，飞出六欲大世界！”在六欲大世界外的星空中，黑暗魔渊之主血海老祖已经强行开辟出一条稳定的时空通道。

秦云早就通过烟雨阵封锁时空，血海老祖也无法在六欲大世界内建造稳定的时空通道。

“快。”祝融神王他们都焦急地朝上空飞行。

秦云虽然在杀戮那些古老魔神，但依旧有四千柄飞剑一直在阻挠着他们，因此，他们的飞行速度也无法快起来。

“十六个大道圆满魔神，有九个都没有分身。这九个中只有两个保命本领足够强，其他七个都死了。”

“秦云杀了足足七个大道圆满魔神。”

“这些可都是活了漫长岁月的大道圆满强者，没有把握他们都不会冒险，这次却都被秦剑仙除掉了。”

道域、佛域和天庭的大拿看到这一幕，都非常震撼。

只见远处半空中，才过去一两个呼吸的时间，上万柄飞剑包围着的就只剩下祝融神王、波旬、烛龙和两个大道圆满魔神了。当然，刚才被杀的当中有七个是有分身的，所以想要彻底灭掉有些古老强者，还是很难。

秦云这次所做的，已经够可怕了。

“这秦剑仙的实力，真是可怕。”一个身形半透明的老者一边飞行，一边嘀咕。三千柄飞剑围杀着他，却总是差之毫厘。

“他这次杀不了我俩，可若是他的实力再进，我俩可不一定能逃掉。”一道金光丝线在飞行，三千柄飞剑都碰不到他。

秦云试了一下就放弃了。

“雾光世界之主和虫君，我一对一，倾尽全力方才有些许希望斩杀他们。现在我没那么多时间浪费在他们身上。”秦云瞬间放弃追杀。

毕竟，祝融他们一直全力朝星空中飞去，想要逃入黑暗魔渊，留给他的时间并不多了。

“祝融！”秦云先对付祝融神王。

虽然祝融肉身最强，攻击力强大，但秦云觉得杀祝融神王是最有希望的。

“杀。”另外四千柄飞剑阻挠着波旬、烛龙，剩下的足足六千柄飞剑围攻向祝融神王。

“来了。”祝融神王心中一紧。

之前，秦云都在对付其他人，现在才来对付他。

“轰！”

六千柄飞剑，化作两道飞剑洪流，疯狂攻击祝融神王。

祝融神王全身火焰熊熊，全力以赴地抵挡着。过去都是祝融神王碾压敌人，纵横了一个时代。可如今，他被秦云的六千柄飞剑完全碾压了。

双方境界相差无几，但秦云身为剑仙，持有本命先天至宝功劳至宝，即便只分出六千柄飞剑，祝融神王也只觉得绝望。

祝融拼尽全力勉强挡住一道飞剑洪流，另一道飞剑洪流却轰击在他身上。

“不！”祝融神王眼中满是疯狂，竭力抵抗，同时急切传音道，“波旬，烛龙，帮帮我。”

“嗯？”飞行的烛龙一闪就要来帮忙，可有两千柄飞剑迅速环绕他，纠缠着他，他也有些狼狈。

还有两千柄飞剑纠缠着波旬，波旬更是完全处在下风。

至于那两个达到大道圆满的雾光世界之主和虫君，秦云彻底放弃了，他没有浪费时间在他们身上。

“我们赶紧走。”雾光世界之主、虫君见状，立即以极快速度朝星空中飞去。

“秦云以一敌三，他分出力量对付我们三个，都占据绝对上风。”波旬眼中有着悲苦之色，“我等真是可悲，可怜。”

“祝融兄，我们帮不了你，仅仅这两千柄飞剑都压了我一头。”烛龙都无法正面硬抗，他被逼得只能不断躲避，更加无法去帮祝融了。

祝融神王只感觉心都凉了。

他们觉得这次很有把握，可秦云比他们预料中的强太多了，简直能和天道境强者掰一掰手腕了。

“轰！轰！”

两道飞剑洪流，每一道都有天道境之威，配合起来更是可怕。

飞剑洪流贯穿了他的身体，让祝融神王露出绝望之色。

“我祝融，难道真的要死在这儿了？”祝融神王这一刻想到很多，想到当初称霸三界时的日子，想到被女娲娘娘轻易镇压，想到被后羿一箭重创……

他这一生，除了女娲、后羿让他感觉到死亡的危险，秦云是第三个让他感觉到死亡威胁的人。

这一次，还有奇迹发生吗？秦云会饶他一命吗？

祝融神王想要活命，但是他内心中的骄傲让他不屑开口求饶。

“轰——”

越来越虚弱的祝融神王，看着一道飞剑洪流飞来，闭上了眼睛。接着，祝融神王化作了无数火焰，只有宝物遗留半空，被飞剑席卷。

生机灭绝，因果消散，祝融神王殒命了。

“祝融死了。”波旬、烛龙看到这一幕，心中悲凉。

在场的道域、佛域和天庭的大拿，以及此刻在三界其他地方遥遥观战的各方大拿都只觉得心中复杂。

一位三界的绝世强者就此没了生机。

“不对！”祖龙原本心中复杂，忽然，他指着祝融神王死后残留的无数火焰，那些火焰朝四面八方飞溅开去，在半空中便一个个熄灭，可还是有残余的几朵火焰在飞。

“秦云，三界中过去擅长火焰的大道圆满强者，像凤凰，像金乌，他们都擅涅槃重生。那几朵火焰有些古怪。”祖龙说道。

秦云心中一动，立即有三千柄飞剑飞去，席卷那一朵朵火焰。

接着，火焰接连熄灭，可在碰触其中一朵火焰时，那朵火焰化作了祝融神王的模样，他看着秦云，露出桀骜的笑容：“我祝融，这一生，无悔！哈哈哈……”

秦云眼神冰冷地看着一切，三千柄飞剑直接湮灭了这一朵火焰，彻底灭绝了祝融神王。

“刚才生机灭绝，因果消散，我们都以为他死了。”弥勒佛感叹道，“谁想他还藏着涅槃重生的招数，差点真让他逃了。”

“这下，他是真的死了。”秦云说着，目光看向半空中的烛龙和波旬，“只剩下他们俩了。”

两千柄飞剑继续纠缠着烛龙，剩下足足八千柄飞剑袭杀波旬。

“秦云，你可真是瞧得起我。”波旬面对八千柄飞剑，干枯的脸上露出一丝笑容，七情六欲分身在体内，他尝试抵挡。

可他身体比祝融脆弱太多了，八千柄飞剑只一个合击，波旬那干瘦邋遢的身躯就瞬间被无数飞剑贯穿，完全灰飞烟灭，消散在天地间。

“他死了？”看到这一幕的大拿都有些疑惑。

万魔之王波旬，曾以一己之力威胁整个佛域，和佛祖如来斗过漫长岁月的波旬就这么死了？

“秦剑仙。”弥勒说道，“佛祖曾灭魔数次，可每次波旬都卷土重来。他没那么容易死。”

“他没死。”秦云遥遥看向黑暗魔渊方向。

秦云感应到了在黑暗魔渊中，原本消失的波旬气息在那儿出现了，虽然气息很微弱，但那就是波旬。

秦云暗道：“要杀他们，可真不容易。”

跟着，秦云将目光投向烛龙：“只剩你一个了。”

“轰！”

上万柄飞剑，全部杀向烛龙。

烛龙看着苍穹深处，星空已经很接近了。之前秦云都在对付其他强者，烛龙一直苟活到现在。

“两个呼吸的时间，我就能飞到星空中。”烛龙此刻身体缩小，变成约莫巴掌大小，体表有阴阳神光环绕，燃烧着元神法力，急速飞逃。

“呼——”

上万柄飞剑攻击，烛龙灵活飞行着，明明诸多飞剑围攻下已经没有逃窜的空间了，可当他飞近时，前方自然裂开一道空间缝隙，让他从中遁逃。他周围的时间在变化，空间也在变化，上万柄飞剑两次攻击都没碰到他。

“既然如此，便直接灭杀那一整片区域。”秦云念头一动。

上万柄飞剑汇聚形成一整体，同时碾压而下，那一片空间都粉碎了。

在其中的烛龙也遭到碾压，不过，他体表有阴阳神光，碾压在他身上的力量也被分化开来，而他，被轰击得朝一旁飞了百余里，但又立即朝星空飞去。

“这烛龙狡猾得很，我的实力，十分只有一分能攻在他身上。”秦云也发现这一点了，之前都碰不到这烛龙，即便整体大范围攻击，十分威力也只能发挥出一分。一分威力，想要杀烛龙显然太难。

在秦云数次尝试中，烛龙终于逃出了六欲大世界范围，进入星空中。

“嗖！”

烛龙瞬间窜进了时空通道中。

血海老祖遥遥看了六欲大世界一眼，便关闭了时空通道。

秦云他们一众大拿追着，也飞到了星空当中。

此刻，秦云身上披着金光，大量功劳降临在身上。显然，他杀了数个身上有大罪孽者，功劳自然极多。

“烛龙的保命本事是厉害。”秦云忍不住道。他掌握了阴阳大道，更能察觉到对方阴阳神光的厉害。

“秦云，他保命本事厉害，可你比他更厉害，你一个人对付一群混沌神魔，就能打得他们仓皇而逃。”祖龙笑道，“包括祝融在内，足足八个古老强者死在你手里，另外的要么重伤，要么损失先天至宝，这一次，你可是将他们都打怕了。”

弥勒乐呵呵地笑道：“哈哈，他们吓得全部躲进黑暗魔渊了，都不敢留在大世界。”

“这一战，彻底定下了三界的格局。”紫微大帝笑道，“送给他们一个大世界，他们都不敢进去。”

“哈哈，三界如今是无忧了。”

“六十个大世界，都将再无魔道。”

众大拿都只觉得心里痛快得很。

秦云进入魔道大世界，不占据地利，都能碾压横扫，简直强得可怕，都有些许道祖和佛祖的风范了。

“我们也不能大意。”秦云说道，“如今他们都躲进黑暗魔渊，我们也没法追杀。一来，他们也会降下化身在小世界兴风作浪，甚至派遣分身在大世界内为祸。”

在场大拿个个点头。敌方如今还活着的，的确保命手段极强。

“二来，他们一直躲着，漫长岁月下去，说不定哪天，他们中就有一个达到天道境。”秦云继续说道，“就算元神法力不突破，单是境界突破的话，那实力也将很可怕。我和后羿也不一定能对付得了。”

博瀚岛岛主就是元神法力没突破，境界达到天道境的。后羿也是燃烧元神第九箭才将其杀死，而且，杀的只是博瀚岛岛主的分身。

若波旬、烛龙他们哪一个达到天道境，秦云他们还真没把握对付。

在场大拿也冷静了几分，是，的确不能松懈。

“哈哈，赢下这一场战斗，至少很长岁月里，那些老家伙都只能躲着。”祖龙哈哈笑着，“此战大胜，是一件值得三界欢庆的大喜事，我们可得好好庆贺一番。”

“一定要好好庆贺！”

“走。”

在魔道领地十个大世界里负责布阵的大拿，每个大阵也仅仅留下一个看守，继续负责世界转化，其他都返回天界开始庆贺了。

黑暗魔渊。

一处连绵的宫殿群，这是魔王波旬的行宫。

在一处静室中，一个光头俊美男子盘膝坐着，他眉心有着红色火焰秘纹。

此刻，他缓缓睁开眼，他的气息早有变化，从普通的天魔气息，变成了万魔之王波旬的气息。

“欲望不灭，我便不死。”光头俊美男子轻声自言自语。

“波旬。”一道意念降临，化作血海老祖。

“血海。”波旬看着血海老祖。

“怎么样？你多久能恢复实力？”血海老祖询问道。

“这次真身被灭，元气大伤，需十万年才能完全恢复。”波旬说道。

“你和秦云交手过，感觉如何？你可有法子对付他？”血海老祖询问。

波旬轻声道："他很强，都有几分道祖和佛祖的风范了，我们除非境界上达到天道境，否则，根本无法和他正面交锋。"

"要达到天道境？"血海老祖皱眉，"我明白了。"

随即，血海老祖消散在这殿厅中。

混沌中，魔祖黑莲正在仓皇逃命，此刻的他，元神枯竭，疲惫不堪。

"我离开三界后，逃离的第二天就发现了一处险地。那里生活着不少奇异生物，让我都感觉到威胁。"魔祖黑莲想道，"当时，我以为能完全甩脱他们，谁想逃了仅仅数天就被他们再度追上。我一次次燃烧元神法力，一次次想要甩脱他们，可他们也不惜燃烧元神追我，这才过去五天，我的元神便要支撑不住了。"

"如果再发现一处险地，我一定冲进去。可已经五天时间了，这茫茫混沌一直是一片混沌，我一直没能发现新的险地。"魔祖黑莲焦急万分。

混沌中是有些可怕的地方。可此刻，那等险地对魔祖黑莲反而是救命的地方。

因为持续这样逃下去，他必死无疑。去险地，反而还有一线生机。

"呼——"

一道气息在接近，正是太上道祖，太上道祖悠然追上，同时通过因果传音道："黑莲，这五天来，你元神燃烧太多次，我看你撑不了一个时辰了。"

"老君，我们都是从三界出来的，何必自相残杀？这混沌中危机难料，多一个同伴总是多点用处的。"魔祖黑莲一边逃，一边因果传音。

"我们可不敢让你当同伴。"太上道祖笑着追着。

"说吧，你们要怎样才会答应饶我性命？"魔祖黑莲传音道，"只要能放过我，一切都好说。"

太上道祖却没再理会。

魔祖黑莲心中悲苦不已。

今日果，昨日因。若是当初他魔祖黑莲不为祸三界，反而主动吸纳清扫三界罪孽，辅助三界运转得功劳在身，也就没有今日这结局了。不过，他也不会后悔，肆意妄为的漫长岁月，对他来说才痛快。

“一定有逃命机会的。”魔祖黑莲继续燃烧元神竭力逃窜，还分化气息迷惑太上道祖。

太上道祖却很悠闲。

他在时空一道上更占优势，不燃烧元神也能追上魔祖。即便偶尔被迷惑偏离方向，也能立即燃烧元神拉近距离。就这么追着，迟早也能耗死魔祖。

时间不断流逝。

“老君传来消息，黑莲应该要撑不住了。”如来、阿弥陀、灵宝、元始、女娲他们五位一同前行。

女娲娘娘感慨道：“这黑莲为祸三界那般久，野心极大，今日总算要除掉他了。”

“任他如何狡猾，今日也要得报应。”阿弥陀说道。

前方，魔祖黑莲还在拼命地逃跑。

随着一次次燃烧元神，元神的消耗越来越大。

“我扛不住了。”魔祖黑莲只觉得元神有一阵阵涣散感，显然接近陷入沉睡了，“我快要陷入沉睡了。”

“不能沉睡，一旦沉睡，就必定被他们追上，那就死定了。不能睡，我不能睡！”魔祖黑莲坚持着，他心性非凡，硬是强行支撑着。

元神燃烧到一定程度，会陷入沉睡，这也是对元神的保护。因为再继续下去，那就会魂飞魄散了。

“宁愿魂飞魄散，也不能沉睡。”魔祖黑莲坚持着，他对周围的感应都开始模糊，只是顺着本能一次次跨过时空，竭力逃命。

忽然——

“嗯？”魔祖黑莲感应到某一处有极恐怖危险的气息。

“那里有危险。”魔祖黑莲一个激灵，整个人都清醒许多，“是险地！让我都觉得极危险的险地。”

他连忙一迈步，跨过时空到了近处。

他看到了。

那是在混沌中的一汪幽深潭水，潭水有万里范围，乍一看普普通通，可仔细感应，那幽深潭水仿佛渗透到另一个时空，难以探测到底有多深。

危险！

他冥冥中感应到潭水中隐藏的威胁。

魔祖黑莲察觉到这，眼中放光，反而满心喜悦：“很好，正是需要险地。足够危险才能让他们畏惧。即便是险地，也该有一线生机，我只要抓住一线生机，便能活下来。”

“拼了！”魔祖黑莲直接朝混沌中的神秘幽深潭水飞去。

“呼——”

太上道祖也到了这里。

“嗯？”太上道祖看着那幽深潭水，脸色一变，他也察觉到这潭水有多可怕，跟着，他就看到朝幽深潭水飞去的魔祖黑莲。

“老君，有胆量，你只管跟上来。”魔祖黑莲已经笑着到了幽深潭水近处，可话音刚落，他脸色就变了。

因为，他飞到这里后只觉得周围时空扭曲，那幽深潭水中更传来恐怖的力量，力量之大，让他都控制不住地朝潭水中飞了过去。

随着逼近潭水，他看清了。这哪里是潭水，完全是极端扭曲压缩到极限的时空。每一滴潭水都是无比广袤的时空，整个幽深的潭水更是浩瀚难测。

“这股力量太强大了，我无法反抗。”魔祖黑莲越靠近，身体就越小。

“嗯？”太上道祖皱眉，看着魔祖黑莲变得越来越小，却不敢轻举妄动。

就在这时，潭水中陡然蹿出了一只巴掌大的异兽，它飞窜出来的同时，身形也在急剧变大。

刚出潭水时，它才仅仅巴掌大，飞出没多久，就成了一头长达万里的巨兽。它张开大口，血盆大口中有着无尽幽暗漩涡，想要一口吞掉魔祖黑莲。

魔祖黑莲大惊失色，连忙挥动手掌想要逼退它，可还是被吞了进去！

“不——”魔祖黑莲不甘的怒吼还在回荡。

闭上嘴巴后，这头异兽朝远处的太上道祖看了一眼，便又落入潭水中，潭水又重新恢复了平静。

魔祖黑莲殒命！

太上道祖神色郑重地看着一切。

很快，另外五道身影也到了这里。

“黑莲呢？”女娲娘娘询问道，“他的因果消失了，是死了吗？”

“我留在他身上的法力也消失了。”佛祖如来也道，“他应当是死了。老君，那黑莲是怎么死的？”

灵宝、元始、阿弥陀都有些疑惑地看着那幽深潭水。

“就是那儿。”太上道祖指向那汪幽深潭水，“黑莲他发现了这一处险地，想要绝地求生，便冲了进去。不过，他靠近那汪潭水后，就被吸了过去。潭水中出现了一个异兽，一口就吞了他。”

“这异兽什么实力？”灵宝惊讶。

“难不成超出了天道境？”阿弥陀询问道。

太上道祖说道：“我隐约感应，那异兽也是天道境层次。相对那异兽，我觉得那潭水更危险。”

“我来试试看。”佛祖如来说道，只见一道散发着金光的分身飞出，飞向那幽深潭水。

他们仔细看着。

那金光分身飞向潭水，也是不受控制地被吸过去，并且也在逐渐缩小，幽深潭水中再度飞出一头巴掌大的异兽，飞出后急剧变大，同时，血盆大口飞向佛祖如来的金光分身。

“破。”佛祖分身金光万丈，一掌拍了过去。

可恐怖的力量还是让佛祖分身不受控制地被吞掉了。

佛祖如来真身脸色微微一白。

“怎么样？”大家都看向他。

“这异兽的确只是天道境，论实力和我相当才对。”佛祖如来说道，“可它刚刚调动了潭水的部分力量，那潭水是无尽广袤时空压缩而成的，每一滴潭水都比一个大世界还要庞大。即便调动部分潭水力量，我那法力分身也还是抵抗不住。所以那异兽也只是在潭水中，没有出来。若是没有潭水之助，我们五个足以降服它。”

“潭水内还有什么？”阿弥陀询问。

“不知。”佛祖如来摇头道，“我只是感到很危险，本来想要派遣分身去潭水中看看，可那异兽守护着潭水，我无法探察。”

他们又试验了诸多招数，去探察那幽深潭水，可有那异兽守护，他们都失败了。

最终，他们只能选择放弃，继续前往混沌其他区域。混沌中充满太多未知，自然得谨慎小心。

六欲大世界一战，彻底决定了三界的局势。

秦云的日子也变得很悠闲。有他坐镇，波旬、烛龙等古老大道圆满魔神都只能躲在黑暗魔渊中，只敢暗中耍手段罢了。

“这天地灵气还在下降，三界变化，也不知何时停止。”秦云站在雷啸山山顶，俯瞰苍茫大地默默道。

忽然，一道虚幻身影降临，正是灵宝道祖的化身。

“师尊。”秦云连忙恭敬行礼。

“你在三界做的事，我们都已知晓。”灵宝道祖笑道，“你做得很好，比为师预料的还要好。”

“如今他们躲在黑暗魔渊，弟子也奈何不得。”秦云说道。

“世上哪有十全十美的事，就是为师在三界的时候，不也奈何不了魔道？”灵宝道祖笑道，“对了，告诉你一事，魔祖黑莲已经毙命。”

秦云露出喜色：“魔祖死了？”

魔祖只要活着，那就是个大威胁。

“我们追着他，他为了博一线生机逃进一处险地，却是送了性命。”灵宝道祖说道。

“险地？魔祖都送了性命？”秦云惊讶地道。

“混沌很神秘，追杀黑莲数日，我们便发现了两处险地。”灵宝道祖说道，“你将来不成天道境，不可离开三界太远。”

“弟子明白。”秦云应道。

灵宝道祖转头看着这天地间，慨叹道：“这天界的天地灵气都越加稀薄了，三界也不知会变成什么样。”说着，灵宝道祖便消散离去了。

秦云能感觉到师尊对三界的眷恋和感情，师尊是真的将三界当成家了。

“是啊，不知道三界到底会变成什么样。”秦云自语。

时间一天天过去，三界依旧在持续发生变化。无数小世界的天地灵气稀薄到极惊人的地步，很多小世界几乎断绝修仙之路了。

转眼，已是三界之变持续的半年后。

一个名叫苍雍世界的小世界。

“这个小世界的天地灵气越来越稀薄，元神境都能破碎空间飞升。如今，除了我之外，全部都是凡俗层次。”在一座酒楼上，一个白衣男子坐在那儿，眼神冰冷地看着外界，“和他们生活在一起，这日子的确无趣。杀凡俗生灵会导致罪孽缠身，我都得忍着。”

白衣男子并不高兴。

之前道魔之争的时候，他还挺开心的。可随着天地灵气慢慢稀薄，这个世界已经不适合修行人生存了。达到元神境的修行人生活在这等小世界，吸收天地灵气也只能勉强生存，根本不足以让他们争斗。

厮杀只会让法力消耗太快，如此稀薄的天地灵气无法补充自身消耗。而且，破碎空间飞升的门槛也大大降低，于是，道、魔、佛几方的元神境修行人全部飞升离开了。

也就过去数万年积累下的仇怨，让道魔各方继续厮杀。

“都是凡俗层次，只有我一个是天魔境九重天！”白衣男子很不甘心，“可我能怎么办？我敢回黑暗魔渊吗？一旦回去，秦剑仙能轻易通过因果，直接杀死我吧。听始祖说，连传说中的祝融神王都死在他手里了。我奎弗在他眼里又算得了什么？”

这白衣男子，正是天魔奎弗。

当初，他掳走了秦云妻子，还抓走了秦云的女儿。

“我和他仇怨太深，他只要有机会一定会杀我。”奎弗想，“幸亏我当初还算聪明，知道他成了大拿后，很快就躲进小世界。大拿再怎么厉害，也奈何不了我。”

奎弗心想：“不过，说来也奇怪，我躲进小世界后，他竟然没派遣手下追杀我。亏我还布置了诸多后手，甚至布阵，我死都会拖着这一个世界一起死。杀死我，就是杀死一个世界的凡俗生灵。想必，他也得掂量掂量吧。”

天魔奎弗也是被逼得没法子，为了活命，他只能如此。

他背后的始祖波迦老祖也因为得罪秦云太狠，根本不敢出黑暗魔渊，和天魔奎弗倒是有些同病相怜，所以，他也帮了天魔奎弗。

“罢了。我便和这些凡俗生活下去吧，天地灵气再稀薄，我天魔之躯也能撑很久。”天魔奎弗想，“实在不行，我就陷入沉睡。沉睡久些，说不定等我醒来，我魔道一方就出了一位了不得的强者，能斗过那秦云了。不过，秦云也太强了，按照始祖的说法，以一己之力横扫一群大拿，在三界都无敌了，我竟然能得罪这么厉害的剑仙。”

生活在全是凡俗生灵的小世界里，奎弗很多时候都是在回忆。

他在回忆过去，回忆和秦云的争锋。

“嗯？”奎弗忽然脸色一变，“什么，小世界的天道变了？”

冥冥中，他就感应到了一道消息。

从此刻起，天仙境、天魔境层次的都无法让真身进入小世界，就像过去大拿真身无法进入小世界一样。

从此，元神境三重天就是小世界内生灵修炼的极限了。

“呼——”

一股波动笼罩了天魔奎弗。

在这一刻，整个三界所有小世界内的天魔、天仙全部强行被排斥出去，强行飞升！

天魔全部飞升进黑暗魔渊，天仙、菩萨、天龙等则飞升进大世界。

“不，我不能回去！”奎弗急了。

可他又如何能违逆天道？

就是道祖和佛祖，面对三界天道的强行排斥，都得乖乖离去。

“呼——”

天魔奎弗只感觉周围空间变幻，眼前场景清晰时，周围弥漫着浓郁的魔道气息，整个三界只有一个地方如此——黑暗魔渊。

“我回到黑暗魔渊了？我没法进入小世界了？”天魔奎弗露出绝望之色。

波迦老祖好歹是顶尖大拿，仅仅凭借普通的因果联系，秦云还做不到隔空杀死黑暗魔渊的波迦老祖。

可是，奎弗和秦云的因果如此之深，凭此因果线，秦云杀他还真只是一个念头的事。

天界雷啸山。

当天魔奎弗惶恐不安时，秦云正陪着妻子伊萧喝着茶，吃着点心。

“玉罗在梅花山修炼，还收了三个弟子。”伊萧说道，“我询问过，玉罗有开宗立派的想法。”

“开宗立派？”秦云笑道，“玉罗天资极高，积累也颇深，可一直无法悟出大道，就是欠缺一丝机缘，她多折腾也是好事。”

一个媲美大拿的强者，在天界都是有资格建立一支大宗派的。

“嗯？”伊萧微微皱眉，抬头看天。

“天道已变。”秦云也抬头看天，微微皱眉，“天仙的真身都无法进入小世界了。”

伊萧也感应到冥冥中的讯息，点头道：“依我看，这是天道在保护小世界。小世界的凡俗无数，天仙、天魔若是不顾一切，不惜性命，是能掀起灭世浩劫的。天仙、天魔的真身无法进入，能留在小世界的，境界最多达到元神境，威胁相对就小多了。元神境修行人胆敢屠戮凡俗生灵，单单产生的罪孽就会使三灾九难立即降临，令他们毙命。”

“嗯。”秦云点头，“天道的确是在庇护小世界。”

随即，秦云露出笑容：“对了，我们有一个仇敌，叫奎弗，你记得吗？”

“记得，怎么不记得？”伊萧无奈地道，“当初我们一家人因为他，差点永远无法再相见。”

“嗯，我早就发誓要杀他。”秦云说道，“只是他狡猾得很，早就逃进小世界，还布置重重阵法时刻准备拖着那一个小世界无数生灵一起死。我就一直没急着动手。如今天道发生变化，将他给送进了黑暗魔渊，这三界之变，真是天助我也。”

“对，他是天魔，他如今进不了小世界了。”伊萧眼睛一亮。

“我便送他一程。”秦云遥遥一划。

一道剑光通过秦云自身和天魔奎弗的因果线，传递进黑暗魔渊，直接传递进天魔奎弗体内。

另一边，奎弗还在黑暗魔渊中惴惴不安。

“这么多年，这秦剑仙都没派遣手下去小世界对付我，会不会已经忘了我了？”奎弗抱着侥幸心理，“我和他之间的仇恨那么深，他若是真忘了我，可真是够慈悲心肠的。只是他疾恶如仇，不，不，如今的我，他可能没放在眼里，早就忘了。”

正在他种种念头浮现时，忽然，看到一道剑光遥遥斩来。

“他真动手了！”奎弗惊觉。

“噗——”

奎弗的身体无声无息湮灭，消散在这片空间中。

秦云疾恶如仇，有大仇更是必报。

“奎弗死了？”黑暗魔渊中的波迦老祖感应到奎弗的因果消失，暗暗惊惧，“奎弗回到黑暗魔渊，就立即被杀。看来，我得更加小心了。”

三界之变，刚好持续了一年便结束，一天不多，一天不少。

秦云和后羿并肩站在半空中，看着天界苍茫大地。

“三界之变一开始你就闭关，这刚结束你就出关。”秦云笑道，“之前和祝融波旬他们一战，我想要找你帮忙都没法子。”

“有你就足够了，不是连祝融都死在你手里了吗？还有七个达到大道圆满的魔神都被你所杀，我就算出手，也做不到这般。”后羿笑道。

秦云说道：“你如果在，那烛龙估计逃不掉。”

“一切难说。”后羿说道，“不管如何，我们的目的达到了，三界如今也算太平。”

秦云微微点头。

后羿又道：“这次三界之变，我仔细参悟了一年，感悟颇多。如今三界也颇为平静，我准备过些时日，就服用启灵果，开始长期闭关。”

“服用启灵果？”秦云一惊。

“希望我能借此机会，突破到天道境。”后羿说道，“不过，这一步实在是很难。”

秦云笑道：“后羿兄，你悟出天道境后，元神法力千万别急着突破，我俩还能再去时空潮汐闯一闯。”

“我对时空潮汐也很好奇。”后羿点头道，“道祖和佛祖他们如今在混沌中闯荡，我俩可以联手在时空潮汐中多探察，接触更多异界修行人，知道更多的秘密。说不定，我们能帮到道祖他们。”

秦云点头。

师尊他们是在茫茫混沌中探索，而在时空潮汐中是可以迅速接触很多异界修行人的。秦云之前去探索的时间还是太短，接触的异界修行人也不够多。

“呼——”

凛冽寒风吹在身上，秦云感受着天界变化，说道：“这次三界之变，天地灵气虽然变得稀薄，但天界更稳固了，连大地磁力都更强了。”

“天界和大世界都变得更稳固。大地磁力变强，一些凡俗生灵若是身体太弱，连走路都会吃力。”后羿也点头道，“不过，世界稳固是好事。”

秦云和后羿观看了天界、诸多大世界，又让化身去探察一个个小世界。

在一座小世界的石桥上，秦云、后羿他们俩凝聚出两个化身。

秦云看看自己，不由得无奈地道:“所有小世界的天地灵气都稀薄了太多。凝聚天地灵气方能形成化身，如今，我这具化身已经脆弱得只能发挥出后天境的实力了，连先天境的实力都达不到。”

“灵气如此稀薄，以后法术、神通，在小世界怕都会断绝传承。”后羿说道，“因为修了法术也没什么用，近战之术将会更普遍。”

“我曾经一梦百年，去过一个世界。”秦云笑道，“那一个世界就是天地灵气稀薄，修炼的人以武者为主，法术神通都断绝了传承。其实，之前三界的很多小世界就有颇多武者。以后，怕是整个三界无数小世界都会如此，仙道断绝，武道成为主流。”

后羿也道："武者得达到极高实力，才能破碎空间飞升，进入大世界。大世界中，倒是依旧可以修炼。"

"能破碎空间的，都将是每个小世界的天赋绝高人物。"秦云说道，"以后的大世界，才是真正汇聚所有修行天才之地。不像之前，很多天仙都是留在小世界里的。"

"以小世界为根基，进入大世界、天界才能长生，争斗也将更加激烈。"后羿赞许道，"有意思，三界的变化倒是有些意思。"

"这些都是我们的猜测，三界以后到底会变成什么样，等到将来就知道了。"秦云说道。

忽然，远处有两道身影在逃窜，后面有六道身影在追。

"魔头，休想逃！"

"你们逃不掉的。"

后面的六道身影一边追，一边喝道。

很快，那六道身影便追上并围住了前面那二人。

前面二人一男一女，女子护着男子，惊慌地看着四周，道："张师兄，还有诸位英雄，还请饶过我俩。我夫君他已经脱离魔宗，再也不为恶了。你们就给我们夫妻一个机会吧。"

"黄师妹，你和魔头勾搭在一起，师父早已宣布将你逐出师门。你现在若是知错悔过，将这魔头杀了，我们还能饶你性命。若是死不悔改，哼，和魔道勾结，同样该死！"一个男子手持利剑怒喝道。

"嘿嘿，要杀我？你们也得死掉一半。"那魔宗男子眼中泛起红光。

"除魔卫道，当是我正道中人该做之事，杀！"

"杀。"

那六人立即行动。

"住手，快住手啊！"那女子一边施展剑术尽量保护夫君，一边出言阻止对方。

在不远处石桥上，秦云、后羿都看着这一幕。

“如今，天仙的真身无法进入小世界，这无数小世界内的道魔之争，是永远无法停歇了。”秦云感慨道，“无数小世界里，仙路断绝，武道兴起。可道魔之间数万年的仇怨，在凡俗的武者宗派中也会继续下去。”

“这就是新的三界！”后羿笑道，“你只能接受。”

“哈哈。”秦云也笑了，“对，这就是新的三界！”

后记

许多年以后，离秦剑仙斩祝融，横扫众魔头已经过去很久很久了，久远得这事都成了三界中的传说。

一条官道上，有六个骑马的人正在赶路，马背上是三个中年男子以及三个少年男女。

少年柳奇心思浮动：我能进入裂天剑派吗？

他父亲柳千山，是白河县七鹰堡的七鹰之一。当初和另外六个师兄弟都是裂天剑派的外门弟子。他们七个同门感情深厚，联手建立了七鹰堡，定居在白河县。白河七鹰的名气也颇大。

少年柳奇暗道：裂天剑派统领着整个江南道十八府，是天下顶尖的大宗派。裂天剑派的内门弟子，有些是宗派从小栽培的高层子弟，有些是从外门弟子中筛选出来的。真正在初选就能直接成为内门弟子的很少。如今，我东相府只有十个内门弟子名额，我能进去吗？

“前面就到了。”骑马的断臂男子腰间佩剑，开口道，“江南道十八府，每府只有十个内门弟子名额。我们七个师兄弟在外门煎熬多年，都没能入内门，现在，就只能看你们小辈的了。”

“都给我们争口气。”另一个儒雅男子也说道。

“是。”柳奇以及另外一少年、少女都应道。

七鹰堡年轻一辈从小刻苦修炼，他们更是最优秀的几个。

裂天剑派，东相府分部。

今天，大群的长辈带着子女前来，敢来参加初选的，都是有些基础的。他们要么是豪门富商，要么就是裂天剑派弟子的后辈，都是各方从小栽培的。

“我事先说清楚，只有修炼基础内功的才能拜入我裂天剑派。若是修炼的是其他内功，还请速速离去。”一个青衫老者看着数千少年男女。

周围一片安静。

“好，今年的筛选考核，第一关。”青衫老者指向后方一座高耸入云的大山，“一炷香内，从山脚徒手爬上山顶。”

“今年的第一关是这个？”在远处观看的众多长辈都心头一紧。

接着，众多少年男女开始在陡峭山壁上攀爬。

他们都有内力在身，又懂轻功法门，攀爬的速度都很快。可一炷香的时间太短了，而且途中还会发生诸多变故。比如其他人故意踩碎石头阻挡。

“啊——”

经常有人从山壁上坠落，当然，立即会有裂天剑派弟子接住他们。如此，他们就被淘汰了。

“通过第一关的，有一百二十六位，你们若是愿意，都可拜入我裂天剑派，成为外门弟子。”青衫老者面带微笑，看向大家。

柳奇也站在其中，而他的两位同伴都失败了。他回头看了一眼，看到了远处栏杆外人群中的父亲以及叔伯：“爹，大伯，三叔。”

“小奇，好好拼一把！”三位长辈都期待地看着，他们身旁那一对少年和少女却红了眼。

柳奇微微点头，眼中满是斗志。

“大家都盘膝坐下，开始运转内功法门，以最快速度吸收天地灵气。”

“柳奇，天资，乙下！”

“你们一个个来，施展基础剑术。”

“王童，剑术，乙中。”

“柳奇，剑术，甲下。”

“都去歇息，明天一早开始，进行擂台比试。”

“柳奇，实战，甲中。”

经过两天的筛选，通过第一关的那一百二十六个少年也有了排名。

“柳奇，排名第十七。”柳奇看着红榜上的排名，沉默了。

“李师伯，我家小奇，论剑术、论实战都名列甲等，排前三了，和我家小奇相当的那两位，一位是府主家公子，一位是东相剑圣家的三公子。我家小奇能和他们相当，这剑术悟性算得上极高吧。剑派就不能破例收我家小奇吗？”柳千山在青衫老人面前乞求。

“千山啊，不是我不帮你，这是宗派规矩。你家儿子，吸收天地灵气的能力只能算是寻常，是乙下的资质。而这次最优秀的是甲中的资质，吸收的天地灵气是你儿子的五倍！人家修炼内功十年，抵得上你儿子修炼内功五十年。”青衫老人说道，“剑术是重要，可内力才是根本，你儿子的内力差得太远，这怎么行呢？”

“可我儿今年才十四，他现在就有如此剑术了，难道不值得栽培吗？”柳千山连忙道。

“既然他才十四，明年、后年，你儿子都能再来比试。”青衫老人笑道，“说不定，明年你儿子就能排在前十，直接被收为内门弟子了。”

柳千山沉默了。

他们七鹰，在白河县算是一方豪雄，可在整个江南道十八府，他们只能算是三流门派。

柳奇站在远处，默默地看着父亲和李护法争辩。

返回途中，柳奇有些沉默。

“小奇，整个东相府，你都能排在第十七。这次前十位都进了裂天剑派的内门。明年再来比试，你一定能进前十。”断臂男子笑声朗朗。

柳奇没吭声。

“明年？很多都是修炼到十五岁、十六岁，快到年龄界限才来比试。明年会有新的对手吧。”柳奇默默道，“可我的资质不会变，依旧是乙下。”

“争口气，明年你会比今年更强，一定能进前十。”柳千山也说道。

“是，爹。”柳奇应道。

柳千山他们三位师兄弟彼此交换了一下眼神，压力都很大。

“小奇他剑术已经入了甲等，到了如此境界，想要再前进一步都很艰难。明年能入内门吗？”柳千山默默道，“入了内门，才能习得真正厉害的法门。否则，在这天下间，终究只是二流江湖人罢了。”

一家书铺。

少年柳奇轻车熟路地来到了店里，他翻看着话本小说。每次修炼之后，他都觉得心累，都会来这里找些话本小说看，沉浸在话本小说中，他便会忘却那些疲惫。

“小奇，看你这样子，你是没能成为裂天剑派内门弟子？”书铺内，书店老板摇着蒲扇，躺在竹椅上，“哈哈，让我老秦猜中了吧。”

柳奇瞥了店老板一眼，没有理会。

“我早就说了，你还小，去了也是白去，可你不听，这不，白忙活一场。”店老板忍不住又道，“要我说，你十六岁去，必中。”

“秦大爷，你能少说几句吗？”柳奇无奈地道。

“来来来，和我说说，你这次是怎么输的？”秦大爷好奇地追问，“告诉我，我来指点你一二，说不定你下次就能赢了。哎，你这小子，怎么三棍子打不出一个屁，真是一个闷葫芦！”

柳奇终于忍不住看向秦大爷："秦大爷，我是吸收天地灵气的速度慢，天资乙下！你说说，你怎么指点我？"

"这个有点难。"秦大爷摸着白胡子，"不过秦大爷我如果想想办法，也不是不能啊。"

"能改变天资的，那都是传说中的天地奇珍，秦大爷，你就别跟我开玩笑了。"柳奇撇嘴。

他家也是武林家族，他从小耳濡目染，还是很清楚一些修行常识的。

"哼，谁说一定得要天地奇珍？"秦大爷一瞪眼，从怀里翻出一本书册，扔到柳奇面前，"看，这本剑术是你秦大爷多年前偶然得到的，你只要完全练成，不但能习就一身厉害的剑术，还能脱胎换骨。"

"多年前得到的？可它看起来很新啊，我还能闻到墨香呢。"柳奇好奇地拿起书册翻看，书册的封面并没有字，"这剑术……嗯？"

柳奇原本没在意，可这一看，不由得就沉浸了进去。

他缓缓翻看着。年仅十四岁，基础剑术就被评为甲下，也是入了甲等，他在剑术上自然很有天赋，很快就发现了这剑术的不凡之处。

"这剑术……"许久后，柳奇抬头看向秦大爷，只觉得平常话痨的秦大爷十分神秘。

"怎么样？厉害吧？"秦大爷眉毛一挑，"你秦大爷我当初可是凭借一手剑术，横扫天下无敌手。我拿出来的剑术岂会差？好吧，好吧，其实是我几年前偶然救了一江湖人，那江湖人将他手写的这一本剑术秘籍送给了我，我一个老头子拿了又没用，就给你了。"

"秦大爷，你可能不懂，这的确是一门极厉害的剑术。"柳奇将剑术书册递回去，"我不能要。"

"我说给你就给你了，我老秦送的东西，绝不会收回。"秦大爷摆手道，"行了，行了，别一副感动的样子，你秦大爷在东相府孤苦伶仃一人，你没事多来陪我唠唠嗑就是了。"

柳奇听到这里，忽然心底一酸。

这位秦大爷都白发苍苍了，却孤苦伶仃一人，的确可怜。

“秦大爷，我会多来陪陪你的。”柳奇说道。

“嗯。”秦大爷躺在竹椅上，悠然地摇着蒲扇。

秦大爷心中想着：这三界，武道的确越来越兴旺了，如今都诞生出第一位武道金仙了。

（全书完）

《飞剑问道》第1~13册全国热售中！